항상 건강하시고.
앞으로 행복하세요!

저자 신 영한 드림

인생에서 가장 찬란한 시간을
보내고 있는 너에게

공부하느라
수고했어,
오늘도

신영환 지음

인생에서 가장 찬란한 시간을
보내고 있는 너에게

공부하느라
수고했어,
오늘도

신영환 지음

서사원

저는 젊은 사람의 책을 들고 감동할 준비를 하지 않습니다. 나이 들어 생긴 오만이겠지요. 의문이 들었습니다. 이 젊은 교사는 왜 실패에 관해 이야기할까? 명문 특목고 교사요, 똑똑하기 그지없는 학생들을 10년간 지도했으니 성공담이 빼곡할 텐데 말입니다. 그러다가 손을 못 떼고 순식간에 읽었고 감동했습니다. 저자는 금기어일지도 모를 '자살'에 관해서도 말합니다. 제 주변에도 학습 문제로 생을 꺾은 어린 학생들이 있었습니다. 이 또한 나이 들어 겪은 경험 중 하나겠으나 있어서는 안 될 비극이었어요. 그 아이들을 위한 기도는 "미안하다"이고 지금도 계속됩니다.

저자는 대학이라는 무게에 삶을 바치고 있는 어린 학생들을 안타깝게 여겨 책을 썼으나 감성에 호소하는 위안을 늘어놓지는 않습니다. 고전 심리학부터 최근 학습론까지 방대한 양의 국내외 서적을 읽은 후 현재 대한민국 수험생들의 면면을 이론에 근거하여 꼼꼼하게 분석했습니다. 그렇다고 냉철한 조언을 던지는 것이 아니라 따스하게 말을 겁니다. 인생의 여러 관문 가운데 하나인 대학을 놓고 생명줄이 타도록 불안한 학생들 귀에 닿을 말입니다.

저는 이 책을 부모들에게도 권하고 싶습니다. 교육열 높은 한국에서 태어나 애달픈 부모의 열망을 등에 지고 사는 우리 아이들의 학교 안에서의 모습을 보여주기 때문입니다. 그리고 아이들의 불안, 무기력, 자존심, 동기 등이 왜 성공적인 학습에 영향을 주는지 분명하게 설명하고 있습니다. 이를 통해 부모들이 자녀들을 더 잘 이해할 수 있기를 바랍니다. 이 책이 대한민국 모든 중, 고등학교 도서관에 비치되기를, 뿐만 아니라 수험생이 있는 모든 가정에 닿기를 간절히 바라며 추천사를 씁니다.

_홍현주(언어학박사, 《엄마표 생활영어표현사전》 저자)

인생을 살아감에 있어 실패는 필수적인 관문입니다. 저자는 대입에서 그 관문을 뼈저리게 느끼고 방황하고 좌절했습니다. 하지만 툭툭 털고 기나긴 어둠의 터널을 지나 교단에서 학생들을 바라보는 멋진 사람이 되었습니다. 우리의 삶은 점수로만 매길 수 없는 작은 가치들의 점들로 가득 차 있습니다. 사람들은 그 점을 보지 못하고 눈앞의 결과에 집착하고, 앞만 보고 살아가게 됩니다. 저자는 인생이라는 긴 여정에서 과연 더 중요한 것이 무엇인지에 대해 이야기하고 있습니다. 자신의 실패 극복담을 바탕으로 이 책을 읽는 모두에게 용기를 주고 자신의 점을 찾아 연결하기를 희망하고 있습니다. 요컨대 그 점을 연결하려고 애쓰는 그 과정에서의 '실패'는 성공의 자양분이며 두려워할 대상도 아닙니다. 우리 모두는 승리자입니다.

_혼공 허준석(영어교육 인플루언서, 《엄마표 영어에 입시를 더하다》 저자)

저자는 학교에서의 공부뿐만 아니라 우리가 겪는 인생의 모든 경험을 공부라고 말합니다. 특히 동기가 부족해서, 공부 방법을 몰라서 방황하는 수험생들의 상황을 묘사하며 자신의 실패 경험과 연결 지어 설명합니다. 이를 통해 독자들에게 조금 더 나은 인생을 살기를 바라는 것 같습니다. 누구나 공부를 잘하고 싶은 마음을 갖고 있을 것입니다. 하지만 정작 공부를 왜 해야 하는지 고민하는 사람은 많지 않습니다. 공부를 잘하고 싶다면, 무엇보다 동기가 가장 중요하고 자신에 대해서 정확하게 파악해야 합니다. 그리고 자신감을 가지고 계속 목표를 향해 달리고, 문을 두드려야 합니다.

내일의 멋진 나를 위해 끊임없는 도전을 멈추지 않고 나아가는 저자의 모습을 통해 독자들도 지금도 늦지 않았음을 응원 받고 또 위로 받을 수 있을 것입니다. 이미 실패를 극복하고 회복의 과정을 거쳐 성장과 성공을 이룬 저자처럼, 독자들에게 힘찬 응원의 박수를 보내봅니다. 또한 학생들뿐만 아니라 학부모님들과 학생을 가르치는 교육 분야 전문가들도 읽어보면 좋은 책이라 믿어 의심치 않습니다.

_정승익(EBS 대표 강사, 《영어 1등급은 이렇게 공부한다》 저자)

대한민국에서 '학생'을 거쳐 간다면 학창 시절 누구나 '힘들다' 라는 감정을 쉽게 갖기 마련입니다. 아이가 힘들면 그 아이를 보고 있는 부모는 아무것도 해줄 수 없다는 생각에 몇 배는 더 힘이 듭니다. 계속 좌절만 하고 힘들어 해야 할까요? 아니면 이제는 그만 힘들어 할까요? 아이에게 위기가 올 때 스스로 문제를 진단하고 위기를 기회로 만들며 성장할 수 있는 통찰력을 제시해주어야 합니다.

현재 교사로 활동하고 있지만 그 이전에 한 개인으로서 실패하고 좌절 속에서 이겨낸 뼈아픈 경험을 바탕으로 힘들어하고 있는 학생들과 마음을 졸이고 있는 부모님에게 따뜻한 손길을 내밀며 마음을 보듬어주고 함께 헤쳐 나가 보자고 손을 내미는 느낌입니다. 인생에서 가장 찬란한 시간을 보내고 있는 중, 고등학생 그리고 든든한 지원군 학부모님들에게 실패, 회복, 성장, 도전이라는 네 가지 단계별로 나 자신을 돌아보고 다음 한 발짝을

뛸 수 있게 해줍니다.

학교, 집, 학원에서 압박감과 스트레스를 받는 아이에게 채찍보다는 이 책의 제목처럼 '공부하느라 수고했어, 오늘도'라는 마음을 전해주기를 권하고 싶습니다.

_성기홍(영어교육 인플루언서, 《효린파파와 함께하는 참 쉬운, 엄마표 영어》 저자)

우리 어른들이, 우리 사회가 아직도 아이들의 안전한 울타리가 되어주지 못하고 있는 것에 안타까움을 느끼며 단숨에 읽었습니다. 가정과 학교는 아이들이 본격적으로 사회에 나가기 전에 무수히 새로운 것을 시도해보고, 실패하고, 비로소 성공하는 경험을 해볼 수 있는 안전한 울타리를 제공해야 하는데, 줄 세우기식 입시교육으로 인해 과연 우리가 그 울타리를 제공하고 있는지에 대해 회의가 듭니다. 학창시절 내가 갈 대학교가 아니라 '내가 장차 어떤 사람이 될 것인가', '앞으로 어떻게 살아갈 것인가'를 고민해야 한다는 신영환 선생님의 말씀에 깊이 공감합니다.

어쩌면 우리 어른들조차 스스로 어떤 부모와 교육자가 되고 싶은지, 그렇다면 우리 아이는 어떤 사람이 되고 싶어 하는 것일지에 대한 고민을 제대로 해본 적이 없기에 아이들을 으레 우리가 해왔던 방식 그대로 내몰고 있었던 것이 아닐까 합니다. 이러한 상황에서도 학생들의 아픔과 어려움을 보고 '괜찮다', '수고했다'라고 말씀하시며 스스로도 내적, 외적 성장을 이루고 계신 신영환 선생님과 같은 교육자가 계셔서 희망을 가지며,《공부하느라 수고했어, 오늘도》를 통해 어른들과 아이들이 함께 진짜 성장의 길에 대해 고민해보는 기회가 되기를 바라는 마음으로 이 책을 추천드립니다.

_따스 이은주(교사 인플루언서,《알파벳 무작정 따라하기》저자)

인생을 조금 먼저 살아온 50대의 학부모로서, 제게는 가장 소중한 아이의 담임으로 함께해 주셨던 신영환 선생님의 교육 철학을 누구보다 존경하고 응원합니다. 높은 목표를 이루는 게 성공이 아니라 어제의 나보다 현재의 내가 더 발전하고 성장했을 때 그게 성공이라고 말하는 저자의 인생 철학은 저에게는 흔한 자기계발서들의 한 마디보다 훨씬 가슴 깊게 다가옵니다.

공부에 지친 수험생 여러분! 수험생을 응원하는 학부모 여러분! 그리고 수험생을 가르치는 교육자 여러분! 이 책을 통해 저자의 진심과 열정이 묻어나는 외침을 들어보시길 바랍니다. 부모로서 내 아이의 담임 선생님을 직접 만나면서 한 번, 이 책을 읽으면서 독자로서 저자를 만나면서 또 한 번 큰 울림이 있었기에 분명 여러분에게도 이 책이 인생의 좋은 지침이 되리라 생각합니다.

_한리나(학부모, 전 안양외고 운영위원장)

두 번의 대학입시 실패, 하지만
나는 실패한 인생으로 살고 싶지 않았다

지금으로부터 20년 전, 나는 경기도의 한 명문고등학교를 다녔다. 전성기 때는 1년에 50명 가까이 서울대에 학생들이 진학할 정도로 공부를 정말 잘하는 인재들이 이 학교로 모여들었다. (한 일화로 학교 교복을 입고 음식점에 가면 학교를 알아보고 서비스 음식을 내줄 정도였다. 실제 내가 겪었던 일이다.) 내가 봐도 내가 다녔던 학교는 정말 공부 괴물들이 다니는 학교였다. 고등학교 입학 전에 수학 과목 교육과정을 모두 끝낸 학생부터, 토익 만점을 받는 학생까지 이미 실력을 갖춘 학생들로 넘쳐났다. 나는 그런 환경 속에서 생활하며 점점 자신감을 잃었고 방황의 길을 걷게 되었다.

정확히 기억이 안 나는 건지 기억하고 싶지 않은 건지 모르겠지만 첫 시험에서 큰 충격을 받았던 건 잊을 수 없다. 16년 남짓 살아오면서 등수를 뒤에서부터 세어본 적이 없었기에 첫 시험의 충격은 남은 고등학교 생활에 많은 영향을 주었다. 사실 처음에는 오기를 부려봤다. 재기를 꿈꿨다. 하지만 '첫 단추를 잘 꿰매야 한다'는 말이 맞았다. 아무리 노력해도 이미 완전무장한 공부 괴물들을 절대 이길 수는 없었다.

분명 입학할 때만 해도 나의 목표는 일류대학에 진학하는 거였다. 하지만 성적을 받을 때마다 나는 쓴맛을 봤다. 약보다 더 쓴맛이었고, 절망을 부르는 맛이었다. 비록 고등학교 입시에는 성공했지만, 대학입시를 준비하는 과정에서 나는 언제나 낙오자였고 실패자였다. 그렇게 실망을 거듭하며 나는 무기력을 학습하게 되었고, 상황은 점점 안 좋아졌다. 그때는 몰랐지만, 교육심리학에서 말하는 '학습된 무기력'이라는 것을 나는 경험하고 있었다.

학습된 무기력은 실패를 계속 경험하며 부정적인 상황에 지속적으로 노출되었을 때 생긴다. 미국 심리학자 마틴 셀리그만의 연구 결과에 따르면, 학습된 무기력은 미래의 상황에 대해서 통제할 수 없을 것이라는 통제력에 대한 상실감에 의해 더욱 강화된다고 했다. 다시 말해 자신이 아무리 노력해도 상황이 바뀔 수 없다고 믿고 아무런 시도도 하지 않게 된다는 의미다. 또한 우울증, 열등감, 의욕 상실 등의 증상이 나타날 수 있다고 한다.

그때 머릿속에 맴도는 생각이 하나 있었다. '어디서부터 잘못 된 것일까?' 아무리 생각해도 공부 괴물들이 다니는 이 학교에 입학한 게 가장 큰 잘못이었다. 공부를 못하는 학생들에게 나타 나는 현상 중 하나는 안 좋은 결과를 나의 노력이 아닌 다른 이 유로 생각하는 거다. '귀인 이론'에 따르면 우리가 성장할 수 있 는 가장 바람직한 방법은 실패의 원인을 '나의 부족한 노력'에서 찾아야 한다는 것이다. 즉 실패의 원인이 '능력, 행운, 환경, 상황' 과 같은 바꿀 수 없는 요인 때문은 아니라고 생각해야 한다. 나는 그렇게 학습된 무기력에 잘못된 귀인까지 하나도 빠짐없이 실 패자로서 갖추어야 할 요건을 모두 충족시키고 있었다.

사실 부모님은 내가 명문고를 다닌다는 이유 하나만으로도 나 에게 거는 기대가 컸다. 하지만 점점 사라지는 자신감, 떨어지는 성적을 보시며 불안하셨는지 자기 주도 학습이 중요한 고3 때 부 모님의 노후 자금을 당겨서 사교육에 크게 투자하셨다. 하지만 오히려 그 투자는 역효과를 낳았다. 공부는 스스로 생각하면서 해야 하는데 수능 때까지 남은 시간 동안 혼자 공부하는 시간이 너무 없었다.

지나고 보니 이것도 내가 대학입시 준비과정 속에서 실패할 수밖에 없었던 이유 중 하나였다. 내 생각엔 "늦었다고 생각될 때 가 가장 늦었다."라는 개그맨 박명수의 말이 맞는 것 같다. 지금 생각해보면 내가 대학입시에 실패할 수밖에 없는 이유는 끝이 없었다. 학습된 무기력, 잘못된 귀인, 쉬운 포기, 타인에 의지한 학습, 부정적인 마인드 등 실패자로서의 자격 요건을 제대로 갖췄던 것 같다.

엎친 데 덮친 격으로 3년이라는 시간이 무색하게 2002학년도 수능은 불수능이었다. 1교시 국어 시험이 끝나고 바로 옥상에 올라가 투신자살한 학생도 있었고, 시험 보고 집에 돌아가는 길에 지하철에 뛰어든 수험생도 있을 정도로 큰 충격을 남겼던 시험이었다. 2001학년도 수능 문제의 난도가 낮아서 2002학년도 수능은 정말 어렵게 문제가 출제되었다. 평소 풀던 모의고사 문제와는 차원이 달랐다.

400점 만점에 390점 이상씩 받던 공부 괴물 친구들도 50점 가까이 점수가 떨어졌으니 말 다했다. 고3 때 나는 원하는 대학에는 갈 수 없을 거라 생각해왔다. 재수를 하면 좀 나아지지 않을까 계속 생각했다. 심지어 이 생각은 1교시 국어 시험 문제를 풀면서 더욱 확고해졌다. 그렇게 나는 평소보다 90점이나 적은 점수를 받고 재수를 결심했다.

지금도 계속 한쪽 가슴이 메어오는 후회되는 일이 있다. 재수를 결심했을 때 현명하지 못한 선택을 했던 일이다. 나는 원래 문과였는데, 무슨 바람인지 갑자기 한의사가 되고 싶었다. 그래서 재수할 때는 이과로 준비했다. 여기서 문제가 발생했다. 배우지 않았던 수학 II 과목을 새롭게 배워야 했다. 선택과목이었던 생물

II도 더 공부해야 했다. 1년이라는 시간은 벌었지만 내가 못하는 이과 과목을 새롭게 배워야 하는 부담이 있었다.

사실 3개월 정도는 수학 과목을 제외하고 성적이 많이 올라서 자신감이 붙었다. 하지만 계속 오르지 않는 수학 때문에 걱정이 되기 시작했다. 특히 '기하와 벡터' 개념이 이해가 되지 않으면서 위기를 느꼈다. 한의사가 되려면 거의 만점에 가깝게 수능 점수를 받아야 했다. 하지만 수학 점수가 형편없었다. 그런 와중에 2002년 월드컵이 열렸다. 대한민국 태극전사는 4강까지 진출하게 되었고, 축제 분위기 속에서 공부에 집중하는 건 정말 쉽지 않았다. 축구 경기가 있을 때마다 응원하느라 잠시 재수생이라는 신분을 잊고 지냈다. 월드컵이 폐막하고 정신을 차리고 보니 수능까지 시간이 얼마 남지 않았다.

하지만 이번에도 이미 늦었음을 직감했다. 그 상태로는 절대 한의대에 진학할 수 없다는 것도 알았다. 그렇게 걱정, 불안, 초조함 속에서 매일 밤에 잠 못 자고 고민하며 두려움 속에서 허송세월을 보냈다. 결과는 불 보듯 뻔했다. 준비되지 않은 자에게는 기회가 오지 않는 것처럼 나에게는 기회는커녕 오히려 더 안 좋은 결과가 기다렸다. 사람이 기억하고 싶지 않을 때는 망각하게 된다고 한다. 그래서인지 실제 고3 때 봤던 수능보다 더 낮은 점수를 받은 건 기억나는데 점수가 전혀 기억이 나지 않는다.

결과적으로 또다시 원하는 대학에 진학할 수 없었다. 원하는 대학이 아니라 그때 받은 점수로는 대학이나 갈 수 있을지조차 불확실했다. 수능 시험을 문과로 봤으면 모를까 때마침 교차지원도 거의 막혀 있어서 방법이 없었다. 나의 두 번째 대학입시에 대한 도전은 그렇게 허무하게 끝이 났다.

공부가 인생의 전부였던 내 인생은 그렇게 막을 내릴 뻔했다. 3일 동안 거의 굶어가며 자살을 생각했다. 인터넷으로 찾아보니 주요한 5가지 자살 방법이 자세히 나와 있었다. 몇 가지 방법은 시도했다가 엄습하는 죽음을 느끼고 중간에 두려워 멈추기도 했다. 지금 생각해보면 인생에서 대학이 전부가 아닌데 그때는 왜 그랬을까 하는 생각이 잠시 든다. 정말 다행인 건지 모르겠지만 막상 죽으려니 죽는 게 두려웠다.

나는 대학입시도 두 번이나 실패하고, 자살도 실패한 겁쟁이였다. 그렇게 하고자 하는 일을 모두 실패만 하니 이제는 내려갈 데가 없었다. 바닥에 있으니 그냥 현실을 마주해야겠다는 생각이 문득 들었다. 그리고 깨달았다. 그동안 나는 쓸데없고 그 못난 자존심으로 인해 실패만 거듭했다는 것을 알아차렸다. 나는 내가 공부를 잘하는 사람이라고 생각했고, 남들보다 잘난 사람이라고 생각했다. 하지만 결과가 그렇지 못하니 모순이었다. 그리고 이 모든 것은 나의 하찮은 '자존심' 때문이었다.

한순간에 자존심을 버리고 나니 나에게 주어진 현실을 인정하고 받아들일 수 있었다. 내가 한참 부족한 사람이라는 것을 인정했다. 그리고 대학 간판이 중요한 게 아니라 내가 앞으로 어떻게 살아가야 할지 생각하게 되었다. 사실 고등학교 3년 동안 해야 할 일이었다. 바로 진로를 고민하는 일. 하지만 나는 대학 이름에만 집착했지 제대로 된 진로를 고민하지 않았었다. 늦바람이었지만 진지하게 내가 무엇을 좋아하고, 무엇을 더 잘할 수 있을지 고민했다. '늦었을 때가 가장 이르다'는 말을 이제는 쓸 수 있을 것 같았다.

나는 영어, 중국어, 일본어와 같은 외국어를 좋아했다. 누군가한테 내가 알고 있는 지식이나 정보를 알려주고 친구들과 경험을 공유하는 걸 좋아했다. 이런 모든 것을 종합했을 때 우선 외국어를 가르치는 사람이 되면 좋겠다 생각했다. 학생들이 나처럼 고등학교 때 대학을 쫓는 바보가 되지 않고, 진로를 고민하도록 돕고 싶었다. 그래서 그때 교사가 되기로 결심했다.

수능 점수가 낮아서 사범대 진학은 어려웠으나 영어영문학과에 진학해서 치열한 경쟁을 이겨내고 교직 이수를 했다. 사범대에 갔으면 더욱 편하게 교사 자격을 얻었겠지만 나에게 주어진 현실 속에서 최선을 다하며 차근차근 교사라는 꿈을 이루기 위해 노력했다.

분명히 나는 대학입시에는 두 번이나 실패했다. 하지만 교사가 되기 위한 과정에서는 그리고 남은 내 인생을 위해서는 실패자가 되고 싶지 않았다. 그래서 언제나 내가 부족하다고 생각하고 매일 한 걸음씩 앞으로 나아가며 성장하려고 노력했다. 그리고 마침내 꿈을 이뤘다.

물론 20년 가까이 지난 지금도 가끔은 그 시절이 후회스럽고 아쉬움에 욕심이 생겨서 괴로울 때도 있다. 되돌릴 수만 있다면 그때로 돌아가서 실패의 요건들을 제거하고 싶다. 하지만 이미지나버린 시간을 되돌릴 수는 없다. 그래도 나에게는 아직 희망이 있다. 적어도 내가 학교에서 만나고 있는 제자들에게는 후회하지 않는 선택을 하도록 도울 기회가 있기 때문이다. 하나만 기억했으면 좋겠다. 어느 대학을 갈지 고민하는 것보다 더 중요한 것은 내가 어떤 사람으로 살아갈지 고민하는 것이다.

| 차 례 |

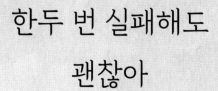

한두 번 실패해도
괜찮아

무기력감은 학습되는 거야

실패의 반복은

학습으로 이어진다.

2011년 처음 교직을 시작했으니 올해로 나는 10년 차 교사다. 지난 10년 동안 수많은 학생을 만났다. 공부 잘하는 학생, 예의가 바른 학생, 학교생활을 성실하게 하는 학생, 장기와 재주가 많은 학생 등 정말 다양한 학생을 만났다. 그런데 이상하게도 항상 나는 학교생활을 잘하는 학생보다 어려워하는 학생들에게 더욱 관심이 갔다. 아무래도 많이 아프고 힘들었던 나의 과거 경험이 한몫했다. 그 아이들은 나처럼 되지 않기를 바라는 마음에 더욱 그랬다.

특히 무기력한 학생들을 발견하면 더욱 적극적으로 상담해왔다. 그런데 상담할 때마다 항상 의문이 드는 점이 있었다. 과연 그들은 원래부터 그렇게 무기력한 학생이었을까? 과거에도 계속 그랬는지 물어보면 답은 비슷했다. 그들도 과거에는 그렇게 무기력하지 않았다. 다른 학생들처럼 성실하게 수업 듣고, 학교생활도 열심히 했다. 하지만 대학입시를 준비하는 고등학교에 진학하면서부터 성적이 잘 나오지 않았고, 그런 이유로 점점 방황을 시작했던 거였다. 놀라운 사실은 몇몇 학생은 중학교 때까지 일명 엄친아라 불릴 정도로 모든 방면에서 뛰어났었다. 그중엔 이름만 들어도 전교생이 다 알 수 있을 정도로 공부 잘하기로 유명했던 아이도 있었다.

특별히 특목고를 준비하지 않는다면 중학교 때는 내신 성적이 그렇게 중요하지 않을 수 있다. 하지만 고등학교에 입학하면서부터는 내신 성적이 매우 중요해진다. 특히 수시로 70% 이상 대학에 진학하는 입시제도에 따라 내신의 중요성을 더욱 무시할 수 없다. (2022학년도부터는 수시 60%, 정시 40% 비율로 조정될 예정) 여러 중학교에서 올라온 다른 학생들과 경쟁해야 하기에 더 많이 부담된다. 철밥통처럼 느껴지는 군대에서도 진급할 때마다 그 집단 안에서 30% 안에 들어야 다음 진급을 보장받을 수 있다고 하니, 사회에서 다음 단계로 넘어가면서 집단이 더 커지고 경쟁이 더욱 심해지는 건 어쩔 수 없다. 어떻게 보면 고등학교 생활이 인생에 있어서 가장 처음 치열한 경쟁을 경험하는 시기라고도 볼 수 있다.

그런 어려운 시기에 무기력한 모습을 보인 학생들은 내신 성적이 낮았다. 중학교 때까지 아무리 잘했어도 고등학교에 입학해서 처음 본 내신 시험에서 좋은 성적을 받지 못했다. 그렇게 첫 실패를 시작으로 계속 성적에는 변화가 없었다. 이렇게 계속 실패를 거듭하면서 그들은 방황을 시작했다. 공부를 잘하면 인정받을 수 있는 고등학교에서 인정받지 못하는 존재가 되었다. 더구나 내가 근무하는 학교는 특목고이기에 학생들 스스로 성적으로 자신을 평가하고 있었다. 그래서 그들은 점점 무기력한 학생이 되어 갔다.

사실 태어날 때부터 무기력한 사람은 없을 것이다. 본능적으로 우리는 아무리 어려운 환경 속에서도 살아남기 위해 노력한다. 그게 생존 본능이다. 따라서 무기력감은 타고난 것이 아니라 학습되었다고 볼 수 있다. 그렇다면 도대체 왜 무기력감을 학습하게 되는 것일까? 쉽게 말하자면, 학습된 무기력은 반복되는 실패로 인해 생긴다. 내가 아무리 노력해도 결과가 변하지 않는 상황일 때 더욱 강화된다. 이를 뒷받침하는 학습된 무기력과 관련된 연구 결과가 많이 있다.

1957년 미국 존스 홉킨스 대학의 커트 리히터 교수는 들쥐를 대상으로 실험을 했다. 따뜻한 물이 담긴 통에 야생 들쥐들을 풀어놓고 60시간 동안 수영하게 했는데, 처음 몇 분 동안은 열심히 헤엄치다가 다른 쥐들에 비해 금방 익사한 쥐들에서 공통점을 발견했다. 그 쥐들은 물통으로 옮겨지는 과정에서 커트 리히터 교수의 손에서 벗어나기 위해서 안간힘을 썼지만 풀려나지 못했던 경험을 한 쥐들이었다. 이를 통해서 그는 혐오적인 자극에 노출될 때 통제가 불가능하다는 무기력을 느낀 쥐들이 물통에서도 금방 헤엄치기를 포기하게 된 것이라고 주장했다. 이는 '학습된 무기력'을 지지하는 초기 연구 결과로 볼 수 있다.

1967년 미국의 심리학자 마틴 셀리그만은 24마리의 개를 세 그룹으로 나누어 상자에 넣고 전기충격을 주었다. 그룹 A에게 는 코로 조작기를 누르면 전기충격을 스스로 멈출 수 있는 환경 을 제공했다. 그룹 B에게는 코로 조작기를 눌러도 전기충격을 피 할 수 없고, 몸이 묶여 있어 어떠한 대처도 할 수 없는 환경을 제 공했다. 그룹 C는 비교 집단으로 상자 안에 있었으나 전기충격을 주지 않았다.

24시간 이후 이들 세 그룹 모두 다른 상자에 옮겨 놓고 전기 충격을 주었다. 옮겨진 상자에서는 중앙에 있는 담을 넘으면 전 기충격을 피할 수 있었다. 그룹 A와 그룹 C의 개들은 중앙의 담 을 넘어 전기충격을 피했으나, 그룹 B의 개들은 전기충격이 주어 지자 피하려 하지 않고 구석에 웅크리고 앉아 있었다. 결국 그룹 B의 개들은 자신이 어떤 일을 해도 그 상황을 극복할 수 없을 것 이라 판단했다고 볼 수 있다. 마틴 셀리그만은 혐오 자극이 있어 도 회피 불가능한 전기충격을 경험한 개들은 회피 가능한 전기 충격이 주어진 경우에도 피하지 않는 것을 보고 이를 '학습된 무 기력'이라 하였다.

이와 비슷한 사례로 서커스단에서 자란 코끼리 이야기가 있다. 아기코끼리는 어릴 때부터 줄에 묶여 있었다. 줄을 끊을 힘이 없던 어린 시절부터 누적된 실패 경험 때문에 줄을 끊을 정도의 힘이 생길 만큼 성장했지만, 부실한 줄에 묶여 있는 상태에서도 탈출하지 않았다. 이는 아무리 노력해도 결과가 달라지지 않는다는 것을 학습했기 때문이다. 자신이 어떤 노력을 기울여도 결과가 바뀌지 않을 것이라는 판단 때문에 대처할 수 있는 상황에서도 아무런 시도를 하지 않게 된다.

학습된 무기력 이론은 동물뿐만 아니라 사람에게도 적용된다는 사실을 확인할 수 있다. 1950년대 제2차 세계대전이 끝난 후 나치 수용소에 수감되었던 포로들에게 자유를 주었지만, 그들은 그저 몸을 움츠린 채 가만히 있었다. 부모로부터 학대당하는 어린아이들에게도 피해 상황으로부터 탈출할 수 없는 무기력과 체념 현상을 살펴볼 수 있었다. 동물이나 사람이나 혐오 자극에 계속 노출되면서 상황을 피할 수 없거나 바꿀 수 없게 되면 무기력을 학습한다. 학교에서 공부로 스트레스 받고 그게 혐오 자극이 되어서 지속해서 작용한다면 충분히 무기력을 학습할 수 있을 것이다.

미국 심리학자인 켄드라 체리의 연구에 따르면, 학습된 무력감은 불안, 우울증 등으로 이어질 수 있다고 했다. 아이들이 자신이 겪은 과거 사건들에 대해 통제할 수 없다고 느낄 때, 그 아이들은 미래의 일을 전혀 통제할 수 없을 것이라고 믿게 된다고 했다. 자신이 하는 어떤 것도 결과를 바꿀 수 없다고 믿기 때문에, 시도조차 하지 말아야 한다고 생각하게 되는 것이다. 그녀가 말하는 학습된 무기력이 있는 학생들의 특징은 다음과 같다.

- Failure to ask for help (도움 요청하는 것 실패)
- Frustration (좌절감)
- Giving up (포기)
- Lack of effort (노력 부족)
- Low self-esteem (낮은 자존감)
- Passivity (수동성)
- Poor motivation (동기 부족)
- Procrastination (할 일 미루기)

특목고에서 근무하는 담임교사로서 학부모와 상담하며 가장 많이 듣는 이야기가 있다. 우리 아이가 중학교 때까지는 공부를 곧잘 했는데 고등학교에 진학해서 성적이 크게 떨어진 이후 방황하게 되었다는 말이다. 물론 처음에는 극복해보려고 노력했었는데 계속 성적이 오르지 않자 이제는 포기한 것 같다고 한다. 실제 그 아이들을 살펴보면 위의 특징을 대부분 갖고 있다.

나도 10대 때 학습된 무기력 때문에 대학입시를 준비하며 두 번이나 실패를 경험했다. 소위 명문고를 다녔지만 내 성적은 계속 떨어졌다. 아무리 노력해도 바뀌지 않는 내 상황은 오히려 절망의 늪으로 변하고 있었다. 중학교 때까지 자신감 넘치고 쾌활했던 내 자아는 그렇게 서서히 죽어갔다. 나는 한때 공부를 잘했던 학생에서 남들보다 아무것도 잘할 수 없는 무기력한 존재로 변해갔다.

두 번째 대학입시 실패를 경험한 후, 이 세상에서 존재해야 할 이유를 찾지 못해 나는 자살을 결심했다. 더 웃기는 건 죽음이 두려워 자살할 용기가 없는 자신을 보며 정말 아무것도 할 수 없는 겁쟁이라는 생각에 헛웃음이 나왔다. 얼마나 무기력한 사람이 되었으면 생을 마감하는 일조차 못 해낼까. 정말 아무것도 할 수 없는 사람이 되어 있었다.

아무리 중학교 때 공부를 잘했다고 할지라도 고등학교에서 계속 실패를 경험하면 자신감이 사라지고, 자신의 능력으로는 상황을 바꿀 수 없다고 판단하게 된다. 최악의 경우는 무력감과 절망감을 반복적으로 경험하며 궁극적으로 자신의 문제를 바꾸기 위해 할 수 있는 것이 아무것도 없다고 느낄 수 있다. 이처럼 학습된 무기력은 통제할 수 없었던 상황 자체보다 미래의 상황에 대해서 통제할 수 없다고 느낄 때 더 강화된다고 볼 수 있다.

우리 인생에 있어서 가장 무서운 적은 '무기력감'이다. 살아 숨쉬는 이 순간에 아무것도 하지 않는다면 죽은 것과 다름없지 않은가. 시도조차 해보지도 않고 포기하는 게 가장 미련한 짓이다. 다양한 경험을 통해 열정적으로 꿈을 찾아야 하는 10대들에게 학습된 무기력이란 암보다 더 무서운 존재다.

　의사들은 세상에서 가장 무서운 질병이 암이라고 한다. 반면에 교사들이 가장 두려워하는 것은 학습된 무기력이다. 심지어 몇몇 교사는 암보다도 더 무서운 게 수업 시간에 무기력한 모습을 보이는 학생들이라고 말한다. 내가 혹시 무기력하다면, 그건 경험에서 오는 학습된 결과가 아닌지 스스로 확인해 보길 바란다.

실패에는 다 이유가 있어

귀인이론:

성공이나 실패의 원인을 찾는 방식에 대한 이론

'서당 개 삼 년이면 풍월을 읊는다'는 말이 있다. 고3 담임 3년 차가 되던 해, 나는 대학입시에 대한 자신감이 하늘을 찔렀다. 학생들의 성적과 생활기록부 평가 내용만 봐도 대략 어느 대학을 갈 수 있을지 짐작했다. 입시상담을 앞두고 학생들의 성적을 분석하면서 우리 반에서 최대 세 명까지 서울대학교에 보낼 수 있을 것 같았다. 두 명은 내신 성적이 매우 우수했고, 한 명은 수능 모의고사 성적이 매우 우수했다. 하지만 결론적으로는 한 명을 제외하고 나머지 두 명은 서울대는 고사하고 연고대에도 합격하지 못했다.

지금도 생각하면 개인적으로는 그 아이들이 운이 없었다고 생각한다. 한 명은 우리 반 내신 1등이었고, 다른 한 명은 수능 모의고사 1등이었다. 일류대를 수십 명 보내는 특목고에서 어떻든지 간에 전교 10등 안에 드는 성적을 내고 있었으니 이변이 없는 이상 그 아이들이 일류대학에 가는 건 누구나 예측 가능한 일이었다. 하지만 기대했던 것만큼 결과가 좋지는 못했다. 대학 서열화하는 것을 누구보다 싫어하지만, 자신들이 원하는 대학에 진학하려고 피나게 노력했던 아이들의 결과를 보며 상심이 클 수밖에 없었다. 그래서 이 아이들의 대학입시 과정을 철저히 분석해 봤다.

우선 내신 1등이었던 학생은 성적이 좋았기 때문에 일류대학 세 군데 모두 1차 서류평가를 통과했다. 하지만 아쉽게도 두 군데는 면접을 잘 못 봤는지 불합격했다. 다행히 한 군데 입시 일정이 남아 있었기에 최선을 다해 노력했다. 비록 앞선 대학에서는 고배를 마셨지만, 남은 대학에서 본 면접은 매우 잘 본 느낌이었다고 했다. 그런데 생각지도 못한 이유로 면접에서 떨어졌다. 면접을 보고 나오는데 복도 감독관이 잠시 조용히 불러 차근차근 실격 이유를 설명했다고 했다.

사실 면접실에 들어가기 전, 대기실에서 준비한 자료를 끝까지 살펴보느라 깜박하고 노트북을 제출하지 않고 계속 갖고 있었단다. 누군가 그 모습을 보고 신고하여 휴대 금지 물품 사용을 이유로 실격 처리가 되었다고 했다. (참고로 대학입시와 관련하여 전자기기는 휴대 금지 물품으로 제출해야 한다.)

다행히도 목표로 하는 대학에 대한 전형이 수능 이후에도 남아 있었다. 평소처럼 수능 성적도 그 학교 최저 등급을 맞출 수 있을 정도로 나왔다. 이제 남은 건 면접을 잘 보는 일이었다. 비록 지난번 실격 처리가 되어 불합격했지만, 면접은 잘 보고 나왔기에 여전히 자신감이 있었다. 또한 그때와 같은 사소한 실수를 할 리가 없었다. 하지만 면접 문항 중 생각지 못한 문항이 나왔다. 그 문항은 제대로 답변하지 못했다. 면접 보고 나오면서 망했다고 생각했다. 결국 한 번에 합격하지 못하고 예비 7번을 받았다.

설상가상으로 추가합격 일정 하루 앞두고 예비 5번에서 그 이상 번호가 빠지지 않았다. 그때 마침 우리 반 학생 한 명이 이 학생과 같은 학교 같은 과에 다른 전형으로도 추가 합격했다. 딱한 사정을 알고 있던 그 학생이 이 전형을 포기하고 다른 전형으로 넘어가면서 바로 코앞 예비 6번까지 다가왔다. 추가합격 최종 발표가 그날 밤 9시까지였으나 변화는 없었다. 그렇게 우리 반 내신 1등 학생은 당연히 갈 것만 같았던 일류대학에 그해에는 갈 수 없었다. 정말 지지리도 운이 없던 이 학생에 비해 예비 6번을 받은 학생은 천운이 있지 않았나 생각하면 참 씁쓸하다.

솔직히 나는 지금까지도 이 학생이 원하던 대학에 합격하지 못한 이유가 '운'이 없었기 때문이라 생각한다. 하지만 입시가 끝나고 졸업하기 전 그 학생과 상담했을 때, 담담하게 자신의 실패 원인을 '운'이 아닌 '자신의 부족한 노력' 때문이라고 말해 놀라움을 금치 못했다. 사실 그 학생도 처음에는 '나는 왜 이토록 운이 없지?'라는 생각을 지울 수 없었다고 했다. 하지만 계속해서 돌이켜보니 결국은 자신의 노력이 부족했기에 결과가 좋지 못했다는 생각이 든다고 했다.

또 다른 학생 이야기는 간단하다. 내신 성적보다 수능 모의고사 성적이 매우 우수했기에 이 학생은 정시에서 좋은 결과를 노리고 있었다. 항상 모의고사에서 틀리는 문제 수가 다섯 손가락 안에 들었으니 일류대학 진학은 따놓은 셈이었다.

근데 그해 수능 국어영역의 문항 난도가 많이 높았다. 실제 수능 시험을 치른 학생들이 느끼는 체감은 더욱 컸다. 국어에서 거의 틀리지 않았던 이 학생도 수능 1교시 국어영역을 보면서 여러 개 틀렸다. 거의 만점을 목표로 했는데, 이미 국어영역에서 많이 틀렸으니 정신적으로 무너질 수밖에 없었다.

그렇게 나머지 과목 문제를 풀면서도 1교시의 충격이 가시지 않았다. 결국 수능 고득점이 아닌 어느 대학의 수능 최저 점수도 맞추지 못했다. 그렇게 자신이 목표로 했던 일류대학 진학의 꿈은 물거품처럼 사라졌다.

이 학생과도 수능 시험 이후에 상담을 진행했다. 기대를 많이 했던 학생이라 지도했던 교사로서도 많이 안타까웠다. 물론 당사자는 얼마나 더 괴로웠을까 생각하면 내 감정은 비교조차 안 될 것이다. 수능 날 당시를 회상하며 눈물을 글썽이던 그 학생의 모습을 지켜볼 수밖에 없었다. 지금도 그날의 기억이 생생하다.

나는 위로한답시고 시험 문제가 어려웠던 건 단지 그해 '운'이 없었기 때문이니 '자신'을 탓하지 말라고 말했다. 근데 이 학생도 자신의 실패 원인이 '운' 때문이라고 생각하지 않는다고 했다. 오히려 자신의 감정을 통제하지 못한 '자신'에게 이유가 있다고 생각했다. 어떻게 보면 내신 1등 학생과 비슷하게 실패의 원인을 자기 자신에서부터 찾으려 했다.

이토록 두 학생의 대학 진학 실패에 대한 분석을 자세히 한 이유가 있다. 그리고 이 학생이 실패 원인을 분석하는 과정에 주목할 만하다. 우리는 보통 어떤 사건이 발생했을 때, 특히 문제 발생 혹은 실패 경험의 경우 그 원인을 찾고자 노력한다. '원인을 되돌아본다' 하여 귀인(歸因)이라 말한다.

사전의 정의에 따르면 귀인 이론이란 '성공이나 실패의 원인을 찾는 방식에 대한 이론'이다. 다시 말해 어떤 사건의 원인을 무엇이라고 생각하는가에 따라 개인의 감정, 미래 수행 기대, 동기 따위가 크게 달라진다는 것을 의미한다.

실패는 누구나 경험하지만, 실패의 원인을 찾는 방식은 천차만별이다. 보통 귀인의 요인은 상황, 운, 시험 난도 등과 같은 외부적인 요인과 능력, 성격(기질), 노력, 실수 등과 같은 내부적인 요인으로 나뉜다.

예를 들어 수학 시험을 망친 학생이 있다고 가정하자. 만일 시험이 어려워서, 혹은 이번엔 운이 없어서, 아침에 몸이 안 좋아서 시험을 못 봤다는 식으로 말하면 이 학생은 외부적인 요인으로 귀인하고 있다. 반면 수학 실력(능력)이 부족해서, 많이 긴장해서, 공부를 많이 못 해서, 혹은 사소한 계산을 실수해서 시험을 못 봤다고 말한다면 이 학생은 내부적인 요인으로 귀인하고 있다.

사전적 정의와 같이 어떻게 '귀인'하느냐에 따라 미래 수행에 대한 기대가 달라지기 때문에 어떤 요인을 통해 귀인하는 게 좋은지 알 필요가 있다. 우선 외부적인 요인으로 귀인했다면 나의 탓이 아닌 남의 탓이기 때문에 발전적인 모습을 보이기 어렵다. 내가 문제라고 생각이 들면 이를 해결하기 위해 어떻게든 노력할 텐데, 내가 문제가 없으니 내가 변해야 할 이유가 전혀 없다.

반면 내부적인 요인으로 귀인하는 학생은 적어도 문제를 '나'로부터 인식하고 있다. 능력이 부족하면 능력을 키우기 위해 노력할 테고, 이번에 많이 긴장했다면 다음부터는 긴장하지 않기 위한 노력을 할 테고, 공부 시간이 부족했다면 시간을 더 확보하기 위해 노력할 것이다. 게다가 실수로 문제를 틀렸다고 하면 실수를 줄이기 위해 더욱 집중하려는 노력을 보일 것이다.

이처럼 실패의 원인을 내부, 즉 자신으로부터 찾는 것이야말로 또 다른 실패를 막는 방법이다. 근데 내적인 요인을 찾았음에도 부작용이 발생하는 경우가 있다. 계속되는 실패 속에 자신의 능력을 탓하게 되면 학습된 무기력이 찾아온다. 이번엔 많이 긴장해서 그랬다고 생각하면 지식을 쌓으려는 노력보다는 감정적인 요인을 제거하는 데 너무 에너지를 쏟게 된다. 작은 실수로 인해 시험을 못 봤다고 생각하면, 완벽하게 출제자의 의도를 파악하지 못했어도 실수로 인해 정답을 유추해내지 못했다고 합리화하는 경향을 보인다.

수능 모의고사 성적이 나오면 담임교사로서 매번 상담한다. 근데 매번 실수로 틀린 문제가 있어서 점수가 안 나온 거라고 말하는 학생이 정말 많다. 그럴 때마다 나는 "실수도 실력이다."라고 따끔하게 충고한다. 처음에 모르고 한 실수는 실수가 맞다. 하지만 두 번 이상 반복되는 실수는 더 이상 실수가 아니다. 그건 실력이다.

또한 나는 수능 모의고사를 보기 전에 학생들에게 해주는 조언이 있다. 자신이 보는 시험 문제가 어려우면 다른 사람도 모두 어려운 것이고, 문제가 쉬우면 나만 쉽다고 생각하라고 말한다. 시험 난도 때문에 자신의 실제 실력을 발휘하지 못할까 하는 노파심에 항상 해주는 조언이다.

이렇게 내적인 요인에 귀인하는 것은 여러모로 큰 도움이 된다. 그중에 가장 좋은 방법은 '자신의 노력'에 귀인하는 것이다. 비록 두 학생 모두 일류대학은 못 갔지만, 자신이 원하는 학과가 있는 다른 대학에 진학했다. 근데 대학에 다니면서 자신이 생각했던 것보다 진로가 맞지 않는다고 생각해서 반수를 했다. 즉, 대학 생활과 재수를 병행했다.

동시에 두 가지 일을 하느라 많이 어렵고 힘든데 이 두 학생은 결국 일류대학 중 한 군데에 각각 진학했다. 다행히 이번엔 면접 때 노트북을 제출하지 않거나, 수능 시험 때 벌벌 떨지 않았다. 이들의 반수 성공 비결은 자신들의 부족한 '노력'에서 실패의 원인을 찾았기에 가능했다.

사람들이 실패를 경험하면 대부분 원인을 내가 아닌 밖에서 찾으려 한다. 난도가 정말 높았던 2002학년도 '불수능'을 경험하면서 나는 왜 이리도 운이 없을까 생각했다. 내가 시험을 못 본 건 시험 문제가 어려웠기 때문이라 생각했다. 아깝게 틀린 문제는 실수해서 틀렸다고 생각했다. 학습된 무기력으로 방황하며 시간을 낭비했던 나의 노력 없는 시간에 대한 반성은 전혀 없었다. 그게 내가 대학입시를 두 번이나 실패했던 큰 이유인데 그때는 알지 못했다.

이제는 알지만, 그때의 시간을 되돌릴 수가 없다. 지금 내가 할 수 있는 건 실패를 경험한 학생들에게 '자신의 노력'에 귀인하도록 알려주는 것이다. 실패의 원인은 자신의 노력이 부족해서였음을 인정하자.

미성숙한 존재라서 미안해

인간의 불안한
감정에 관하여

고3 담임을 하면서 학부모와 상담하며 종종 듣는 이야기가 있다. 자녀가 고3이 된 이후 스트레스가 심한지 집에서 이상한 행동을 보인다는 거다. 벽에 머리를 쿵쿵 박으며 자신의 상황을 한탄하는 아이, 특별히 뭐라 하지도 않았는데 그새 눈물을 흘리는 아이, 별로 웃기지 않은 일에도 미친 듯이 크게 웃는 아이, 집에 있는 인형을 붙들고 학교에 가기 싫다며 우울한 표정으로 혼잣말을 하는 아이.

부모로서는 도저히 이런 행동을 하는 자녀가 이해되지 않는다. 그렇게 이해되지 않는 행동을 고쳐줄까 하다가도 혹여나 아이 성격이 삐뚤어지거나 스트레스를 더 많이 받지 않을까 해서 망설이게 된다. 어디에다가 말을 할 수 없으니 학교에서 매일 같이 자녀와 지내고 있는 담임 선생님에게 전화를 건다.

나 또한 담임교사를 하며 학부모로부터 종종 전화를 받았다. 대부분은 자녀에 대한 상황을 알리거나, 고민 상담이다. 주로 집에서는 아이가 어떤 행동을 하는데, 혹시 학교에서도 똑같은지 궁금해하는 내용이다.

아이들은 학교에서는 별로 힘든 티를 내지 않는다. 아무래도 편하게 자신의 감정을 보일 수 있는 부모나 형제에게 솔직하게 행동을 보이는 것 같다. 처음 이런 전화를 받았을 때는 학교에서는 그렇지 않으니 너무 걱정하지 마시라 안심시키려고만 노력했다. 하지만 뇌 발달 관련 책을 읽으며 10대들의 감정이 왜 그렇게 불안한지 알게 되었다.

미국의 신경학자인 피터 프레스맨은, "다른 동물들보다 뇌의 비중을 훨씬 더 많이 차지하고 있는 전두엽은 인간을 인간답게 만드는 것을 조절하는 뇌의 부분이다."라고 했다. 여기서 '인간을 인간답게 만든다'는 말은 결국 인간만이 이성을 갖고 있다는 말과 같다고 볼 수 있다.

또한 《빅브레인》의 저자이자 행동과학을 연구하는 김권수 교수는 우리 뇌에서 전두엽은 이성적 사고와 판단, 추상적 사고, 행동과 감정 조절, 창의성, 공감과 같이 인간적인 모습을 유지할 수 있게 만들어주는 역할을 한다고 했다.

청소년기에는 전두엽의 신경세포가 가장 왕성하게 성장한다. 신경세포가 성장한다는 말은 세포분열이 많이 일어난다는 뜻이다. 즉, 변화가 많이 일어나는 시기다. 변화라는 것은 불안정한 상태를 의미하고, 아직 미성숙한 상태를 의미한다.

뇌에서 감정을 주관하는 곳은 뇌의 중간에 있는 편도체라는 곳인데 전두엽이 제대로 활성화되지 않았으니 이 편도체를 통제할 수 없다. 그래서 제대로 감정을 통제하지 못한다. 정말 별일 아닌데도 아이들이 자신의 감정을 주체하지 못하는 것도 모두 이런 이유에서다.

또한 청소년기에는 자아가 형성되는 시기다. 뇌 발달과 마찬가지로 자아도 발달하는 시기다. 태어날 때부터 가지고 있는 본능을 바탕으로 감정에 충실한 자아에서 합리적이고 이성적인 판단을 하는 자아로 변화된다.

나아가 자아는 사회화를 통해 도덕적 이상향을 추구하기도 한다. 오스트리아의 심리학자이자 정신분석의 창시자인 지그문트 프로이트는 우리의 자아를 셋으로 구분했다. 그 세 자아는 본능적이고 쾌락을 중시하는 '원초아(id)', 합리적인 성향을 가진 '자아(ego)', 도덕적이고 이상향을 추구하는 '초자아(super ego)'이다. 원초아(id)는 태어날 때부터 형성되고, 자아(ego)는 3~4세 정도부터 발달하며, 초자아(super ego)는 6~7세부터 청소년기까지 발달한다.

프로이트의 자아와 관련된 자세한 설명보다 더 중요한 건 청소년기에 감정이 왜 불안한지이다. 청소년이라고 하지만 아직 성인이 아니기에 자아도 미성숙할 수밖에 없다. 실제 성인이라고 할지라도 미성숙한 자아를 가진 사람이 많다.

그런데 아직 자아 발달이 다 이뤄지지 않은 청소년이니까 더욱더 자아가 불안정하다. 자아가 불안정하다는 말은 의식적이고 합리적인 자아를 형성하지 못해 본능적이고 쾌락을 중시하는 감정에 더 휘둘릴 수 있다는 말이다.

생물학적으로 보나 정신분석학적으로 보나 많은 변화를 경험하는 청소년들의 불안정한 감정은 당연한 것으로 여겨야 한다. 그런데 이미 성숙한 부모가 이런 미성숙한 자녀를 보고 있으니 답답하고 속이 터질 수밖에 없다. 여기서 문제는 몸이 이미 성인만큼 다 커버렸으니 정신적인 부분도 성숙할 것이라 기대하는 심리에 있다.

물론 자녀가 잘할 수 있을 것이라는 믿음은 큰 힘이 되기도 한다. 하지만 기대에 부응하지 못할 때는 오히려 약이 아니라 독으로 돌아오게 된다. 자녀에 대한 기대는 실망으로 바뀌고, 그것은 잔소리로 이어진다. 잔소리를 들은 자녀는 기분이 상하고 스트레스는 극에 달한다. 스트레스가 심할수록 사람은 이성보다는 감정이 앞선다. 공부하기에도 벅찬 시기에 이렇게 감정 소모를 하고 있으니 고3 생활이 순조로울 수 있을까?

나의 지난날 두 번의 대학입시 실패 요인 중 하나는 감정 통제와 관련이 있다. 그때 나의 뇌 전두엽 부분과 자아 모두 미성숙하게 자라고 있었기 때문이다. 게다가 성적이 안 나오는 착잡한 환경 속에서 내 감정은 다른 친구들보다 더 심하게 흔들렸다고 생각한다. 임시방편으로 내가 할 수 있는 건 불안한 감정을 글로 쏟아내는 것이었다.

고등학교 때 나는 '문예 창작 동아리'에서 활동했다. 지금 읽어보면 너무 유치하고 손발이 오그라들 정도지만, 불안했던 내 감정을 '시'로 표현하느라 많은 시간을 보냈다. 어떻게 보면 매우 건전하게 감정을 표출하고 있었다고 생각한다. 그래도 공부를 할 시기에 다른 일에 시간을 투자했으니 결과적으로는 대학입시 실패로 이어졌다.

재수할 때도 마찬가지로 과연 내가 수능을 만점에 가깝게 맞을 수 있을까 하는 걱정과 불안감에 하루하루 살얼음판을 걷는 기분으로 살았다. 거기에 부모님의 큰 기대까지 부담감이 더해졌다. 고작 1년 더 나이를 먹었다고 정신적으로 성숙해졌을까? 절대 그렇지 않았을 것이다. 19살이나 20살이나 도긴개긴이다. 성인이 되었다 해도 여전히 미성숙한 존재였고, 수험생 신분도 불안정한 상태였다.

감정이 불안하면 잘할 수 있는 것도 제대로 실력 발휘가 어렵다. 언어 습득과 관련된 이론에서 학습자가 언어를 배울 때 감정적으로 불안요소가 큰 방해요인이 된다고 말한다. 그것을 '정의적 여과(affective filter)'라고 한다. 언어를 습득할 때 이러한 감정적 여과 장치가 크게 작용하면 자신감도 없어지고 불안감이 높아져 언어 습득을 원활하게 할 수 없다.

대표적인 예로 한국인들의 영어 습득 과정이 해당된다. 많은 한국인은 틀리는 것을 두려워한다. 특히 외국인과 대화할 때 문법적으로 틀리지 않을까 걱정이 앞서 한마디도 못 내뱉고 포기한다. 그렇게 말할 기회를 잃게 되어 영어 실력 향상에 전혀 도움이 되지 않는다.

우리가 원하지 않았어도 청소년기에는 정서적으로 불안정, 불완전, 그리고 미성숙하다. 그래도 긍정적으로 생각해볼 것은 누구나 이런 불안정한 상태에서 안정된 상태로 넘어간다는 사실이다. 과정이 없으면 결과가 없는 것처럼, 불안정한 상태가 없으면 안정이라는 상태도 없다. 오히려 힘든 과정이 있어야 단단한 자아가 만들어질 수 있다. 비가 온 뒤에 땅이 더 단단하게 굳어지는 것처럼 말이다.

나는 인생에 있어서 바닥까지 갔던 실패를 경험했기에 지금의 내가 있다고 생각한다. 그래서 지금은 담담하게 내 이야기를 할 수 있게 되었다. 하지만 20대에는 내가 다니는 대학을 고등학교 친구들에게 말하기 부끄러웠다. 아마도 20대에도 계속 내 자아는 성숙해지지 못했던 것 같다. 그렇다고 그때로부터 20년 가까이 지난 지금은 성숙한 존재가 되었을까? 그것도 아니다.

이제는 살다 보니 좋은 일도 있고, 안 좋은 일도 있다. 그리고 그런 상황은 계속 번갈아 반복된다. 그 이유는 아직 우리가 살아보지 못한 남은 인생을 직접 경험하기 전까지는 알 수 없기 때문이다. 알 수 없는 미래는 우리에게 걱정과 불안을 심어준다. 이것은 마치 어둠 속에서 '아무것도 할 수 없다'는 생각에 무섭고 걱정되고 불안해하는 마음과 같다. 이렇듯 불안이라는 요소는 평생 우리를 따라다닐 수밖에 없다. 지금에서 느끼는 거지만 누구나 불안한 마음을 가질 수밖에 없으니 있는 그대로 받아들이려고 노력하는 것이 어떨까?

우리가 하는 걱정의 80%는 쓸데없는 걱정이라고 한다. 이것은 모두 우리의 불안한 감정에서 나온 것이다. 내가 불안하다고 생각하면 불안하고, 내가 불안하지 않다고 생각하면 괜찮아진다. 결국 내가 어떻게 마음먹느냐에 따라 우리의 감정은 달라진다. 이 감정을 통제하려면 이성적 사고를 해야 한다. 그게 전두엽의 발달이고, 자아를 성숙하게 만드는 길이다.

하지만 합리적인 판단을 통해 감정을 통제하려면, 경험 없이는 불가능하다. 여러분은 그래서 실패 경험이 필요하다. 다음에는 실패하지 않는 방법을 선택하기 위해서 말이다. 그런데 실패 경험을 굳이 직접 할 필요는 없다. 다른 사람의 경험을 통해 잘된 건 배우고, 잘못된 건 고치면 된다. 내가 이 책을 쓰는 이유도 마찬가지다. 누군가는 내 이야기를 통해 교훈을 얻고, 실패를 예방했으면 한다.

고3 수험생의 학부모는 고3 수험생이나 다름없다는 말이 있다. 인생에 가장 중요한 시기를 겪고 있는 자녀를 위해 부모도 신경을 많이 쓰기 때문이다. 가끔 자녀로 인해 학부모도 우울증을 겪는다. 이상하게도 나는 학생과 대화하면서도 많은 학생을 울리고, 학부모와 대화하면서도 많은 학부모를 울린다. 내가 하는 건 오직 상대방의 감정을 이해하려고 노력하고, 열심히 그들의 이야기를 들어준 것뿐이다.

상담의 기본은 들어주는 것이라 했다. 걱정 많고 불안한 마음을 가진 고3 학부모와 학생의 고민을 들어준 것뿐인데 진심은 통하는 것 같다. 그래서 나는 우리 반 급훈을 '이청득심(耳聽得心)'이라 항상 정한다. 이청득심은 귀를 기울여 들으면 상대방의 마음을 얻을 수 있다는 뜻이다. 많이 힘들어하고 불안한 감정을 가진 수험생들과 학부모들의 이야기를 들으며 그들의 감정을 달래주고 싶기 때문이다.

하지만 실제 그런 경험을 겪고 있는 고3 수험생들은 내가 하는 조언을 듣고도 마음처럼 행동으로 옮기기가 쉽지 않아 보인다. 힘든 상황에 놓인 아이들에게 방향성을 알려줘도 자신의 감정에 흔들려 나와 똑같은 실수를 반복하는 것을 보게 된다.

물론 몇몇은 슬기롭게 어려운 상황을 극복해 나가기도 한다. 이왕이면 더 많은 사람이 이 글을 읽고 간접적으로 실패를 경험하고, 간접적으로 극복의 과정을 거쳐 성숙한 자아를 형성했으면 좋겠다. 수험생이든, 취업 준비생이든 지금 힘든 시간을 보내는 누군가가 있다면 힘내기를 바란다. 진심이다.

동기, 그 하나가 부족해서

내적 동기와 외적 동기의 조화로

완벽한 동기가 된다.

내가 근무하는 학교는 특목고 중 외고다. 특목고는 특수목적고 등학교를 줄여서 부르는 말로 과학, 외국어, 예체능, 국제 등 특정 분야에 뛰어난 재능을 가진 학생을 조기 발굴하여 교육할 목적으로 설립된 학교다. 요새 외고는 예전처럼 선발 시 필기시험을 보지 않지만, 자기소개서, 중학교 내신 성적(영어 과목) 등 서류 평가와 면접 평가로 학생들을 선발한다.

아무래도 선발된 집단이다 보니 이 지역 근처의 각 중학교에서 공부 좀 한다는 학생들이 모인다. 매년 입시 결과도 일반고랑 비교해보면 많이 좋은 편이다. 그래서 사람들은 이런 특목고에 진학하는 것은, 곧 명문 대학에 진학하는 것이라 연결 지어 생각한다.

보통 외고에 진학하려는 학생은 영어를 비롯하여 외국어에 대한 흥미와 관심이 많다. 근데 막상 고등학교에 입학해보면, 학교 교육과정을 비롯하여 수업 내용이 대학입시에 초점이 맞춰져 있다는 것을 알게 된다. 외고니까 모든 과목을 다 영어로만 수업할 줄 알았는데, 원어민 수업 시간을 제외하면 그렇지도 않다.

명문대에 진학하는 선배의 합격자 수를 보며 자신도 좋은 대학에 가야겠다고 생각한다. 그렇게 순수하게 자신이 좋아하던 외국어가 어느 순간부터 시험을 위한 과목이 된다. 외국어를 공부하는 목적이 이제는 대학입시로 바뀐 것이다.

심리학에서 '동기(motivation)'란 행동을 일으키게 하는 모든 요인을 뜻한다. 보통 '내적 동기'와 '외적 동기'로 구분한다. 내적 동기는 말 그대로 우리 내면에서 원할 때 생기고, 외적 동기는 외부환경에 의해 생긴다. 내적 동기는 스스로 하고자 하는 동기로 보람, 성취감, 책임 등으로 구성되고, 활동 그 자체가 목적이 된다. 반면 외적 동기는 행동에 대한 보상을 받거나 그와 반대로 처벌을 피하고 목적을 달성하기 위한 수단으로 주로 이용된다.

다시 말해, 내적 동기는 내가 하는 행동의 목적이 과정에 있다. 반면 외적 동기는 내가 하는 행동의 목적이 결과에 있다. 이렇게 내적 동기는 '과정', 외적 동기는 '결과'에 초점을 둔다. 목적이 과정에 있는 경우에는 자신이 하는 행위 자체로 만족한다. 따라서 내적 동기를 가진 학생은 시험에 대한 스트레스도 없고, 결과를 만들어낼 이유도 없으니 그냥 공부하는 행위 자체에 집중할 수 있다. 또한 내적 동기는 지속성이 길어서 계속 유지하면, 꾸준히 공부하게 된다.

그러나 외적 동기를 가진 학생은 목적이 결과에 있으니, 그 결과를 이루지 못했을 때 부작용이 생긴다. 예를 들어, 영어 시험을 잘 보려고 공부를 정말 열심히 했는데, 자신이 원하는 만큼 성적이 안 나왔다면 그 과목을 공부하고자 하는 동기가 약해진다.

이런 동기 이론을 바탕으로 외고에 입학한 학생이 외국어를 학습하는 동기의 변화를 확인할 수 있다. 처음에는 자신이 좋아해서, 즐거워서 외국어를 공부했다. 이는 내적 동기를 갖고 외국어를 공부한 것이다. 하지만 대학입시를 강조하는 학교 환경에서 외국어를 시험 준비를 위해 공부하게 됐다. 즉 내적 동기가 외적 동기로 바뀐 것이다. 외적 동기는 수명이 짧으니 공부하는 동기가 약해질 수밖에 없다.

게다가 학부모가 아이들이 성적을 잘 받기를 바라는 마음에 '벌'이나 '보상'을 많이 활용한다. 예를 들어, 요새는 아이의 성적이 잘 안 나왔을 때, 부모는 그 이유를 종종 스마트폰으로 여긴다. 그래서 스마트폰을 압수하고 대신에 폴더폰으로 바꿔주며 벌을 내리곤 한다.

또는 정서적으로 불안한 수험생에게 스트레스를 안 받게 하겠다고 많은 부모가 지나치게 보상을 택하기도 한다. 보상은 자녀가 시험을 잘 보면 갖고 싶은 것을 사준다고 하는 약속 등이 해당한다. 이런 외적인 요인을 통해 아이들에게 변화를 요구하면, 내적 동기는 자라날 수 없다. 결국 이것은 큰 부작용을 초래한다.

심리학 용어 중에 '과잉 정당화 효과(overjustification effect)'라는 것이 있다. 이는 외적 요인으로 귀인하여 내적 요인의 영향이 감소하는 것을 뜻한다. 1973년 스탠퍼드 대학교 사회심리학자인 마크 레퍼 교수, 데이비드 그린, 그리고 미시간 대학교의 리처드 니스벳 교수는 공동으로 외적 보상으로 인한 아이들의 내적 흥미도의 손상에 대한 '과잉 정당화'에 대해 가설을 세우고 연구했다. 연구 목적은 내적 요인과 외적 요인 중에 어느 쪽이 더 동기부여에 영향을 주는지 알아보려는 것이었다.

우선 아이들을 세 그룹으로 나누어서 그림 그리기를 시켰다. 그룹 A에게 그리기 전부터 외적 보상인 상장을 수여한다고 말했다. 그룹 B에게는 상장에 대해 언급하지 않았지만, 잘 그렸을 때 상장을 수여했다. 그룹 C에게는 상장에 대한 언급도 안 했고, 잘 그렸어도 상장을 수여하지 않았다. 실험 결과 변화는 그룹 A 아이들에게서만 일어났는데, 처음과 달리 시간이 지나면서 그림 그리는 것에 대한 흥미도가 급격히 떨어졌다. 이를 통해 외적 보상의 효과는 오래가지 않는다는 점을 알 수 있다.

심리학적으로 단기적인 목표나 단순 업무의 경우에는 '외적 보상'이 효과가 있다고 한다. 외적 동기를 바탕으로 내적 동기로 발전하기도 한다. 그래서 외적 동기와 내적 동기의 적절한 조화는 시너지 효과를 낼 수 있다. 하지만 지나치게 외적 동기에 노출된 수험생들은 대부분 자신이 진짜로 공부하는 이유를 찾지 못한다. 그 이유는 자신이 '왜(why)' 공부해야 하는지 고민하지 않고, 항상 '무엇(what)'을 할지만 생각하기 때문이다.

우리나라에서는 학생들이 고등학교에 진학하면서 자신의 진로를 탐색하기보다 대학입시에 더 몰입하는 것 같다. 10대에는 다양한 경험을 통해 진로를 탐색하고, 미래에 내가 어떻게 살아갈 것인지 고민해야 한다. 하지만 현실은 다르다. 자신의 진로를 왜 선택했는지보다 좋은 대학에 진학하는 것이 더욱 중요하다.

자신의 진로를 위해 공부한다면 그것은 자신이 왜(why) 공부하는지 고민한 것이다. 반면 좋은 대학에 가려고 공부한다면 그것은 무엇(what)에 더 초점을 두고 있다고 볼 수 있다. 만일 내가 미래에 어떤 진로를 선택하고, 어떤 사람이 될지 고민하면 자연스럽게 공부해야 할 이유와 동기가 생겨난다. 왜냐하면 자신의 진로와 관련된 전문 지식과 경험이 필요하기 때문이다. 하지만 좋은 대학이 목표라면 공부의 목적에는 왜(why)라는 이유가 없다.

고등학교 때를 생각해보면 나도 결과만 쫓던 인생이었다. 이상한 일은 아니다. 일반적인 사람들은 왜(why)보다는 무엇(what)을 가장 먼저 고민한다. 한 예로, 일반적인 제품 판매 광고에서는 제품(what)을 먼저 소개하고, 어떻게(how) 사용할지 말한다. 왜(why)가 없는 경우가 허다하다. 이것은 이상적인 방법이 아니다. 이런 순서로 광고하면 소비자에게 아무런 영감도 줄 수 없다.

마케팅 및 리더십 강의에서 종종 다뤄지는 '골든 서클(Golden Circle)'에서 그 이유를 찾을 수 있다. 미국 콜롬비아 대학교 객원 연구원인 사이먼 사이넥의 '나는 왜 이 일을 하는가?'라는 주제의 TED 강연에서 애플의 광고 전략에 대해서 말했다.

"우리가 하는 모든 일은 우리가 믿는 바, 즉 현실에 도전하기 위함입니다. 우리는 '다르게 생각하기'의 가치를 믿습니다."(why)

"우리가 현실에 도전하는 방식은 모든 제품을 유려한 디자인, 편리한 사용법, 사용자 친화적으로 만드는 것입니다."(how)

"그래서 이 훌륭한 컴퓨터가 탄생했습니다. 한 대 사시겠습니까?"(what)

왜(why)는 애플의 '가치관, 비전, 경영 이념, 존재 이유, 신념 등'이다. 어떻게(how)는 자신들의 존재 이유와 목적을 실현하기 위해 했던 행동이다. 끝에 행동의 결과물을 제시함으로써 무엇(what)에 대한 소비자의 구매를 자극한다. 이처럼 인간의 사고는 why-how-what 순으로 이루어질 때 가장 이상적이다. why가 있기에 what에 도달할 수 있다.

이 원리를 우리가 대학에 가기 위해 공부하는 상황에 대입해 보자. 일반적인 학생들은 무엇(what), 즉 결과를 위해 공부한다. 공부하는 이유가 좋은 대학 진학이다.

"저는 명문 대학에 진학할 거예요."(what)
"하루에 4시간씩만 자고 공부해서 꼭 목표를 이룰 거예요." (how)

여기에는 'why'가 없다. 명문 대학에 가는 이유는 무엇일까? 좋은 직장에 취직하기 위해서일까? 이유는? 돈을 많이 벌려고? 행복하려고? 아이고 의미 없다. 의미 없는 인생이다. 인생을 어떻게 살아가야 할지 목표가 없다. 궁극적인 목표가 없으니 동기가 없다.

동기부여 강연가인 《1년 만에 교포로 오해받은 영어 정복기》의 저자 김아란 에듀테이너는 '뭐가 되고 싶다'가 아니라 '어떻게 살아가겠다'로 생각을 바꾸라고 한다. 남들이 추구하는 가치를 찾는 것도 동기가 될 수 있지만 진정한 동기가 아니라고 한다. 자신의 마음에서부터 우러나온 동기가 진정한 원동력이 된다고 한다. 진짜 꿈에는 자신의 신념이 있어야 한다. 신념은 내가 추구하는 가치다. 그 가치라는 것은 무엇(what)보다는 왜(why)에 가깝다.

EBS 스타강사 큰별 최태성 선생님은 "내 꿈은 의사, 변호사, CEO라고 말하는 것은 꿈이 아니라 직업을 말하는 것이다. 하지만 진짜 꿈은 의사가 되어 가난해도 병을 치료받을 수 있도록 돕는 것이다. 변호사가 되어 인권을 박탈당하는 사람들을 위해 대신 목소리를 내는 것이다. 이처럼 우리의 꿈은 '명사'형이 아닌 '동사'형이 되어야 한다."라고 말했다. 하지만 많은 아이들이 동사형이 아닌 명사형으로 꿈을 말한다. 그것은 꿈이 아니라 단지 직업이 될 뿐이다. 결국 왜 내가 이 직업을 가져야 하는지 '이유(why)'를 찾는 것이 진짜 꿈이 된다.

나도 돌이켜보면 고등학교 때는 변호사, 재수할 때는 한의사가 되는 게 목표였다. 둘 다 꿈이 아닌 직업을 쫓았다. 그렇게 꿈을 위한 진정한 동기가 없으니 실패할 수밖에 없었다. 두 번의 대학입시 실패 이후, 처음으로 고민했다. 왜 살아야 할까? 그리고 어떻게 살아가야 할까? 그제야 나처럼 잘못된 길을 가는 이들을 도와주고 싶었다. 살아야 할 이유가 생겼다. 그래서 교사가 되었다.

교사로서 주변을 살펴보면, 역시나 나처럼 똑같이 생각하고 행동하는 학생들이 많다. 안타깝다. 《이제는 대학이 아니라 직업이다》의 저자 손영배 진로상담 교사도 "취업을 하기 위해 대학을 가는 것이 아니라, 배움을 위한 과정이어야 한다."라고 말한다. 항상 강조하지만, 대학이 여러분 인생의 종착역이 아니라 거쳐 가는 하나의 과정이길 바란다.

쓸데없는 자존심 부려보기

자존심은 버리고,
자존감을 높이자.

정신과 의사이자 《자존감 수업》의 저자인 윤홍균 작가의 말에 따르면, 자존감이 '나를 어떻게 평가하는가'에 관한 생각의 개념이라면, 이에 수반되는 감정을 자존심이라 부른다고 했다. 또한 비난을 받거나 트라우마가 생겨 일정 선 밑으로 감정이 추락하는 것을 '자존심이 상한다'라고 표현했다.

자존심과 자존감은 깊은 관련이 있지만, 자세히 살펴보면 차이가 크다. 자존심이 강한 사람은 자신을 너무 사랑한 나머지 다른 사람들보다 자신이 낫다고 여긴다. 즉, 자신이 하는 모든 것이 완벽하다고 생각한다.

반면 자존감이 높은 사람은 현실적으로 자신 그대로를 받아들이며 자신을 소중히 여긴다. 자신의 장점도 알고, 동시에 단점도 이해하고 있다. 그래서 문제나 어려움이 생겨도 자신의 부족한 점을 채우며 해결책을 찾으려 노력한다.

　동기부여 강연가를 비롯해 많은 사람이 자존심은 버리고, 자존감은 높이라고 말한다. 하지만 우리는 오히려 쓸데없이 자존심을 부리기 일쑤다. 자존심 때문에 될 일도 안 된다. 친구 중에 명문대학을 졸업하고도 10년 넘게 계속 수험생활을 하는 친구가 있었다. 5급 공무원 시험을 준비했는데 매년 최종 단계에 가서 계속 떨어지자 도전을 멈출 수 없었다. 주변에서 혹시 모르니 보험으로 7급이나 9급 시험이라도 같이 보는 게 어떻겠냐고 말했다. 하지만 명문대를 나와서 고작 7급, 9급 공무원이 되는 게 말이 되냐며 반박했다. 그렇게 고집을 꺾지 않고 자존심을 세웠다.

　하지만 10년이 지나도록 이 친구는 5급 공무원 시험에 합격하지 못했다. 나이를 먹어가며 오히려 슬럼프를 겪었고, 심지어 1차 시험도 떨어지게 되었다. 그렇게 자신만만하던 친구도 조금씩 자신감을 잃어 갔다. 결국 자신이 10년간 준비해오던 시험을 포기하고 말았다. 그렇게 10년간 고집했던 자존심은 어디로 갔는지 없고, 남은 건 낮아진 자존감뿐이었다. 거듭되는 실패로 인해 친구는 좌절을 겪었다. 명문고, 명문대 출신이 쓸데없는 자존심 때문에 쓸쓸한 인생을 살고 있다. '욕심을 부리면 꼭 큰 코 다친다'는 말은 이럴 때 쓰는 것 같다. 쓸데없는 자존심으로 인해 지나친 욕심을 부렸고, 그 욕심으로 인해 힘든 인생을 살게 되었으니 말이다.

내가 근무하는 학교에서도 이런 부류의 학생들을 종종 만난다. 중학교 때까지 공부를 잘해서 고등학교에 왔기 때문에 대체로 학생들은 자존감이 높은 편이다. 그런데 고등학교에 와서 성적이 잘 나오지 않는데도 자신의 위치를 인정하지 않고 자존심만 내세우는 경우가 있다.

대학입시에서 가장 기본이 되는 건 내신 성적이다. 내신 성적을 어느 정도는 맞춰서 원서를 쓰는 게 상책이다. 하지만 입시 상담을 하는데, 한 학생이 자신은 명문 대학이 아니면 원서를 쓰지 않겠다고 했다. 어차피 그해에 못 가면 재수할 거라서 내신과 상관없이 그냥 일류대만 원서를 쓰겠다고 했다.

사실 이 학생 성적이면 서울에 소재한 중상위권 대학에 충분히 진학할 수 있었다. 조금만 자존심을 버리고, 자신의 위치를 제대로 확인한다면 재수하지 않고도 진학할 대학이 많이 있었다. 하지만 이미 마음을 결정하고서 조언을 들으려 하지 않았다. 불 보듯 뻔히 재수하게 될 거라 예상됐다. 하지만 조언만 해줄 뿐 한 사람의 인생을 내 맘대로 결정해줄 수는 없는 일이었다. 선택은 결국 자신의 인생을 결정하는 사람의 몫이기 때문이다.

처음 고3 담임을 하게 되었을 때 동료 교사에게 들은 조언이 있다. 학생과 입시 상담할 때, 아무리 정답이 정해져 있어도 강요하지 말라는 것이었다. 실제 그 동료 교사가 수시 상담에서 합격할 만한 대학을 자신의 반 학생에게 추천했는데, 대학에 합격하고도 고마워하지 않고 오히려 원망만 늘어놓았다고 했다.

그 학생의 말에 따르면 더 좋은 대학에 갈 수 있었는데 담임교사가 너무 낮게 추천을 해서 좋은 대학에 진학하지 못하게 됐다는 말이었다. 하지만 그 학생은 실제 자신의 내신 점수로 갈 수 있는 대학보다 좋은 대학에 진학했다.

그러니 억지가 이런 억지도 없다. 만일 담임교사가 추천하는 대학에 지원하지 않고, 자신이 원하는 대로 높게 지원했다면, 불합격했을 거고 심지어 재수했을지도 모른다. 이건 물에 빠진 사람을 구해줬는데, 보따리 내놓으라 하는 경우와 같다. 그런 일을 겪은 이후로 그 동료 교사는 다시는 학생들에게 강력하게 말하지 않는다고 했다. 그 마음이 너무도 이해가 됐다.

나도 상담할 때 강한 어조로 말하지 않는 편이다. 대신 부드럽게 말한다. 개인적인 의견이니까 참고해서 잘 결정하라고 조언만 한다. 단, 학생이 현명한 판단을 할 수 있도록 정확한 데이터를 최대한으로 제공하는 데 의의를 둔다.

일류대학만 지원하겠다고 했던 우리 반 학생은 결국 수시 전형과 정시 전형에서 모두 합격하지 못했다. 그 학생의 말이 씨가 됐다. 재수하게 된 것이다. 그래도 자신이 선택한 길이라서 후회가 없다고 했다. 그런 마음이라면 다행이라 생각했다. 그래도 힘든 재수 생활을 시작해야 했다. 그렇게 해가 지나 다음 해에도 나는 고3 담임을 하고 있었는데, 그 학생에게 연락이 왔다. 수시 상담을 하고 싶다는 것이었다. 정시로만 열심히 공부하고 있을 줄 알았는데 수시 상담이라니 의아했다.

그 학생을 위한 입시 지원 전략 자료를 만들었다. 내신 성적부터 확인해봤다. 3학년 2학기 성적이 좋지 않아서 작년보다 전체 평균 내신 점수가 조금 떨어졌다. 그래도 아직은 수시로 해볼 수 있는 점수대였다. 지원해서 합격할 가능성이 있는 대학을 추렸다. 작년에 모아둔 자료랑 비교해보니 생각보다 지원할 수 있는 대학이 크게 달라지지는 않았다. 문제는 그 학생이 또 자존심을 부릴지 아닐지가 관심사였다.

왜 정시 전형이 아닌 수시 전형으로 진학하려는지 이유를 물었다. 막상 정시 전형으로 대학에 가기 위해 수능 공부를 하는데 생각만큼 점수가 잘 오르지 않는다고 했다. 그래서 지푸라기 잡는 심정으로 혹시 수시 전형으로 갈 방법은 없을까 생각이 들어 연락했다고 했다. 몇 개월 사이 무슨 변화가 있었는지 모르겠지만, 이 학생은 현실을 제대로 인식하고 있었다. 일류대학이 아니면 안 된다던 생각도 없었다. 자존심을 세우던 모습은 찾아볼 수 없었다. 덕분에 마음 편하게 상담을 진행했고, 이 학생도 수용적인 자세로 내 이야기를 들었다.

만일 지난해 내 말을 들었으면, 지금 추천해주는 대학에 합격할 확률이 높았는지 아이는 물었다. 내 생각에는 그랬다. 그래서 아마도 그랬을 거고, 오히려 지금 상황보다 더 좋았을 것이라 말했다. 학생의 얼굴을 보니 후회하는 표정이 역력했다. 자신의 입으로 "제가 괜한 자존심만 안 부렸어도 작년에 이 정도 대학에는 합격할 수 있었겠네요."라고 말했다. 예전과 다르게 겸손한 자세를 보였다. 이런 마음이면 올해는 자신의 위치에 맞는 대학에 합격할 수 있을 거 같았다. 나의 예상이 맞았다. 수시로 지원한 학교 중 한 군데에 붙었다. 비록 자신이 원하던 일류대학에 진학하지는 못했지만, 매우 만족하며 감사하는 마음을 보였다.

20년 전 고등학교에 진학할 때, 사실 나는 지금도 후회할 선택을 했다. 중학교 때 같은 반에서 공부를 잘하던 한 친구는 고등학교 명성보다는 집에서 가깝고 통학하기 쉬운 학교를 택했다. 반면 나는 명문고 진학을 택했다. 지금 생각해보니 그 친구는 자존감이 높았고, 나는 자존심이 셌다. 그 친구는 어디에 가서든 자신이 하기 나름이라 생각했고, 나는 명문고에 가면 명문 대학에 진학하는 게 더 쉬울 것이라 믿었다. 그 친구는 고등학교에 진학해서도 승승장구했고, 나는 고등학교에 가서는 계속 추락했다. 그 친구는 결국 명문 대학에 진학했고, 나는 두 번이나 대학입시에 실패했다. 이렇게 자존감과 자존심의 대결 구도에서 자존심이 패배하는 결과를 확인해볼 수 있었다.

이처럼 우리가 실패하는 이유 중 하나는 '쓸데없는 자존심' 때문이다. 자존심이 강한 사람은 자신에게 처한 상황을 인정하기 싫어하고, 어떤 방법을 동원하고 핑계를 대서라도 마음의 상처를 받지 않으려고 한다. 하지만 우리에게는 포기할 줄 아는 용기가 필요하다. '자존심이 밥 안 먹여 준다'는 말처럼, 우리는 자존심을 내려둘 필요가 있다. 자존심 때문에 발생한 유명한 전쟁사를 살펴보면 더욱 자존심을 버려야 한다는 사실을 알게 될 것이다.

고전 문헌학자인 배철현 작가는 〈배철현의 그리스 비극 읽기〉라는 칼럼을 통해 "고대 그리스인은 전쟁의 원인을 생존이나 이념이 아니라 자존심에 난 상처에서 찾았다."라고 말했다. 그 유명한 트로이 전쟁의 이유는 다름 아닌 자존심 때문이었다. 스파르타의 왕이었던 메넬라오스는 자신의 부인 헬레네가 트로이 왕자와 사랑에 빠져 도망친 사실에 자존심이 상했다. 이것이 트로이 전쟁의 원인이었다.

만일 내가 자존심을 부리지 않고 집 가까운 고등학교에 진학했더라면 내 자존감은 계속 유지될 수 있었을 텐데. 그러면 그렇게 바라던 좋은 대학에 진학할 수 있었을 텐데. 또한 명문 대학을 졸업한 친구가 5급 공무원이 아니어도 9급부터 시작했다면 10년도 훨씬 지난 지금은 5급 정도로 진급해서 살고 있었을 텐데.

일류대학만 고집했던 우리 반 학생도 현실을 인식하고 고3 때 그냥 자신이 갈 수 있는 대학에 지원했다면 굳이 1년이라는 시간을 낭비하지 않았을 텐데. 그깟 자존심이 뭐라고 괜히 한번 부렸다가 다들 그렇게 후회스러운 경험을 하게 되는지 안타깝다.

정신건강의학과 전문의이며 《내 마음은 내가 결정합니다》의 저자인 정정엽 원장은 높은 자존감은 건강한 자기감 위에 세워질 수 있다고 말한다. '자존감'이 자신을 존중하는 감각이라면, '자기감'은 자신을 이해하는 감각이다. 따라서 자신이 어떤 사람인지 스스로 판단하고 인지하는 자기감을 바로 세우는 일이 먼저다. 자신이 어떤 사람인지 알아야 존중할 수 있을 테니 말이다.

지피지기(知彼知己)면 백전백승(百戰百勝)이라 했다. 적을 알기 전에 먼저 알아야 할 것이 바로 나를 먼저 이해하는 것이다. 쓸데없는 자존심을 세우기 전에 내 위치를 먼저 확인하는 것은 어떨까.

우리는 혼자 살아갈 수 없어

실패를 부르는

인간관계에 관한 이야기

고대 그리스 철학자인 아리스토텔레스는 "인간은 사회적 동물이다."라고 말했다. 이는 인간이 개인으로서 유일한 것이 아니라, 끊임없이 타인과의 관계하에 존재하기 때문이라고 했다.

또한 카네기기술연구소에서 실시한 연구에 따르면, 재정적 성공을 거둔 사람 중 15퍼센트는 자신의 기술적 지식에 의한 것이고, 85퍼센트는 인간 조종술, 즉 사람을 움직이는 능력 덕분이었다고 했다. 그만큼 '인간관계'가 얼마나 중요한지 알 수 있다.

우리는 혼자 살아갈 수 없다. 사회는 개인이 서로 관계를 맺으며 살아가는 공동체다. 인간이 이렇게까지 많은 발전을 이룬 데는 모두 '인간이 사회적 동물'이라는 전제에서 출발한다. 만일 인간이 무인도에서 혼자 살아간다면, 다른 동물들처럼 포식자로부터 자신을 지키는 일처럼 생존과 관련된 것 외에 어떤 생각을 하며 살아갈까? 아마도 문명의 발전 없이 매우 원시적인 삶을 살아가고 있지 않을까?

이처럼 문명사회에서는 다른 사람과 관계를 맺는 것이 매우 중요한 일이다. 물론 그것이 이득이 될 수도 있고, 해가 될 수도 있다. 특히 중요한 시험을 앞둔 수험생에게는 인간관계가 수험생활의 성공과 실패의 요인이 되기도 한다. 과유불급(過猶不及)이라는 말처럼, 지나친 인간관계에 대한 에너지 소비는 실패의 요인으로 작용될 수 있다. 하지만 많은 사람이 자신 주변의 인간관계에 관심을 가지고, 큰 노력과 에너지를 쏟아붓는다.

인간관계 때문에 실패하는 수험생활과 관련된 두 가지 사례를 살펴보자.

첫 번째는 너무 지나치게 남의 시선을 신경 쓰는 사람이 있고, 두 번째는 인간관계는 전혀 신경 쓰지 않고 자신만의 길을 가는 사람이 있다. 전자는 남에게 지속적인 관심을 요구하고, 때로는 칭찬을 받고 싶어 한다. 일명, '관종(관심종자)'의 한 부류다. 후자는 주변 사람들과 아무런 인간관계를 맺지 않고, 자신이 할 일만 한다. 오히려 인간관계 맺는 것을 시간만 낭비하는 쓸데없는 일이라고 믿는다.

우선 전자의 사례에 대해서 자세히 살펴보자. 학교에서 학생들을 지켜보면, 유독 다른 사람의 시선에 영향을 많이 받는 학생이 있다. 수업 시간에도 자기가 먼저 발표를 해야 하고, 다른 활동에서도 자신이 인정받는 상황이 되기를 바란다.

심지어 어떤 학생은 아직 풀지 않은 문제집에 모두 맞은 것처럼 동그라미로 채점을 한 후에 문제를 푸는 모습도 보인다. 아무래도 다른 사람에게 자신이 문제를 틀리는 모습을 보이기 싫어서 그런 것 같다. 그렇게 그 학생은 주변의 시선에 신경을 많이 쓰다 보니 고려해야 할 요소도 많아지고 행동에도 불편함이 따른다. 게다가 이런 행동으로 인해 쓸데없이 시간을 낭비한다.

미국의 제16대 대통령인 에이브러햄 링컨은 "인간성에 있어서 가장 심오한 원칙은 다른 사람으로부터 인정받고자 하는 갈망이다."라고 했다. 그리고 유명한 미국의 심리학자인 데일 카네기의 《데일 카네기 인간관계론》에서도 "자신이 중요하다는 느낌에 대한 욕구는 인간과 동물을 구별하는 가장 큰 차이 중의 하나다."라고 했다. 즉 인간은 타인으로부터의 인정받고 싶은 욕구가 있다.

미국 심리학자 에이브러햄 매슬로우의 '욕구위계이론'에서도 생리적 욕구와 안전의 욕구와 같은 '원초적 욕구'가 충족되면, 다음으로 사회적 욕구와 존경의 욕구와 같은 '심리적 욕구'가 생긴다고 했다. 여기서 주목해 볼 것은 매슬로우의 욕구위계이론 중에 '심리적 욕구'다.

심리적인 욕구는 인간만이 충족시키고 싶어 하는 욕구다. 3단계에 해당하는 사회적 욕구는 다른 말로는 '사랑과 소속감의 욕구'라고도 한다. 이는 한 연구 결과를 통해 알 수 있다. 하버드 대학에서 남자 724명을 대상으로 75년 동안 인간의 행복 비결을 알아내기 위해 종단연구(사람의 생애 발달 추세를 연구하기 위해 사용하는 연구 방법)를 실시했다. 그 결과, 주변 사람들과 좋은 관계를 맺으면 우리는 더욱 건강하고 행복해진다는 연구 결과가 나왔다.

4단계에 해당하는 존경의 욕구는 '존중의 욕구'라고도 한다. 3단계 욕구가 충족되면 나타난다. 즉, 남들이 자신을 좋아하는 것을 넘어서서 존경해주길 원한다는 것이다. 다른 말로 '자아존중감(self-esteem)'이라고도 할 수 있다. 자아존중감은 사랑을 받을 만한 존재라는 느낌, 혹은 능력 있는 존재라는 느낌이다. 따라서 인간은 사랑과 소속감에 이어 존중까지 바라는 욕구가 있다는 사실을 알 수 있다.

심리학적으로 이와 비슷한 현상이 우리에게 나타난다. 내가 남에게 존중받으려면 내가 먼저 존중해야 한다. 그러려면 일명 '착한 사람'이 되어야 한다. 이런 현상이 나이가 들어서도 나타나면, '착한 아이 증후군'이라고 부르는데, 이는 자신의 감정을 솔직히 표현하지 못하는 경우다. 즉 타인에게 착한 사람으로 남기 위해 자신의 소망이나 욕구를 억압하면서 지나치게 노력하는 것이다.

나는 학창 시절 줄곧 별명이 '바른생활 사나이'였다. 남들에게 항상 반듯해 보이려고 했다. 고등학교 때 성적으로 인정을 받지 못하니 그런 부분에서 인정받고 싶었다. 다른 친구들에게 필요한 물건들을 이것저것 챙겨서 가지고 다니며 빌려주기도 했다. 누군가에게 부탁받으면, 거절하지 못했다.

심지어 가장 중요한 고3이라는 시기에, 한 친구가 방학 때 낮에 자습 안 하고, 영화 보러 가자고 하면 같이 갔고, PC방에 가자고 하면 같이 게임을 하러 간 적이 있다. 사실 나는 영화가 보고 싶지도 않았고, 게임이 하고 싶지도 않았다. 하지만 친한 친구를 실망시키고 싶지 않아서 혹은 나는 착한 친구, 고마운 친구라고 인정받고 싶어서 그렇게 행동했다.

심리학자 한스 셀리에는 "우리는 칭찬을 갈망하는 것만큼이나 비난을 두려워한다."고 했다. 어떻게 보면, 그때의 나의 행동은 칭찬을 갈망했을 수도 있지만, 친구 관계에서 오는 스트레스를 받고 싶지 않아서 선택한 행동이었다. 그만큼 청소년기에는 교우 관계가 중요한 요소이기 때문이다.

사춘기 때는 부모의 말보다 친구들의 말을 더 잘 듣는 경향이 있다. 여러 심리학 및 교육학적인 이론에 따르면, 청소년기에는 자신들이 겪는 변화와 갈등에 대해 친구와 이야기하면서 우정이 형성되고 마음의 안정감을 얻는다고 한다. 또한 친구 관계에서 자신의 위치와 역할을 인식하고 친구들에게 인정받으면서 자아 정체성을 발달시킨다.

미국의 정신분석학자로 유명한 에릭 에릭슨의 '성격 발달 이론'에 따르면, 청소년기(12~18세)에 겪는 갈등이 인생에서 가장 중요한 갈등이라고 했다. 이 시기에 부모와 선생님, 친구들과 원만히 잘 지내고, 인정과 사랑을 받으며 잘 지낸다면, 자아정체성이 확고해서 정상적인 사회화가 가능하다고 했다.

반대의 경우에는 자신의 역할이 무엇인지 혼란이 와서 '역할 혼란' 현상이 나타난다고 한다. 이렇게 '자아'를 형성하는 시기에 많은 영향을 주는 것이 인간관계라는 것은 말할 것도 없다. 결국 '사회화'란 사람들과 어울려 지낼 수 있도록 연습하는 과정이기 때문이다.

지금까지 너무 지나치게 다른 사람의 시선을 신경 쓰며 인간관계에 에너지를 쏟아서 손해를 보는 이야기를 했다. 하지만 반대의 경우에도 안타까운 경우가 많다. 학교에서 보면, 친구들과 잘 어울리지 못하는 학생이 있다. 그래도 명분이 있다. 자신의 인생에서 가장 중요한 시기인 고3 수험생 생활을 하고 있으니, 공부에 집중하겠다는 거다. 그래서 밥도 혼자 먹고, 아이들과 대화도 하지 않고, 오롯이 공부만 한다.

심지어 수시 전형으로는 자신이 원하는 대학에 갈 수 없으니, 일명 '정시파'라고 하며 수업 시간에 선생님 수업을 거부하는 학생도 있다. 고3 때 수업은 대부분 수능 관련 교재로 수능을 목표로 하는 수업인데, 그것을 무시하고 자신만의 방식대로 살아가려고 한다. 참 안타깝다.

이런 학생 중에 그래도 교사와 상담을 통해 타협하고, 공동체 생활에 있어서 최대한 조화롭게 자신의 계획을 실천하는 학생도 있기는 하다. 그런 아이들은 결과적으로도 좋은 성적을 낸다. 반면, 학교 학생 신분을 잊은 채 자신만의 길을 걸으려고 했던 경우에는 결과가 좋지 못했다. 학교에 빠지려 하고, 수업을 안 들으려 하고, 심지어 다른 누구와도 소통하려고 하지 않으니 도움을 주고 싶어도 줄 수가 없다.

혹시 재수해서 좋은 대학에 진학했다 하더라도, 원만한 인간 관계를 통해 건강한 '자아'를 형성해야 하는 중요한 시기를 정상적으로 보내지 않았으니, 사회에 나가서도 '부적응' 하는 경우도 많다. 아까 말한 하버드 대학교의 종단연구에서 사람들과 잘 어울리며 행복했던 사람들과 반대로 고독하게 지내던 사람들은 외로움 때문에 많이 괴로워했고, 결국엔 더욱 빨리 사망하게 되었다는 결과를 냈다.

오스트리아의 심리학자 알프레드 아들러는 "타인에게 관심을 갖지 않는 사람들은 인생을 살면서 큰 고난을 겪고 타인에게도 큰 상처를 준다. 인류의 모든 실패는 이런 유형의 사람들로부터 기인한다."라고 말했다.

내가 만난 의사 중 한 명은 나를 환자로만 보고, 약을 어떻게 바꿔보자고만 말할 뿐 내 이야기를 들어주려고 하지 않았다. 내가 보기에 그 의사는 감정이 없는 기계처럼 병을 치료하는 로봇 같았다. 의사가 될 정도로 머리가 좋고, 똑똑하고, 공부는 잘했을 지언정 사람과 소통하는 법은 모르는 것 같았다. 누가 보기에 이 의사는 성공한 사람이라고 볼 수 있겠지만, 내 눈에는 환자의 마음도 헤아리지 못하는 사회화가 덜 된 부적응자처럼 보였다.

우리는 수험생으로서 대학입시를 성공적으로 이뤄내는 것이 성공이라고 착각하는 경우가 많다. 하지만 청소년기에 더 큰 과업은 바로 건강한 자아를 형성하고, 사회에서 사람들과 더불어 살아갈 수 있도록 적절히 인간관계 맺는 연습을 하는 것이다.

다른 사람에게 관심과 존중을 받으려 하는 것도, 또는 다른 사람에게 너무 관심을 갖지 않는 것도 지나치면 못 쓴다. 그 중간이 어려워서 아리스토텔레스도 '중용'의 미덕을 강조한 게 아닐까? 적절한 '선'을 지키며, 서로를 존중하는 것이 실패가 아닌 성공적인 인간관계를 형성하는 데 큰 역할을 할 것이다. 그래서 학생들에게 수험생활을 할 때 인간관계로 인해 자신의 1년을 망치지 않도록 조심하라고 다시 한 번 당부하고 싶다.

세상에서 건강이 최고야

심신 건강의

중요성을 알아야 한다.

'건강을 잃으면 모든 것을 잃는다'는 말이 있다. 예전에는 몸이 어딘가 아프거나 할 때 건강이 안 좋다고 말했다. 하지만 현대사회에는 정신적인 건강에 대한 위협도 포함된다. 정신 건강이 무너지면 몸에도 이상 증상이 오기 때문이다. 그렇게 육체적 건강과 정신적 건강은 밀접한 관계를 맺고 있다.

또한 '스트레스는 만병의 원인이다'라는 말처럼 그만큼 현대사회에서는 스트레스가 우리에게 큰 위협을 주는 존재다. 학업으로 인한 스트레스, 복잡한 인간관계, 시간에 쫓기는 업무, 열악한 작업환경 등 모두 스트레스의 원인이다.

특히 고3 수험생들은 스트레스가 극에 달한다. 한국청소년정책연구원에서 실시한 4개국(한국, 중국, 일본, 미국) 청소년 건강 실태 비교 조사에 따르면, 한국 학생들의 학업 스트레스가 가장 높다. 심지어 고3 수험생들이 받는 스트레스 지수가 배우자가 사망했을 때 느끼는 것보다 높다고 하니 수험생 스트레스가 얼마나 높은지 알 수 있다.

게다가 OECD 국가 중 한국 청소년 행복지수가 최하위이다. 한국은 10점 만점에서 6.6점에 그쳐 OECD 평균(7.6점)에 이어 미국(7.5점), 프랑스(7.5점), 캐나다(7.4점) 등 주요국과 비교해도 훨씬 낮다. 행복하지 않은 우리나라 청소년들은 시험 스트레스를 넘어서 우울증 증상에 시달리기도 한다.

통계청과 여성가족부에서 조사한 '2020 청소년 통계'에 따르면, 청소년 3명 중 1명은 일상생활에 지장이 있을 정도의 슬픔이나 절망감을 느낀 것으로 나타났다. 다시 말해서 3명 중 1명은 우울감을 경험하고 있다. 8년째 청소년 사망 원인 1위가 자살일 정도로 정신적인 스트레스는 말할 것도 없다. 자살을 생각하게 되는 이유로는 학교 성적이 40.7%로 1위로 나타났다. 결국 학업에 대한 스트레스로 수험생들은 건강에 대한 위기를 맞는다는 뜻으로 봐도 되지 않을까?

학교에 근무하면서 건강 때문에 자신이 원하는 바를 이루지 못한 경우를 많이 봤다. 일시적인 경우도 있었고, 1년 내내 이유 없는 증상이 나타나서 건강에 대한 위협을 느낀 학생도 있었다. 만일 건강을 계속 유지했다면, 그들도 자신이 원하는 대로 계획을 실천하면서 결과를 이뤘을지도 모른다. 하지만 대부분 건강으로 인해 많은 것을 놓쳤다. 내가 겪은 이야기들을 공유함으로써 건강의 중요성에 대해 더 강조하고자 한다.

보통 새로운 일을 시작하고 3~5년 정도 같은 일을 반복하면 슬럼프가 오거나 매너리즘에 빠진다고 한다. 나도 교사가 되고 5년쯤 되었을 무렵 담임교사 한번 못하고 비담임으로 계속 행정 업무만 하면서 정체성 혼란을 겪고 있었다. 학생들과 소통하며 지내는 교사이고 싶었지만, 행정 업무에 치여 살다 보니 내가 교사인지 행정 직원인지 혼란스러웠다. 좋게 말하면 안정적인 상황에 놓인 거지만, 변화 없는 삶은 사람을 무기력하게 만든다.

다행스럽게도 다음 해에 담임교사로 가면서 다시 교사로서의 정체성을 찾아가고 있었다. 근데 교사를 그만둘 수 있을 정도로 잊지 못할 일이 생겼다. 만일 안 좋은 결과로 이어졌다면, 정말 교직 생활을 그만둘 수도 있었을 것이다. 아직도 그때를 떠올리면 심장이 두근거린다. 사람의 생사를 결정하는 일은 신만이 할 수 있는 일이지만, 누군가를 위해 인간으로서 할 수 있는 한 최선을 다해야 하는 일도 생길 수 있다.

어느 날 쉬는 시간에 교무실로 한 학생이 다급히 뛰어 들어왔다. 누군가 옥상에 쓰러져 있으니 같이 가 달라는 거였다. 문쪽에 앉아 있던 나는 그 말을 듣고 급히 뛰어 올라갔다. 2층 교무실에서 5층 건물의 옥상으로 뛰어 올라가는 시간은 길게만 느껴졌다. 쓰러진 학생은 아직 괜찮을지 걱정이 앞섰다. 올라가 보니

한 학생이 의식을 잃고 쓰러져 있었다.

상태를 확인해보니 눈동자도 풀리고 혀도 풀리고 몸도 다 풀린 채 축 늘어져 있었다. 이름을 불러도 알아듣지 못했다. 응급 상황이었다. 주변에 있는 학생에게 119 신고를 부탁했다. 다행히 호흡은 있는 것 같아서 평평한 곳에 눕히고 그동안 연수로만 배웠던 CPR(심폐소생술)을 실시했다.

그동안 배운 대로 명치로부터 손가락 두 마디 떨어진 흉부에 압박을 가했다. 실제 내가 CPR을 할 줄은 꿈에도 몰랐다. 소방대원들이 올 때까지 계속 흉부 압박과 호흡 확인을 반복했다. 온몸에 땀이 흥건할 정도로 힘들었다. 그래도 멈출 수 없었다. 세 번째로 흉부 압박을 할 때 학생의 의식이 조금 돌아왔다. 축 늘어졌던 몸이 약간 긴장했다. 그리고 신음을 내며 많이 괴로워했다.

잠시 멈추고 상태를 지켜봤다. 잠시 후 소방대원들이 도착했다. 환자가 의식이 있으니 상태만 확인하고 들것에 옮겨 1층으로 내려갔다. 나도 들것 한쪽을 붙잡고 있었는데, 계단을 내려가는 도중 학생이 눈을 뜨고 우리를 알아봤다. 정말 다행이라고 생각했다.

병원에서 치료를 받고 온 이 학생은 정신적 스트레스로 인한 과호흡증을 겪고 있었다. 고2 때까지는 정말 멀쩡했는데, 고3이 되고 조금씩 과호흡증 증상이 와서 호흡곤란을 겪었다고 했다. 피검사 등 다양한 검사를 했는데도 특별한 병명을 알 수는 없었고, 스트레스로 인한 과호흡증 증상이 나타나는 것으로 본다고 했다.

내신 성적이 나름 괜찮은 편이어서 대학 진학을 잘 준비하고 있었다. 하지만 고3 때 갑자기 몸에 이상 증상이 나타나니 걱정이 더 생긴 것이다. 수능 시험 보는 날 증상이 나타나면 더욱 큰 문제였다. 매일 걱정하다 보니 증상이 더 안 좋아졌다. 그렇게 1년 내내 때와 장소를 가리지 않고 갑작스러운 증상이 나타나서 고통스러웠다.

그 학생은 어떻게 되었을까? 수능 응시하는 건 어렵다고 판단해서 포기했다. 대신 자신이 할 수 있는 수시 전형으로 지원했다. 근데 여기서도 문제가 있었다. 면접을 보다가 갑자기 증상이 나타나면 통제 불가능한 상태가 될 수도 있었기 때문이다. 정말 다행인 건 면접 볼 때 증상이 나타나지 않았다. 그래서 딱 한 군데 합격할 수 있었다. 자신은 그 학교만으로도 만족한다고 했지만, 담임교사는 그 학생이 건강했다면 더 좋은 결과를 낼 수 있었을 텐데 아쉽다고 말했다.

나 또한 아쉬운 마음이었지만, 한편으로는 그 학생이 죽지 않고 살아줘서 고마웠다. 만일 그때 의식이 돌아오지 않았다면, 나는 극심한 트라우마에 빠질 수도 있었기 때문이다. 실제 어떤 교사들은 자신이 가르치는 학생이 스트레스나 우울증으로 인해 자살하면, 트라우마가 생겨서 교직을 그만두기도 한다. 그래서 나는 이 학생이 대학입시는 조금 아쉬웠더라도, 다시 건강해지는 게 우선이라고 생각했다. 그리고 앞으로 더 건강하게 살아갈 수 있도록 노력하는 게 우선이라 믿는다.

지금까지 한 이야기가 정신적 건강이 육체적 건강에 미치는 영향에 대한 것이었다면, 반대의 경우도 있다. 육체적 건강을 잃으면 정신적으로도 안 좋아질 수 있다. 한 예로 어떤 학생은 자신의 내신 성적을 극복하고 더 좋은 대학에 가기 위해 잠을 줄이기로 했다. 하루에 1~2시간만 자고 나머지 시간은 공부에 '올인' 했다. 학기 초에는 그 학생을 보면 쉬지 않고 공부하는 모습을 보였다. 정말 최선의 노력을 다하고 있었기에 말릴 수 없었다.

하지만 점점 시간이 흘러가면서 학교에서 졸고 있거나 잠들어 있는 모습을 더 자주 보게 되었다. 결과적으로는 부족한 잠을 채우느라 제대로 공부를 하지 못하고 있었다. 그리고 몸이 약해지니 위염 증세와 우울감을 자주 보였다.

가톨릭대병원 신경과 김지언 교수는 '잠은 빚쟁이'라고 표현했다. 이 말은 잠자는 시간은 인위적으로 줄이기 힘들다는 뜻이다. 의사들은 '줄인 잠'은 언젠가 다시 보충해야 한다고 말한다. 또한 하루 평균 7~8시간의 수면이 가장 적당하다고 한다. 물론 4~5시간만 자고도 다음날 졸리지 않고 활동에 제약이 없으면 그것이 가장 적당한 수면시간이라고 한다. 하지만 인위적으로 수면시간을 줄이는 것은 건강에 도움이 되지 않는다. 게다가 언젠가는 부족한 잠을 더 자게 된다고 의사들은 입을 모아 말한다.

사실 수면의 효능은 매우 풍요롭다. 잠자는 동안 근육과 혈관은 긴장에서 벗어나 이완된다. 낮 동안 진행된 신진대사로 손상된 세포들이 회복된다. 이 과정에서 새로운 기억이 형성되고, 뇌에 축적된 부산물도 제거된다. 만일 수면이 계속 부족할 경우 고혈압, 심혈관 질환, 당뇨, 비만 등 질병이 생길 수도 있고 심지어 정신적 피로 누적으로 우울증까지 생길 수 있다.

무리해서 잠을 줄이는 것은 오히려 심신에 불리한 여건을 조성할 뿐이다. 잠이 부족하면 낮에 미세 수면이 발생해 꾸벅꾸벅 졸게 된다. 그 순간 학습정보의 입력이 차단된다. 따라서 저녁까지 공부한 것을 기억하기 위해서는 덜 자고 더 많이 공부하기보다 오히려 잠을 충분히 자는 것이 좋다.

이 학생 말고도 우울증을 겪고 있거나 몸이 안 좋아서 치료를 받으며 어렵게 수험생활을 하는 학생이 많이 있다. 우울증은 '마음의 감기'라는 별명이 있을 정도로 사람들에게 자주 나타난다. 우울증의 발생 원인은 다양하다. 우리 몸속의 신경전달물질인 도파민, 세로토닌, 노르에피네프린 등에 화학적 불균형이 일어나 생물학적, 심리학적, 사회학적, 병리학적으로 우울증을 만들어낸다.

이처럼 불균형이 일어나면 정신 건강에 문제가 생기고, 이어서 육체적 건강에도 적신호가 발생한다. 우리 몸은 항상성을 유지하도록 설계되어 있는데, 그 항상성이 유지되지 않아서 건강을 잃게 되는 것이다.

20년 전 내 모습도 이와 비슷했던 것 같다. 학업과 대학입시에 대한 스트레스가 극심해서 우울한 삶을 살았다. 마음이 우울하니 밤에는 불면증에 시달렸다. 밤에 잠을 제대로 못 자니 낮에 꾸벅꾸벅 졸기도 했다. 그런 생활이 반복되니, 학습 능률도 떨어졌다.

그렇게 악순환의 고리를 끊지 못하니 여름에는 면역력이 약해져서 음식을 먹고 배탈도 자주 났다. 한 번은 장염에 걸려서 2주 동안 설사하느라 공부에 집중할 수도 없었다. 그렇게 리듬이 끊기면 다시 돌아오는 데 시간이 오래 걸렸다. 아무리 생각해도 나는 대학입시에 실패할 수밖에 없었다.

수험생들에게 항상 여름이 다가오면 생기는 건강 적신호는 심신 모두에 해당된다. 의사들이 적절한 수면시간과 꾸준한 운동을 권하는 이유도 여기에 있다. 간혹 이 말을 오해하고, 지나치게 잠을 많이 자거나 운동을 심하게 하는 경우가 있다. 잠을 많이 자면 더 자고 싶고, 운동을 심하게 하면 젖산 분비가 많이 되기 때문에 피로가 더 쌓인다. 정도가 지나치면 득이 될 수 없다.

잠도 운동도 적당히 해야 건강한 심신을 만들 수 있다. 대학입시가 아무리 중요해도 우리 인생에서 가장 중요한 건 건강임을 잊지 말자.

우린 왜 매일 바쁘게 살아갈까?

시간은 우리에게 매일
공평하게 주어지는 금이다.

수험생이 성공적으로 입시를 마치기 위해 가장 필요한 것은 스스로 공부하는 시간을 확보하는 것이다. 즉 자기 주도 학습 시간을 확보하는 게 관건이다. 요새 말로 '순공 시간(순수하게 공부하는 시간)'을 얼마나 보내느냐가 중요하다는 말이다.

하지만 학교에 다니면서 자신에게 주어진 일이 많다는 사실을 깨닫는다. 그래서 시간에 쫓기고, 여러 일에 치여서 허덕이다 보면 스스로 공부하는 시간은 얼마 되지 않는다. 이런 삶이 반복되니 '시간 부족' 현상이 악순환되어 수험생에게 스트레스만 더 줄 뿐이다.

학교에서 보면 하루에도 몇 번씩 '바빠 죽겠다'는 말을 입에 달고 사는 학생들이 있다. 수업, 과제, 수행평가, 동아리, 학원 등 학생 신분으로 해야 할 일이 너무 많기 때문이라고 한다. 특히 수행

평가 '시즌'이 오면 평가를 준비하느라 밤새는 일은 부지기수다. 매일 그렇게 쉼 없이 계속 무언가를 하고 있지만 왜 시간은 부족한지 모른다. 시간은 유한한데 할 것은 태산이고, 내 몸은 하나이니 미칠 지경이다.

또한 요즘 학생들은 사교육에 많이 의존하는 경향을 보인다. 물론 자신이 부족한 점이 있으면 배우는 일은 잘하는 일이다. 하지만 스스로 복습을 통해 자신의 것으로 만들지 않으면 말짱 도루묵이 된다. 근데 대부분 학생은 수업을 듣는 것 자체가 공부라 착각한다. 그렇게 자기 주도적인 학습이 아닌 항상 무언가를 해야 하는 상황에 놓이게 되니 시간에 쫓길 수밖에 없다.

고등학교 때 나의 학교생활을 회상해봐도 대부분 시간에 쫓기며 살아갔던 것 같다. 한편으론 그만큼 매일 성실하게 살았다는 뜻이기도 하다. 수업을 정말 열심히 들었고, 항상 공부만 하고 있었기 때문에 친구들마저도 내 성적이 잘 나올 거라고 예상했다. 심지어 내가 필기한 노트를 빌려 갈 정도로 나의 이미지는 공부를 잘할 것 같은 학생이었다. 하지만 성적은 생각만큼 잘 나오지 않았다.

착각은 자유라고 했던가. 나도 그렇고 다른 사람들도 그렇고 나는 항상 열심히 공부하는 학생이었다. 하지만 그것은 모두 착각이었다. 나는 나에게 주어진 일을 처리하느라 급급했다. 심지어 제대로 완수하지 못하는 일도 있었다. 겉으로 보기에는 계속 무언가를 하고 있으니 성실해 보였다. 이는 마치 쉬지 않고 계속해서 독에 물을 붓는 것과 같았다. 그러나 밑 빠진 독에 물을 붓는 격이었다.

한 예로, 조별로 한국사 보고서를 작성하는 수행평가가 있었다. 나는 그때 조장을 맡았다. 일단 처음에는 다 같이 모여서 아이디어를 구상하고 역할을 분담했지만, 자료 정리, 편집, 출력 등의 사소한 일은 조장이 맡아서 해야 했다.

사실 지금 생각해보면 그렇게 시간이 오래 걸리지 않을 수도 있지만, 그때는 컴퓨터로 무언가를 하는 게 익숙하지 않아서 시간이 꽤 걸렸다. 그리고 성격상 깔끔하게 그림과 글을 정리하고 싶어서 마감 하루 전 늦은 새벽까지 편집했던 기억이 난다.

설상가상으로 출력하는 도중에 프린터가 고장 나서 다음 날 학교에 가서 외출증을 끊어 PC방에서 돈까지 들여가며 출력해서 제출했다. 덕분에 수업에도 조금 늦었다. 물론 조원들을 위해 희생한 점은 잘한 일이었다. 그러나 치열한 입시 경쟁 소굴에서 살아남아야 하는 상황이라면 그런 행동은 미련해 보일 수도 있었다.

나중에 알게 된 거지만, 그 수행평가 점수는 100점 만점에 5점이었고, 기준에 미달되지만 않으면 다 만점을 주는 거였다. 시간을 조금만 들여서 했어도 충분히 점수를 받을 수 있는 건데, 괜한 시간 낭비만 했던 것이었다. 그리고 늦지 않게 미리 했다면 그렇게 수업까지 빠져가면서 할 필요도 없었다.

매일 그렇게 생각 없이 주어진 일에 최선을 다했는데도 돌아오는 건 씁쓸한 성적이었다. 차라리 그 시간에 시험공부를 더 했다면 더 나은 성적을 받지 않았을까 후회도 된다. 지금에서야 느끼는 거지만, 나는 그때 시간 관리를 잘하지 못했던 것 같다. 무언가를 바쁘게 항상 하고 있었지만, 언제나 좋은 결과 없이 시간에 쫓기며 살았다.

나도 그랬고, 지금의 학생들을 봐도 시간에 쫓기는 삶을 살다 보면 자신의 삶에 대한 통제권을 잃는다. 자신이 하고 싶은 일보다는 의무적으로 해야 하는 일에 더 집중해야 하기 때문이다. 그래서 무기력증이 오고, 점점 삶이 무너져 간다.

〈워싱턴 포스트〉의 유능한 기자이자 퓰리처상을 수상한 미국 언론인 브리짓 슐트의 《타임 푸어》에 따르면, 자신의 시간에 대한 통제권이 없고 일정이 예측 불가능하면 마음이 불안해지고, 그렇게 시간에 쫓기는 삶은 통제권 결여를 낳는다고 했다. 이 과정에서 상당수가 무기력증, 번아웃 증후군, 우울증 등에 시달린다고 했다.

게다가 뇌신경과학자들의 말에 따르면, 매일 반복적으로 시간에 쫓기는 사람은 우리의 사고와 판단을 책임지는 전전두엽 영역이 눈에 띄게 쪼그라든다고 했다. 결국 '시간 압박'은 건강과 뇌에 치명적이다. 쉬지 않고 그렇게 계속 무언가를 하고 있으니 오히려 능률이 떨어지게 된다.

운동선수도 심한 운동 후에 휴식이 필요한 것처럼, 우리의 뇌가 다시 기능하기 위해서는 휴식이 필요하다. 하버드 대학교 신경과학자들의 연구에 따르면, 하루 27분만 걱정, 불평, 비판, 해야 할 일에 대해 생각을 비우고 고요한 시간을 보내면 뇌를 회복할 수 있다고 한다. 이렇게 압박에서 벗어나면 두뇌 영역이 휴식을 취하고 다시 활성화될 수 있다.

매일 시간이 없다고 생각하는 학생들의 모습을 살펴보면, 진득하게 한 가지에 몰두하는 법이 없다. 갑자기 생겨나는 일에 따라서 이랬다가 저랬다가 하며 여러 가지 일을 동시에 하려고 애쓴다. 일명 멀티태스킹을 하게 된다. 바로 여기에 문제가 있다.

스웨덴의 인지 신경과학자 토르켈 클링베르그는 《넘치는 뇌》에서 인간은 유전적으로 멀티태스킹에 특화된 두뇌 구조를 타고나지 않았다고 했다. 또한 그는 여러 실험을 통해 인간은 동시에 여러 가지 일을 하면 오히려 저조한 성과를 내기 쉽다고 했다.

왜 우리는 이렇게 시간에 쫓기며 살아갈까? 학교에서 살펴보면 두 가지 이유가 가장 크다.

첫째는 과도하게 욕심을 부리고, 완벽하게 일을 하려는 성격으로 인해 문제가 발생한다. 일명 완벽주의자적인 성향이라고 할 수 있다. 완벽주의에 대한 정의는 연구자마다 달라서 명확한 정의는 없지만, 자신에게 주어진 모든 일을 높은 성취도로 해내려고 하는 성향이다. 그렇기에 시간이 부족할 수밖에 없다.

두 번째는 무계획적 성향인 경우다. 매일 자신이 무엇을 먼저 해야 하는지 모르고, 그냥 상황에 따라 해야 할 일만 하다 보니 시간에 쫓기는 경우다. 이런 경우는 허둥지둥 하루를 보내다 보면 특별히 한 것이 없이 하루가 다 지나간 것처럼 느껴진다. 분명 바쁘게 살았는데, 남는 게 없는 것 같은 공허한 마음이다.

이 두 가지 경우의 공통점은 무엇일까? 우선 내가 해야 할 일에 대한 우선순위가 없다. 무엇이 더 중요하고 덜 중요한지를 구분하지 않아서 주어진 시간이 부족하다. 시간은 돈과 같아서 유한하다. 사람들이 소비 전략이 있는 것처럼, 시간을 사용하는 데도 전략을 짤 필요가 있다. 그리고 전략을 짜기 위해서는 기록을 통해 항상 확인하는 습관이 따라와야 한다.

물론 완벽주의를 추구하는 전자의 경우에는 분명히 해야 할 일을 다 적어둘 것이다. 근데 순서 없이 적힌 그대로 모든 것을 처리하려고 하다 보니 시간 부족 현상이 나타나는 것이다. 반면 무계획적인 후자의 경우에는 할 일에 대해 기록하지 않는 경우가 많다. 그래서 그날 자신이 무엇을 해야만 하는지, 무엇을 했는지 알 수가 없다.

독일의 시간 관리 전문가로 유명한 로타르 J. 자이베르트 박사는 인생에서 중요한 일에 집중한다면, 많은 문제는 사라지고 시간도 충분히 확보된다고 했다. 즉 해야 할 일에 대해서 우선순위를 정하는 것이 시간 활용을 극대화할 수 있다는 말이다. 근데 생각만 하고 기록하지 않으면 기억할 수 없으니 손으로 꼭 기록하며 우선순위를 확인할 필요가 있을 것이다.

유근용 작가는 《메모의 힘》을 통해 인간은 기억력에 한계가 있어서 메모가 꼭 필요하다고 했고, 남들보다 앞서 나가는 사람은 머리가 좋은 사람이 아니라 메모를 잘하는 사람이라고 했다. 또한 모든 약속과 일정들을 다이어리에 기록하는 습관을 들여 제대로 활용한다면 자신에게 주어진 소중한 기회와 시간을 놓치는 일은 없을 것이라고 말했다.

옛 속담에 '시간은 금'이라는 말이 있다. 그리고 시간은 누구에게나 공평하게 주어진다. 3단 논법에 따르면 매일 우리는 공평하게 '금'을 선물 받는다. 어떤 사람은 그 가치를 생각해서 소중하게 시간을 쓰고, 다른 사람은 매일 주어지는 시간이 당연하다 생각하고 무분별하게 낭비하고 있다. 내가 지금 시간에 쫓겨 허둥지둥 살아가고 있다면 잘 생각해봐야 할 것이다. 지금 나는 '금'을 무분별하게 버리고 있는 건 아닌지 말이다.

지금의 나는 매일 아침 남들보다 일찍 출근해서 가장 먼저 하는 일이 있다. 우선 오늘 내가 해야 할 일의 목록을 적는다. 그리고 오늘 꼭 끝내야 할 일과 아닌 일을 구분 짓고, 우선순위를 정하여 일을 수행한다. 그렇게 하나씩 일을 하고 나면 목록에서 지운다. 꼭 해야 할 일은 무슨 일이 있어도 해내기 위해 더 집중한다. 그렇게 하다 보면 하루의 시간을 허투루 쓰는 일은 없다. 시간에 쫓길 필요도 없고, 목표로 하는 일을 다 이뤄낼 수 있다.

근데 왜 수험생 때는 그렇게 하지 못했을까 하는 아쉬움이 남는다. 시간 관리를 지금처럼만 했어도 대학입시를 두 번이나 실패하지 않았을 것이다. 그래도 다행인 건 그 후로 시간 관리를 철저히 하고 있으니 실패한 인생은 아니라고 믿는다. 대학입시에 실패했다고 인생이 실패한 건 아니지만, 시간 관리를 제대로 하지 못하고 사는 건 내 인생이 실패했다고 볼 수도 있기 때문이다.

상처는 아물고
회복되는 거야

우리는 왜 현실을 부정할까?

현실을 받아들이고
다시 일어서는 방법

손에 상처가 나면 다시 회복되고 새 살이 나기까지 한 달 정도 시간이 걸린다고 한다. 그 작은 상처도 아물려면 한 달이라는 시간이 걸리는데, 우리 마음에 난 상처를 치유하려면 얼마나 시간이 걸릴까? 속설에 따르면 이별한 사람이 아픔을 치유하는 데 걸리는 시간은 연애한 기간의 3배가 되어야 한다는 말이 있다. 사실 사람마다 몸에 난 상처든, 마음의 상처든 치유하는 시간은 다를 수 있다. 하지만 상처가 나면 쉽게 아물지 않는다는 사실은 변하지 않는다.

대학입시에 두 번이나 실패하면서 낮아진 자존감과 마음에 난 상처는 쉽게 아물지 않았다. 무엇보다 같은 고등학교를 나온 친구들의 행보를 지켜보며 더 마음이 쓰렸다. 친구들 대부분 명문대생이었고, 아니면 의대나 치의대를 다녔다. 심지어 어느 한 친구는 22세라는 나이에 행정고시에 합격해서 주변을 놀라게 하기도 했다. 한편으론 다들 워낙 수재였으니 그런 결과를 내는 것이 크게 놀랍지도 않았다.

한의대에 가겠다고 재수까지 하면서 이과로 전과했는데 두 번째 대학입시도 크게 실패한 나는 사실 죽음까지 생각했었다. 3일간 굶어가며 진지하게 고민한 끝에, 대학이 정말 인생의 전부인가 의문이 들었다. 만일 대학이 인생의 전부가 아니라면, 나는 앞으로 무엇을 추구해야 할지 생각했다. 일단 한번 살아보자 생각했고, 이왕 이렇게 된 거 조금이라도 의미가 있는 삶을 살아야겠다고 생각했다.

이 고민은 지난 고등학교 3년 동안 해야 했던 고민인데 대학만 쫓다가 결국 많이 늦었다. 자신의 삶에 대한 본질적인 질문을 하기보다 겉보기에 좋아 보이는 허상만 찾던 결과였다. 물론 진로를 결정하는 일은 쉽지 않다. 나중에 대학원을 졸업해서도 진로를 계속 고민했던 것을 떠올려보면 더욱 그랬던 것 같다. 그래도 방향성만이라도 미리 정해놓았다면 좋지 않았나 싶다.

어떻게 보면 모든 것을 내려놓고서 바닥부터 다시 시작하는 마음으로 내가 무엇을 좋아하는지, 무엇을 잘할 수 있는지, 무엇을 하고 싶은지 처음으로 고민했던 것 같다. 계속 꿈꾸기만 했던 대학을 잠시 옆으로 치워두고, 나를 되돌아보는 시간을 가졌다.

곰곰이 생각해보니 나는 외국어를 좋아했다. 제2외국어를 중국어로 선택했고, 심지어 일본어에도 관심이 있어서 방과 후 수업으로 듣기도 했다. 영어도, 중국어도, 일본어도 외국어가 우리말과는 달라 신기하고 배우는 재미도 있었다. 그리고 나는 무언가를 연구해서 남에게 알려주는 일에 보람을 느꼈다.

다른 친구들이 모르는 게 있다고 하면 자세히 조사해서 다음날 알려주곤 했는데 그런 일이 즐거웠다. 이렇게 내가 무엇을 좋아하고, 무엇을 잘할 수 있는지 확인해보니 무엇을 해야 할지 조금씩 희망이 보이기 시작했다.

외국어를 사용해서 누군가에게 알려주는 일. 즉, 외국어를 가르치는 교사가 되면 좋겠다는 생각이 들었다. 나아가 나처럼 공부로 인해 힘들어하는 학생들이 있다면 나의 경험을 바탕으로 타산지석(他山之石) 삼아 실패를 줄이고 조금은 나은 삶을 살게 해주면 어떨까 생각했다. 고등학교 3년간 계속 고민해야 할 일을 그렇게 3일간 몰입해보니 답이 나왔다. 《몰입》의 저자 황농문 교수님이 말한 것처럼, 한 가지 주제를 가지고 종일 또는 심지어 며칠간 그렇게 집중해서 하나의 주제만 생각하니 해답을 찾은 것 같았다.

목표가 분명하게 정해지니 현실적으로 어떻게 해야 할지 방법을 찾아야 했다. 아버지의 조언으로 외국어를 영어로 선택하고 영어교사가 되기로 했다. 근데 우선 가장 큰 문제는 두 번째로 치른 수능 시험은 이과로 봤기 때문에 이과에서 문과로 바꿔서 교차로 지원할 수 있는가였다. 하늘도 무심하지 작년까지 가능했던 교차 지원이 많이 축소된 상태였다. 턱없이 낮았던 성적도 문제였지만, 내 이과 성적표로는 아무리 찾고 찾아봐도 영어교육과를 갈 수 있는 학교가 없었다.

죽음의 문턱에서 살아 나와 잠시 희망의 빛을 보았지만, 다시 어둠의 그림자가 드리웠다. 하지만 절망도 잠시 이미 죽음까지 생각했던 터라 이 정도 좌절은 아무것도 아니었다. 그렇다면 영어교사가 되는 방법은 영어교육과에 진학하는 길밖에 없을까 하는 의문을 가지고 연구를 시작했다. 인터넷으로 자료를 조사해보니 다행히도 교사가 되는 방법이 한 가지만은 아니었다. 교대에 진학해서 초등교사가 되는 방법이 아닌 중학교와 고등학교에서 근무하는 중등교사가 되는 방법이 있었다.

우선 교사가 되려면 교원자격증이 있어야 한다. 그리고 국가에서 시행하는 임용고시(임용고사가 맞는 명칭이지만 얼마나 어려우면 고시라고들 부를까)를 봐서 공립학교에 공무원 교사로 들어가거나, 사립학교 자체적으로 시행하는 시험에 합격해서 사립학교 교원이 되는 두 가지 방법이 있다.

교원자격증을 받는 방법에는 3가지가 있다. 첫째, 해당 교육학과를 졸업해서 교원자격증을 받는 방법. 둘째, 교직 이수를 하는 방법. 셋째, 교육대학원에 진학하는 방법이다. 일단 나는 첫 번째 방법은 물 건너갔으니 두 번째 방법이나 세 번째 방법을 택해야 했다. 이왕이면 더 빠른 두 번째 방법을 택하기로 했다. 다행스럽게도 많은 대학에서 교직 이수를 허용했다. 안타까운 점은 수능 성적이 낮기도 하고, 교차 지원이 안 되었기 때문에 수도권 대학에만 진학 가능했다.

수도권 대학이라니 눈앞이 깜깜했다. 고등학교에 다니면서 항상 꿈꿔왔던 곳은 최상위 명문 대학들이었고, 그 학교들이 아니면 서울의 일부 주요 대학에 진학하는 일도 부끄럽다고 생각했었다. 그런데 살면서 단 한 번도 들어보지 못했던 수도권 대학에 진학해야 한다고 하니 마음의 상처가 다시 벌어졌다. 현실을 마주하는 순간의 고통은 너무 컸다. 어쩌면 이 아픔과 고통이 두려워서 그동안 헛된 꿈만 꾸면서 현실을 부정하고 피하려 했었던 것 같기도 하다.

인도 출신의 의사이자 과학자인 아지트 바르키와 미국의 생물학자이자 유전학자인 대니 브라워가 쓴 책《부정 본능》에서 말하는 '부정'은 '의식하게 되면 참을 수 없는 사고, 감정, 또는 사실들을 인정하지 않음으로써 불안을 누그러뜨리려는 무의식적인 방어기제'라고 했다. 그동안은 이 방어기제 때문에 현실을 부정했었다. 하지만 이젠 더는 현실을 부정하면 내 존재를 부정하는 상황이 되었기에 그럴 수 없었다.

현실을 마주하려니 그동안 지켜왔던 쓸데없는 자존심을 버려야 했다. 고대 그리스의 한 전쟁이 그 잘난 자존심으로 일어난 적도 있으니, 자존심을 버리게 되면 전쟁도 막을 수 있지 않았을까. 그래서 나는 모든 자존심을 버리고 현재 나의 상태 그대로의 나를 인정하고 받아들이기로 했다.

다시 살아가려면 내가 가장 먼저 해야 할 일이었다. 위대한 성공을 이뤘다가 무너진 유명인사들도 성공의 길을 가다가 넘어져 쓰러졌을 때 그동안 자신이 쌓아왔던 명성과 모든 자존심을 내려놓고 다시 일어서는 용기를 보여준 것처럼 나도 그 용기를 내야 했다.

1978년 대성공을 이룬 영화《슈퍼맨》의 주인공 역을 맡았던 할리우드 배우 크리스토퍼 리브는 승마 훈련을 하다가 낙마 사고로 목숨을 잃을 뻔했다. 척추 손상을 입은 그는 남은 생애 동안 자신의 힘으로는 움직일 수도 숨을 쉴 수도 없게 되었다. 그는 이렇게 살 거라면, 차라리 죽는 것이 낫다고 생각했다.

하지만 아내의 노력으로 그는 마음을 바꿨다. 아내는 슈퍼맨인 남편을 사랑한 게 아니라 크리스토퍼 리브라는 사람 자체를 사랑한다고 했기 때문이다. 아내의 사랑으로 다시 용기를 얻은 그는 슈퍼맨이었던 자신이 약한 모습을 솔직하게 드러낼 때 타인도 용기를 가지고 도전할 수 있으리라 생각했다. 모든 자존심을 버리고 솔직함을 보여주는 용기가 더 강한 것임을 알리고 싶었기 때문이다.

서른아홉 살에 소아마비에 걸려서 다리가 마비된 미국의 32대

대통령인 프랭클린 루스벨트도 당연히 처음엔 많이 좌절하고 힘들었다. 그러나 처한 현실을 인정하고서 자신이 여전히 해야 할 일을 멈추지 않고 앞으로 나아갔다. 그밖에도 수많은 사람들이 실패하고 좌절했어도 현실을 마주하면서 다시 새로운 삶을 시작할 수 있었다.

그때는 이런 사실을 알지 못했지만, 나는 본능적으로 알 수 있었다. 현실을 받아들여야 그다음이 있다는 사실을 말이다. 고등학교 친구들과 비교되는 가슴 아픈 현실이라고 생각하지 않기로 했다. 이제는 명문고 출신 친구들과 동급이 아닌 원래부터 그냥 평범했던 나라고 생각하고 자신을 바라봤다. 사실 현실이 그럴 수밖에 없었다. 나는 영어영문학과에 진학했지만, 영어를 잘하지 못하는 보통의 평범한 대학생이었기 때문이다.

한 교수님은 농담 반 진담 반으로 "영문과에 영문도 모르고 입학했을지라도 영문도 모른 채 졸업하지는 말라."고 말씀하셨다. 이 말은 마치 나에게 하는 말처럼 들렸다. 고등학교 입학할 때부터 토익을 만점 받던 친구만큼 영어를 잘했던 것도 아니고 그렇다고 계속 영어 분야에 흥미가 있어서 공부했던 것도 아니었기 때문이다.

심지어 해외에 오래 살다 온 영어를 잘하는 동기들을 보며 세상에는 나보다 더 잘난 사람이 많다는 사실도 깨달았다. 그래서 대학이 전부가 아니라 진짜 실력을 갖춘 사람이 되어야 한다는 사실을 알게 되었다.

일본의 인권 변호사인 오히라 미쓰요는《그러니까 당신도 살아》라는 책을 통해 자신의 경험을 공유했다. 학창 시절 왕따를 당했던 그녀는 할복자살을 기도했지만 실패했으며, 어린 나이에 야쿠자 보스와 결혼하고, 이혼 후 밑바닥 인생을 살았다. 하지만 다른 가치 있는 삶을 살기 위해 노력했고, 그 결과 인권 변호사로서 현재를 살아가고 있다. 특히 학교 폭력으로 고통 받는 학생들을 위해서 더 힘쓰고 있다.

만일 그녀가 가장 힘들 때 자신의 상황을 부정했다면 자신의 삶을 회복할 수 있었을까? 아니다. 현실 부정이 아닌 현실 그대로를 인정하고 다시 시작했기에 모든 일은 가능했다. 그러니 여러분도 있는 그대로 받아들이길 바란다.

포기는 더 많은 것을 얻는 거야

하나를 선택하면

얻는 것도 잃는 것도 있다.

우리가 상처로부터 회복하려면 시간과 노력이 필요하다. 시간과 노력은 경제적으로는 비용이 든다고 말한다. 운동선수가 경기중에 다쳐서 몸을 회복할 때까지 많은 비용이 든다. 원래 자신의 몸 상태를 만들기 위해서는 경기에 출전할 수 없다. 대신 천천히 상처를 치료하고 재활하며 재기를 꿈꾼다. 회복하는 시간을 확보하기 위해서는 경기에 나갈 수 없으니 '기회비용'이 발생한다. 하지만 그 '기회비용'을 들여서라도 회복이 우선이 되어야 다시 경기에 출전할 수 있기에 회복에 더 큰 힘을 쏟는다.

세계에서 가장 빠른 육상 선수 우사인 볼트는 2017년 세계육상 선수권대회 남자 400m 계주 결승에서 자메이카 마지막 주자로 나섰다. 하지만 달리는 도중 왼쪽 다리를 절뚝였고 트랙 위에 넘어져 결승선을 통과하지 못했다. 이 부상으로 볼트는 3개월간의 회복 기간이 필요했다.

그리고 블루드래곤이라는 별명을 가진 우리나라 국가대표 축구선수 이청용은 지난 2009년 볼튼 원더러스 소속으로 뛰어난 기량을 펼쳐왔다. 그러나 2011년 뉴포트카운티(5부 리그)와의 친선 경기 도중 부상을 당했다. 상대편 선수의 거친 태클로 오른쪽 정강이뼈 골절상을 입었다. 곧바로 수술실로 직행해 수술을 받았지만, 결국 9개월 진단을 받고 시즌 아웃됐다. 이 사례들을 통해 두 선수 모두 회복을 위해 경기에 나갈 수 없었기에 '기회비용'이 매우 컸다.

우리는 살아가면서 항상 선택의 기로에 놓인다. 여러 선택권 중에서 하나를 선택하면, 결국 나머지 선택권은 포기하게 되고 그러면 항상 기회비용이 발생한다. '기회비용'이란 어떤 선택으로 어느 하나를 포기할 경우, 포기하지 않았다면 얻을 수 있는 이익 중 가장 많은 가치를 지닌 것을 말한다.

참고로 이 용어는 1914년 오스트리아 경제학자인 프리드리히 폰 비저가 《사회경제이론》에서 처음으로 사용했다. 거꾸로 생각해보면 나머지를 포기했기 때문에 하나를 얻을 수 있지 않았을까? 우리는 이렇게 매일 포기를 통해 다른 무언가를 얻는다.

기회비용을 경제적인 측면에서 생각해보면 어렵지만, 이솝 우화의 내용을 빗대어 보면 쉽게 이해할 수 있다. '개미와 베짱이' 이야기에서 각 주인공이 다른 선택을 통해 서로 얻는 게 다르다는 점을 알 수 있다. 개미는 겨울에 먹을 음식을 저장하기 위해 부지런히 일했고, 베짱이는 화창한 날에 기타 치고 노래하며 여유를 즐겼다. 개미는 비록 '일'을 선택함으로써 '여유'를 잃었지만, 겨울에 먹을 음식을 저장할 수 있었으니 남는 게 있다. 베짱이는 비록 먹이를 모으지는 못했지만, 그 순간 자신이 가장 좋아하는 풍류를 즐겼다.

이 이야기는 보통 미래를 대비하며 살라는 교훈을 준다. 하지만 여기에서도 기회비용이 발생한다는 점을 알 수 있다. 개미의 경우에는 일함으로써 잃게 된 삶의 '여유'가 기회비용이고, 베짱이는 겨울에 먹을 '식량'이 기회비용이다. 하지만 서로가 삶에서 추구하는 가치가 달랐기 때문에 누가 더 잘했고, 잘못했다고 볼 수 없다고 생각한다.

다만, 대학입시에 두 번이나 실패했던 나로서는 나의 지금 상태를 좀 더 나은 상태로 만들기 위해 '회복'의 시간이 필요했다. 내가 생각하는 회복이란 삶에 뚜렷한 목표를 가지고 노력을 통해 성공 혹은 결과를 만들어내는 일이었다. 영어교사가 되는 것이 목표였으니 그 목표를 위해 회복의 시간이 필요했다. 그리고 자연스럽게 기회비용도 발생했다.

어느 선생님의 말씀에 따르면, 대학에 가서 고등학교 때처럼 공부하면 장학금 받고 다닐 수 있다고 했다. 대학 입학 후 교직 이수를 하기 위해서는 80명 중 4등 안에 들어야 했기에 고등학교 때처럼 공부하겠다고 다짐했다.

많은 대학생이 시간표를 짤 때 일주일 중에 하루는 학교에 오지 않으려고 한다. 평일 5일 중 4일만 학교에 나오니 일명 '주4파'라고 불린다. 하지만 나는 일부러 주 5일 모두 학교에 나오도록 시간표를 짰고, 수업이 없는 공강 시간에는 고등학생처럼 도서관에서 열심히 공부했다.

물론 대학생이기 때문에 학기 초에는 학과에서 진행하는 행사에 모두 참여했다. 심지어 과대표로 선출되어 학과 일을 도맡아하기도 했다. 고등학교 때 했던 학생회 활동과 같이 틈틈이 학교의 일을 하는 것과 같았다. 대신 나머지 시간에는 도서관에서 쉬지 않고 공부했다. 심지어 고등학교 때처럼 주말에도 학교 도서관에 나와서 공부했다. 비록 용의 꼬리는 되지 못할지라도 상황이 이렇게 된 이상 뱀의 머리가 되어야겠다고 생각했다. 그것이 나의 현재 상황을 극복하고 내 삶을 회복하는 길이라 믿었다.

한 번은 날씨가 화창한 주말 아침에 학교 도서관을 향해 걸어가고 있었다. 도서관 근처 사거리쯤 갔을 때, 한 여학생이 언덕에서 뛰어 내려와 남학생에게 폭 안기는 장면을 목격했다. 잠시 뒤에 알아차렸지만, 남학생은 같은 학과 선배였고 여학생은 나랑 동갑내기 친구였다. 그래서 서로 알아보고 인사를 나누고 각자갈 길을 갔다. 짧은 순간이었지만, 만감이 교차했다.

영어교사가 되기 위해 나는 어떻게 해서든 교직 이수를 해야 했고, 그러려면 열심히 공부해야 했다. 20대 창창한 나이에 나는 연애보다는 공부를 선택했다. 반면에 그 선배와 친구는 꽃다운 나이에 맞게 '연애'에 더 가치를 두고, 그들만의 화창한 봄날을 즐겼다. '개미와 베짱이' 이야기에서 언급했던 '기회비용'이 각자에게 발생했지만, 누가 더 손해를 봤는지 따져볼 수는 없다. 서로가 추구하는 가치가 다르기 때문이다. 분명한 건 하나를 선택함으로써 얻는 것과 잃는 것이 분명히 있다는 점이다.

나는 20대 가장 많이 하는 연애를 포기함으로써 내가 원하는 결과를 얻었지만, 기회비용의 발생은 막을 수 없었다. 하지만 그 포기가 있었기에 교직 이수를 할 수 있었고, 나중에 목표로 했던 영어교사가 될 수 있었다. 그때 만일 연애를 포기하지 않았다면 지금의 결과가 있었을까 하는 의문이 든다. 물론 계속 그런 생활을 하다 보니 29세가 될 때까지 제대로 된 연애를 못 한 것은 또 다른 기회비용이라고 할 수 있다.

나뿐만 아니라 같은 과에 다니는 다른 친구들도 자신의 상태에 만족하지 못하고, 일명 신분 상승을 꿈꾸며 여러 방법으로 시도하는 모습을 보았다. 수도권 대학에 다니고 있는 자신이 취업이나 제대로 할 수 있을까 걱정도 많았다. 그래서 다들 입학하자마자 편입 준비나 대학원 준비를 하는 모습이었다.

어떤 친구는 대학에 다니면서도 수능을 다시 보기 위해 일과 후에는 수능 과목을 공부했다. 그렇게 다들 각자 자신을 회복시키기 위해 다양한 방법으로 노력했다.

　성공한 에세이 작가이자 스타 토익 강사로 유명한 유수연 작가의 《20대 나만의 무대를 세워라》는 책에서 그녀도 이와 비슷한 상황을 극복하기 위해 노력하는 모습을 보였다. 수도권의 한 대학을 나와서 취업이나 할 수 있을까 고민이 되어 자퇴하고 호주로 유학을 떠났다. 여러 어려운 상황이 있었지만 꿋꿋하게 이겨내고 영국의 대학원에 진학하게 된다. 비록 고등학교 때는 대학입시에 충실하지 못해서 실패했지만, 자신의 상황을 개선하고자 피와 땀을 흘리며 노력했다.

　심리학자들도 인간만이 다른 사람들로부터 존중받고 싶은 욕구가 있다고 했다. 그래서 더욱 많은 사람이 사회에서 인정받고 존중받기를 바란다. 대학 이름으로 사람을 평가하는 것은 우스운 일이지만, 명문대에 다니면 아무래도 좋은 평가를 받기에 다들 그렇게 노력하는 게 아닐까 싶다. 물론 대학입시를 충실히 준비하며 노력한 대가라고도 볼 수 있다. 남들은 놀거나, 혹은 방황하거나 하며 시간을 아깝게 보내고 있을 때 대학입시에 성공한 사람들은 피나는 노력을 했으니 말이다.

　거꾸로 생각해보면, 대학입시에 실패한 사람들은 이제라도 정신을 차리고 사회로 나갈 준비를 하려고 하는 것이다. 그동안 발생한 '기회비용'을 메꾸기 위해서 더 큰 노력이 필요할 수밖에 없다. 대학 생활을 하며 흥청망청 시간을 아깝게 보내는 게 아니라, 자신의 성장을 위해 더 큰 힘을 쏟는 것이다. 대학입시에 실패했다고 사회 진출에서도 실패할 이유는 없기 때문이다. 그래서 그렇게 다들 '회복'에 공을 들인다.

만일 운동선수가 부상을 당했다고 그냥 그대로 포기하고 재활을 하지 않는다면 다시 경기에 출전할 수 없다. 우리도 마찬가지로 대학입시에 실패했다고, 아무 생각 없이 상처만 안고 살아간다면 재기할 수 없다. 그래서 정신적인 회복을 위해 노력해야 한다. 정신적인 회복은 결국 내 상황에 따라 달라질 수 있기에 내 상황을 개선하려고 노력하게 된다. 내가 선택한 길은 영어교사가 되기 위해 교직 이수를 하는 것이었고, 다른 친구가 선택한 길은 편입하는 것이었다. 혹은 학점 은행제를 활용하여 학사편입을 하기도 했고, 졸업 후에 대학원에 진학하여 대학 이름을 바꾸고자 했다.

만일 내가 중학교 때는 공부를 잘했는데, 고등학교에 진학해서는 성적이 예전만큼 나오지 않는다면 잘 생각해봐야 한다. 지금 이대로 그냥 내 상태를 둘 것인가, 아니면 다시 하나씩 노력해서 변화를 줄 것인가 말이다. 고정과 변화라는 선택의 길 앞에 놓인 우리는 결단을 해야 한다.

마음의 상처가 있다고 그대로 두면 곪아 썩어 문드러질 것이고, 상처를 치료하면서 서서히 회복하려고 노력하면 다시 달리고 있는 내 모습을 볼 수 있을 것이다. 그리고 만일 공부를 선택하면 노는 시간이 줄어들 수밖에 없다는 사실을 잊지 말아야 한다. 기회비용은 언제나 발생하기 때문이다.

1999년 개봉된 영화《매트릭스》의 한 장면이 떠오른다. 주인공인 네오(Neo)는 파란 알약과 빨간 알약 중 하나를 선택해야 하는 상황이었다. 파란 알약을 먹으면 지금처럼 자신이 믿고 싶은 것만 믿으면서 살게 될 것이고, 빨간 알약을 먹으면 감당하기 힘들어도 진실을 알게 된다. 회복을 위해 선택한 길이 쉽지는 않더라도, 그로 인해 큰 기회비용이 발생하더라도 후회 없이 앞으로 나아간다면 언젠가는 그 노력이 보상으로 돌아오리라 믿는다. 내가 경험했던 것처럼 말이다.

나를 살리는 힘, 자기효능감

자기효능감:

내가 해낼 수 있을 것이라는 믿음

스위스의 프로테스탄트 신학자인 카를 바르트가 "과거는 바꿀 수 없지만, 미래는 새롭게 바꿀 수 있다."라고 말했다. 나도 그동안 지나온 실패한 과거를 바꿀 수는 없어도 앞으로 내게 다가올 미래는 바꿀 수 있다는 믿음을 갖기로 했다. 그래서 대학교 입학 후 더는 실패하지 않겠다고 다짐했고, 나 자신을 믿고 다시 걷기로 마음먹었다.

사실 실패한 후에 다시 일어서서 걷기 위해서는 용기가 필요했다. 넘어졌을 때 아픔과 고통이 너무 크다는 것을 알기 때문이다. 우리는 다시 걷다가 넘어질 수 있다는 생각에 두려움이 앞선다. 그래서 용기를 내기가 어렵다. 그래도 나는 미래를 바꾸기 위해 용기를 내기로 했다. 하기 싫거나, 꺼려지거나, 부끄럽거나, 망설여지는 일을 자신 있게 시도하려는 의지가 바로 '용기'라고 누군가 그랬으니 말이다.

다행히도 용기를 가지고 다시 일어서서 걷고 있으니 이제는 명확한 목표가 필요하다고 생각했다. 다시 걸을 수 있게 되었으니 어디로 갈지 정해야 하지 않을까 싶었다. 근데 '사람마다 인생을 걷는 속도가 다른 것처럼, 다쳤을 때 회복하는 속도도 다르지 않을까?'라는 생각이 들었다. 무엇보다 내가 걷는 속도를 파악하고 그 속도에 맞춰서 나만의 목표를 세우고 미래를 계획하기로 했다.

사실 나는 고등학교 때 너무나도 잘나고 멋진 다른 친구들과 나를 비교하며 자괴감에 빠졌다. 하지만 과거와는 다른 나를 만들기 위해서 달라져야겠다고 생각했다. 생각해보니 남들과 비교하며 자신의 상황을 볼 필요는 없었다. 나에게 주어진 상황 속에서 최선을 다하는 게 최고의 방법이라 생각했다. 그렇게 내가 할 수 있는 것을 하다 보면 더 잘할 수 있는 일도 찾을 수 있을 것이라는 생각이 들었다.

미국의 임상심리학자인 로버트 마우어가 쓴 《아주 작은 반복의 힘》이라는 책에서도 변화를 주려면 아주 작은 일부터 시작하라고 했다. 한 예로, 심한 비만으로 고통 받고 있는 환자가 운동을 시작하기 위해서는 우선 1분이라도 서 있는 습관을 기르라는 대목을 들 수 있다. 그렇게 그 환자는 처음에는 가만히 서 있었지만, 다음에는 조금씩 걷게 되었고, 나중에는 뛰게 되었다. 그만큼 시작이 작더라도 크게 변화할 수 있다는 말이다.

또한 변화를 위해서는 분명한 동기가 필요했다. 동기는 곧 목표이기 때문에 결승점을 향해 나아갈 수 있다. 그런데 만일 우리가 결승선을 통과할 수 있을 것이라는 믿음이 없다면, 아무리 목표가 있고, 동기가 강해도 중간에 멈추게 된다. 따라서 이때 필요한 것이 바로 내가 해낼 수 있다는 자신에 대한 믿음이었다. 그때는 잘 몰라서 '자신감'을 회복하는 일이 우선이라고 생각했던 것 같다. 자신감이 생기면 급격히 성장하고 발전하는 경험을 한 적이 있었기 때문이다.

누군가 내게 인생에서 리즈 시절이 언제였나 물어보면, 중학교 3학년 때라고 말하고 싶다. 그때 나의 '자신감'은 하늘을 찌르고도 남았다. 학생회 전교 부회장으로 활동하면서 명예도 얻고, 반에서 1등을 하면서 공부에 대한 자신감도 있었다.

학창 시절 특히 남학생의 경우에는 공부 잘하고 운동 잘하면 거의 다 가졌다고 할 수 있는데, 나는 그때 세상을 다 가진 기분이었다. 그리고 무엇이든 새롭게 시작하더라도 다 잘할 수 있을 것 같았다. 실제로 글쓰기, 그림 그리기 등 학교에서 진행하는 각종 다양한 분야의 대회에서도 좋은 성과를 많이 냈던 기억이 있다.

미국의 심리학자 앨버트 반두라는 자기효능감이란 구체적인 상황에서 성공할 수 있는 자신의 능력에 대한 신념이라고 정의

했다. 존재의 가치를 중시하는 자아존중감과는 달리 자신의 능력에 관한 믿음과 판단을 말하기에 성공 또는 실패 경험을 통해 자기효능감은 강화되거나 약해진다고 했다. 이런 이론에 따르면 나는 그때 '자기효능감'이 넘치는 학생이었던 것 같다.

대학 신입생이었던 나는 그때의 자기효능감을 회복하는 일이 급선무였다. 자기효능감은 타인의 성공 경험을 간접적으로 경험하는 경우만으로도 강화될 수 있는데, 나의 경우에는 직접 경험한 기억이 있어서 조금 더 유리했다.

미국의 메릴랜드대학 심리학과 교수인 앨리스 아이센도 우리 인생에서 가장 즐거웠던 일을 생각하면 그 즐거운 감정이 지속하는 경향이 있다고 말했다. 행복했던 중학교 3학년 때를 생각하며 앞으로의 나의 인생도 즐거운 감정으로 계속 만들어 가고 싶었다.

중학교 때 전교 부회장으로 활동하면서 학생들뿐만 아니라 선생님들과도 좋은 관계를 유지하며 주도적으로 삶을 살았던 기억이 났다. 대학에서도 수동적인 삶이 아닌 내가 주체가 되어 이끌어가는 삶을 살아야겠다고 생각했다. 사실 죽음을 생각했다가 다시 살아가기로 했기에 이왕 사는 거 긍정적이고 쾌활한 성격으로 살면 좋겠다 생각했다. 그 덕분에 과대로 선출되었고, 원하는 대로 능동적인 대학 생활을 시작할 수 있었다.

미국 발달심리학자인 코넬대학 유리 브론펜브레너 교수에 따르면, '미러 이미지 효과'는 자신의 감정은 거울에 비친 모습처럼 그대로 상대에게서 되돌아오기 마련이라는 뜻이라 했다. 사람들을 대할 때 긍정적인 자세로 대하니 사람들도 나를 긍정적으로 봐줬다. 인간만이 가진 '인정의 욕구'가 그렇게 조금씩 충족되면서 나도 조금씩 자신감을 회복할 수 있었다. 고등학교 때 무너졌던 내 모든 것을 다시 조금씩 살려내며 서서히 나는 회복의 길을 걷게 되었다.

그러던 중 내가 학교 다닐 때 선생님들이 하시던 말씀이 기억났다. 입학하고 첫 시험이 고등학교 내내 등수로 이어진다는 말이었다. 나도 교사로 일하면서 이 말이 사실이라 생각하게 되었다. 일부 학생은 엄청난 노력으로 처음의 안 좋은 결과를 변화시키기도 했지만, 대부분 학생은 처음에 받은 성적을 유지하거나 오히려 더 안 좋은 결과로 잇는 경우가 많았다.

나에게는 80명 중 4명 안에 들어가야 교직 이수를 할 수 있으니 공부를 열심히 해서 성적을 잘 받아야 하는 뚜렷한 동기와 목표가 있었다. 2학년 때 성적까지 포함하여 4번의 기회가 있지만, 첫 단추를 꿰는 일이 중요하다는 걸 직감으로 알 수 있었다. 만일 첫 성적이 좋지 못하면 간신히 회복한 자신감도 다시 무너질 수 있었기 때문이다. 기회비용에 대해 앞에서 이야기했던 것처럼 나는 대학생이지만 마치 고3 수험생이 공부하는 것처럼 생활하며 공부에 집중했다.

어떤 학생은 공부에는 소질이 없어서 다른 일을 하겠다고 말하는데, 사실 우리 인생은 공부의 연속이다. 대부분 학창 시절에 하는 공부를 두고 '공부'라고 말하지만, 공부는 끝이 없다. 공부가 싫어서 기술을 배우겠다고 해도, 사실 그 기술도 공부다. 나중에 더 나이를 먹고 알게 된 사실이지만, 학교에 다닐 때 배우는 지식은 우리가 살아가면서 배워야 할 지식의 극히 일부일 뿐이었다. 군대에서, 사회에서, 그리고 결혼 후 가정에서 그동안 몰랐던 지식과 기술을 습득하는 과정 모두가 공부였다.

일단 학교 다닐 때는 내가 해야 할 공부가 있으니 그것을 잘 해내면 다른 분야의 지식을 습득할 때도 분명 도움이 된다고 생각했다. 그런 생각으로 나는 하나만을 목표로 삼았다. 일단 첫 학기에서 우수한 성적으로 장학금을 받기로 말이다. 일단 그 목표를 이루면 앞으로는 무엇이든 해낼 수 있는 자신감을 얻게 되리라 믿었다.

'칭찬은 고래를 춤추게 한다'는 말이 있다. 근데 나는 그 칭찬을 받으면 춤추다 못해 날아갈 정도로 더 큰 힘을 받는 성향의 사람이라는 것을 다행히도 늦게나마 알게 되었다. 고등학교 진학할 때 미리 알았으면 더 좋았겠지만, 고등학교에 다니면서 치열한 경쟁 분위기보다는 내가 잘한다는 것을 인정받을 때 더 잘할 수 있는 성향이라는 걸 깨달았다. 자기 암시였지만 나는 해낼 수 있다고 계속 생각했다.

의학적으로는 환자가 아플 때 약을 주면서 "이 약을 먹으면 병이 낫는다."고 하면 효과를 본다는 '플라시보 효과'가 있다. 교육학적으로는 학생에게 교사가 기대감을 가지고 있다는 것을 밝히면 학생이 그 기대에 부응하기 위해 변화한다는 '피그말리온 효과'가 있다. 심리학적으로는 상대방을 특성화시켜버리면 상대도 거기에 따른 행동을 하게 된다는 '레테르 효과'가 있다. 이 세 개의 효과는 모두 같은 원리다. 우리가 믿는 것이 행동으로 나타날 수 있다는 것이다.

나는 내가 해낼 수 있을 거라는 믿음, 즉 자기효능감 회복에 집중했고 성공을 이뤘다. 첫 학기에서 2등을 했고, 계속 성적을 유지한 덕분에 나중에 교직 이수도 하게 되었다. 그리고 졸업할 때까지 장학금을 놓치지 않고 계속 받았다.

이렇게 생긴 자기효능감을 바탕으로 ROTC 과정을 거쳐 장교로 임관할 때도 상위 4% 성적 이내에 들었다. 참고로 그 당시 3600명 정도 임관을 했다. 호주에서 유학했던 때도 대학원을 졸업하며 상위 우등생에게만 부여하는 'Golden Key Member' 자격을 얻기도 했다.

내가 실패한 인생으로 살지 않기 위해 했던 한 가지 노력이 있었다면, 바로 자기효능감을 회복하고 유지하는 일이었다. 내가 변화하는데 가장 큰 영향을 주는 것은 자신감이라고 생각했기 때문이다. 여러 마리 토끼를 잡으려고 하기보다는 한 마리 토끼를 잡으려고 했던 게 유효했던 것 같다.

심리학자들은 평균 효과에 대해서 부정적으로 생각한다. 심리학적으로 '평균 효과'란 무언가를 평가할 때 여러 개 값이 평균이 되어 수치가 낮아지는 것을 말한다. 예를 들어, 내가 가진 장점을 여러 개 보여주려고 하다 보면 오히려 큰 장점 한 가지를 보여주는 것보다 못하다는 말이다.

이런 점에서 볼 때, 자기효능감 하나에만 집중했던 내 전략은 성공적이었다고 할 수 있다. 누군가 실패를 겪고 회복을 시도한다면 너무 많은 걸 하기보다는 나에게 가장 큰 영향을 줄 수 있는 '한 가지'에 더 매진해보라고 조언하고 싶다.

어떻게 살아야 할까 고민해보자

자아정체성 회복과 성취

(청소년기에는 자아정체감)

'나는 누구인가?'라는 물음을 바탕으로 인간은 자아를 찾아서 여행을 떠난다. 나아가 '나는 무엇을 할 수 있는가? 나는 왜 존재하는가? 어떻게 살아야 할 것인가?' 등 자기 자신에 대해 여러 의문을 갖게 된다. 이렇듯 진정한 자기를 찾기 위해 노력하는 과정을 통해 우리는 '자아정체성'을 형성한다. 특히 청소년기에 자아정체성이 형성되기 시작한다고 하니 중요한 시기가 아닐 수 없다.

독일 출신의 미국 심리학자인 에릭 에릭슨의 성격발달이론에 따르면 자아정체성은 청소년기(12~18세)에 '자아정체감'으로 불리며 발달하기 시작한다는 것을 알 수 있다.

성격발달 이론에 따르면, 태어나서부터 청소년기가 될 때까지 형성된 신뢰감, 자율성, 주도성, 근면성이 융합되어 자아정체감이 형성된다. 자신의 가치관, 직업, 삶의 철학, 성역할 등에 대한 선택과 결정을 통해 안정감을 느끼고, 자신이 어디로 가고 있는지 알고, 사람들로부터 인정을 받을 수 있다는 확신을 통해 '자아정체감'을 성취하게 된다. 또한 자아정체성은 자신이 사는 환경과 다른 사람과의 상호작용을 통해 큰 영향을 받기 때문에 확립되기도 하고, 혹은 위기를 맞기도 한다.

청소년기에 있는 학생들 모두 자아정체감을 확립할 수 있으면 좋겠지만, 주변을 살펴보면 생각보다 위기를 겪고 있는 경우가 더 많다. 그 이유는 에릭슨의 청소년기 '자아정체감' 개념을 확장하여 연구한 미국의 심리학자 제임스 마샤의 이론에서 찾을 수 있다. 마샤는 위기와 전념(수행)이라는 두 가지 요소를 경험했느냐 안 했느냐에 따라 청소년기 자아정체감 상태를 '정체감 성취, 정체감 유실, 정체감 유예, 정체감 혼미' 등 네 가지로 구분했다. 여기서 '위기'란 자신이 추구하는 가치에 대해 여러 가지 대안을 비교 및 고민하고 선택하는 과정이다. '전념(수행)'은 자신이 고민하여 결정한 부분에 대해 성취하기 위한 노력이다.

이론만 살펴봐도 알 수 있듯이 정체감 성취를 제외한 나머지 세 가지는 모두 정체감을 확립하지 못한 상태다. 그만큼 청소년기에 자아정체감을 성취하는 것이 어렵다는 걸 예상해 볼 수 있다. 실제 나도 학생들의 자아정체감 상태가 어떤지 궁금해서 조사한 적이 있다.

수년간 방과 후 수업에서 교육심리학을 가르칠 때마다 학생들에게 이론을 설명한 후 자신이 해당하는 상태에 대해 언급해보라고 했다. 조사 표본의 수가 너무 적어서 성급한 일반화가 될 수도 있지만, 매년 25명의 학생 중 20명 내외의 학생들이 정체성을 아직 성취한 상태가 아니었다. 15~24세 남성을 대상으로 한 미국의 심리학자 필립 메일맨의 1979년 연구에 따르면, 18세 이하의 경우에는 정체성 성취 비율이 10%가 안 된다고 했다. 시기적으로 차이가 있지만, 어쨌든 정체성 성취 비율이 낮다는 사실은 변하지 않는 것 같다.

내가 만난 학생들이 자아정체감의 네 가지 상태 중 가장 많은 비율을 보였던 것은 '정체감 유예'로 아직 자신의 자아정체성에 대해서 고민하는 위기 상태에 있으나 아직 전념(수행)하지 못하는 경우였다. 이해를 돕자면, 부모와 교사 등 어른들의 가치관이나 태도에 회의를 느끼고 자신만의 가치를 찾아 방황하는 중이지만 아직 선택하지 못한 상태다. 불안과 방황 속에 있으나 다행인 건 이를 극복하기 위한 노력은 계속하고 있다. 달리 말하자면 정체감 성취에 이르기 위한 과도기 상태다.

반면 일부 학생들은 '정체감 유실'을 겪고 있었다. 정체감 유실은 정체감 유예와 반대의 경우다. 정체성에 대해서 고민하지 않으려 하고, 누군가 정해준 대상에 전념하고 있는 상태다. 아이러니한 것은 자신이 직접 정한 것은 아니지만 어떤 대상에 몰입해서 전념(수행)하는 상황인데도 열심히 한다는 것이다. 즉, 자신의 미래에 대해 진지하게 고민하지 않고 다른 사람의 가치관이나 태도를 그대로 따르는 중이다. 이런 학생의 경우에는 부모에게 강하게 의존하는 경향(마마보이, 파파걸 등)을 보이는 경우가 많은 게 특징이다.

한 예로, 어떤 학생은 뚜렷한 목표를 가지고 정말 성실하게 학교생활을 해나가고 있었다. 외교관이 되기 위해 내신 관리, 수행평가, 학생회 활동, 동아리 활동, 스터디 등 모든 활동을 국제 관련으로 방향을 설정하였다. 근데 이 학생과 이야기를 나누다 보면 자신이 추구하는 가치가 부모로부터 영향을 크게 받았다는 사실을 알게 되었다.

학생과 상담을 깊게 하던 중, 어릴 때부터 부모님은 자신이 외교관이 되는 게 소원이라 말했다고 했다. 자신은 부모님의 소원을 이뤄드리기 위해 열심히 노력했고, 좋은 결과를 이룰 때마다 칭찬을 받는 게 좋았다고 했다. 고등학생이 되어서도 기대하고 계시는 부모님이 실망하시지 않도록 지금까지도 외교관이 자신이 갈 길이라 생각하고 있다고 했다.

다른 학생들의 경우에는 '정체감 혼미'를 겪었다. 정체감 혼미는 위기(선택에 대한 고민)가 없거나 이를 겪고 있어도 극복 못하는 경우로 당연히 전념(수행)도 따르지 않는 경우다. 문득 드는 생각은 내가 근무하는 학교는 특목고라서 정체감 혼미를 겪는 학생 수가 그나마 적은 편인 것 같았다. 사실 전에 근무하던 학교에서는 정체감 혼미를 겪는 학생을 더 많이 봤기 때문이다.

실제 이론을 살펴보면 정체감 혼미는 대부분의 어린 청소년들이 겪는 상태라고 했다. 정체감 위기를 경험한 적이 없거나 그 위기를 성공적으로 극복하지 못해서 선택을 내리지 못하는 상황이기 때문이다. 쉽게 말해, 이러지도 저러지도 못하는 혼란의 상태라고 볼 수 있다.

근데 이 조사를 통해서 흥미로운 사례를 얻게 되었다. 한 학생의 경우 네 가지 정체감 상태를 모두 경험했다고 언급했다. 수업 시간에 사정을 다 들을 수 없었기에 추후 이 학생을 따로 불러서 이야기를 들을 수 있었다.

중학교 때까지는 별생각 없이 부모님이 원하시는 방향으로 살아가고 있었는데(정체감 유실), 고등학교에 입학하고 지내던 어느 날 갑자기 공부하는데 회의감이 느껴져 정체성 혼란(정체감 혼미)이 왔다. 부모 말이라면 너무나도 잘 듣고 따르던 자녀가 갑자기 방황하기 시작하자 부모는 단순히 사춘기가 와서 그런가 가볍게 생각했다고 했다. 하지만 이 학생은 심각한 정체감 혼미 상태가 와서 우울증으로까지 이어졌다.

청소년기 우울증은 자살 충동으로도 이어질 수 있지만, 다행히 이 학생의 부모는 금방 심각성을 깨닫고 해결책을 모색했다. 학생은 휴학했고, 부모 중 한 명도 휴직했다. 그렇게 이 학생은 부모와 세상을 돌아다니며 '나를 찾는 여행'을 시작했고, 1년이라는 시간 동안 정체감 유실에서 정체감 혼미로, 그리고 정체감 혼미에서 정체감 유예로, 궁극적으로는 정체감 유예에서 정체감 성취의 상태까지 이뤄냈다.

미국의 작가이자 의사인 대니얼 드레이크도 "여행은 모든 세대를 통틀어 가장 잘 알려진 예방약이자 치료제이며 동시에 회복제이다."라고 말한 것처럼 이 학생은 여행을 통해 정체감을 회복의 상태로 되돌릴 수 있었다.

나아가 이 학생은 나를 찾는 여행을 통해 부모가 바라는 삶이 아닌 자신이 바라는 삶에 대해서 진지하게 생각할 수 있는 시간을 보낼 수 있었다. 여행가이자 구호 전문가인 월드비전 세계시민학교 교장 한비야 씨가 "여행은 다른 문화, 다른 사람을 만나고 결국에는 자기 자신을 만나는 것이다."라고 말한 것처럼 이 학생은 1년이라는 시간 동안 여행을 통해 진정한 자신을 찾을 수 있었다.

이 학생의 정체감이 회복되는 과정을 정리해보면 다음과 같다. 처음엔 부모의 선택을 따르기만 했기에 위기를 겪지 않아 정체감 유실이 있었다. 그러다 보니 자연스럽게 자신이 하는 일에 대한 전념(수행)에 대한 열의도 사라져서 정체감 혼미 상태가 되었다. 다행히도 '여행'이라는 극약 처방을 내려 정체감을 회복하는 시간을 가졌고, 그 기간에 자신이 무슨 선택을 할지 고민하는 시간을 가졌다.

덕분에 '위기'를 경험하면서 정체감 유예를 겪게 되었다. 자신이 선택한 결과에 대해 아직은 실천하고 있는 상태는 아니었으니 말이다. 학교에 복학하고 자신이 선택한 길을 가기 위해 노력하면서 정체감 성취 상태가 되었다.

비록 1년이라는 시간이 걸렸지만, 정체감이 회복되는 과정을 보여주는 사례여서 큰 의미가 있다. 왜냐면 많은 학생이 수년간 정체감 유예, 정체감 유실, 정체감 혼미 상태를 유지하는 경우가 더 많기 때문이다. 또한 시기적으로도 빠른 편이었기 때문이다.

미국의 심리학자인 필립 메일맨의 관련된 연구에 따르면, 정체성 성취는 15세부터 이루어진다고 했다. 근데 15세에 정체성을 성취한 피험자의 비율은 2% 정도로 매우 적은 비율이었다. 일반적으로 다른 상태보다 성취의 비율이 제일 높게(40%) 나타나는 나이를 21세라고 한 점에서 볼 때 이 학생이 이룬 정체성 성취는 시기적으로도 매우 빨랐다고 볼 수 있다. 그래서 더욱 이 학생이 투자한 1년이라는 시간이 아깝지 않다고 믿는다.

나도 과거를 떠올려보면 남들이 좋아 보인다고 말하는 의사, 변호사와 같은 직업을 쫓았던 것 같다. 부모님도 명문고에 다니는 자식을 보며 기대하는 바가 컸기에 뜻하지 않게 나는 정체감 유실을 겪고 있었다. 여러 다른 원인도 있었지만, '내가 누구인가? 나는 무엇을 할 수 있는가?'에 대한 물음은 전혀 고민하지 않았다는 점에서 위기도 경험하지 않았고, 전념(수행)하지 않았던 나로서는 정체감 혼미로 이어지는 것은 당연한 일이었다. 그렇게 방황하며 보냈던 고등학교 3년 그리고 재수 1년이라는 시간 동안 정체감 혼미를 겪었기에 대학에 입학해서 다시 자아정체성을 회복하는 일이 쉽지는 않았다.

다행히도 자아정체성은 한 번에 형성되고 끝나는 게 아니라 추구하는 목적에 맞게 다양한 형태로 형성된다. '자율성'은 아동기에 해당하며 수치심과 반대 개념으로 형성된다. '자아정체감'은 우리 인생에 가장 큰 변화가 있는 청소년기에 해당한다.

'자아실현'은 성인기에 해당되며 자신이 원하는 형태의 사람이 되고 성취하고자 하는 모든 걸 성취하는 것이다. '자아통합'은 초기 노년기에 자신의 과거와 현재의 인생을 바라던 대로 살았다고 받아들이고, 자신의 인생이 의미 있고 만족스럽다고 생각하며 다가올 죽음을 인정하고 기다리는 태도를 보이는 것이다. '자아초월'은 후기 노년기에 죽음을 앞두고 자신이 살아온 인생을 물질적이고 합리적인 시각에서 보는 게 아니라 우주적이고 초월적인 시각으로 변화시키는 것이다.

정신과 의사인 로버트 클리츠먼이 쓴 《환자가 된 의사들》이라는 책에서도 이미 자아정체성을 확립한 의사들도 우울증에 걸려 환자가 되는 경우가 있다고 말한다. 이미 자아를 확립한 성숙한 의사들도 다시 정체성 혼란을 겪는다는 말이다. 그러니 혹시 지금 정체성 혼란을 겪고 있다면 너무 걱정하지 않았으면 좋겠다.

미국의 16대 대통령 에이브러햄 링컨도 "사람은 마음먹은 만큼 행복해진다."라고 말하지 않았던가. 자아는 확립되었다가도 변화할 수 있는 것이기 때문에 마음을 열어두고 유연하게 변화를 받아들이는 게 좋지 않을까 싶다. 노력을 통해 얼마든지 자아 정체성은 확립할 수 있으니 지금 혼란스럽다고 두려워 말자.

열정은 꺼지지 않는 불꽃이야

열정:

삶의 원동력이자 에너지

'열정'은 꺼지지 않는 불꽃과 같다. 불꽃이 발생하려면 연소의 3가지 요소를 충족해야 한다. 연료(가연물), 열(점화원), 산소(공기)가 3요소이다. 이 중 하나라도 충족하지 않으면 아무리 강한 불꽃도 꺼지기 마련이다. 열정의 3요소로 바꾸어 보면, 열정을 불태울 흥미로운 대상(가연물), 강력한 동기(점화원), 지속적 노력(공기)이 될 수 있다. 그리고 이 열정의 불꽃도 3요소 중 하나라도 사라지면 불꽃은 힘없이 꺼진다.

어떤 한 분야에 성공한 사람들을 보면 이 열정의 불꽃이 활활 타오르는 모습을 보인다. 자신이 좋아하고 흥미로운 분야를 찾고, 열심히 해봐야겠다는 동기가 생겨서, 끊임없는 노력을 통해 발전을 거듭해 그 분야의 전문가로 거듭나는 경우를 볼 수 있다. 대표적으로는 내가 좋아하는 운동선수들이 예가 된다.

축구에 대한 열정을 가진 대한민국을 대표하는 박지성 선수는 어린 시절 매일 축구 훈련 일기를 작성했다. 축구를 하기에는 비교적 작은 체구를 가졌지만, 축구에 대한 열정은 그 누구도 따라올 수 없었다. TV의 한 프로그램에서 그 일기장을 공개한 적이 있다. 축구에 대한 애정과 자신의 부족함을 깨우치며 부단히 노력하는 모습을 확인할 수 있었다. 그런 노력 끝에 어린 나이에 대한민국 국가대표로 선발, 해외 축구리그로 진출, 심지어 프리미어 리그 강팀인 맨체스터 유나이트 축구 클럽에서 공로를 인정받아 현재는 동양인 최초로 엠버서더로 활동하고 있다.

이 밖에도 엄청난 성공을 이룬 사람들은 모두 열정이라는 불꽃을 모두 가슴에 품고 있었다. 도대체 열정이 무엇이길래 실패와 좌절을 이겨내고 성공의 길로 인도하는 것일까?

소설가 정준은 《열정이 없으면 꿈도 없다》라는 책에서 열정은 '초인적인 힘' 혹은 '우리 삶을 좌우하는 에너지'라고 말했다. 나아가 열정은 지독한 역경과 고난을 극복하며 새로운 도전에 뛰어들게 하는 힘이며 우리에게 많은 것을 이루게 해준다고 한다. 국어사전에서도 열정은 '어떤 일에 열렬한 애정을 가지고 열중하는 마음'이라고 찾아볼 수 있듯, 열정은 우리에게 무언가를 할 수 있도록 강한 동기와 에너지를 준다.

사실 우리는 삶 가까이에서 열정을 경험한다. 내가 잘하고 싶은 무언가가 있을 때 더욱 그러하다. 어릴 때 나는 친척에게 탁구를 처음 배운 적이 있다. 처음이라 많이 어색했지만, 가벼운 플라스틱 탁구공을 딱딱한 나무에 고무가 덮여 있는 탁구채로 쳐서 넘기는 일이 재밌었다. 승부욕이 어디서 생긴 건지 모르겠지만, 나를 가르쳐준 친척을 이기고 싶어서 탁구채도 새로 사고, 시간 날 때마다 탁구채를 휘두르며 스트로크를 연습했다.

탁구라는 스포츠에 대한 흥미(가연물), 잘하고 싶은 마음(점화원), 꾸준한 연습(산소)이라는 3요소가 형성되어 짧은 시간이었지만 강력한 열정의 불꽃을 태울 수 있었다. 일주일간 꼬박 연습한 후 탁구를 가르쳐준 스승에게 다시 도전장을 내밀었다. 그리곤 보기 좋게 '청출어람(靑出於藍)'해버렸다. 제자가 스승을 이겼으니 스승은 당황하는 역력을 보였고, 제자는 짜릿한 성취감을 느꼈다. 열정을 가지고 탁구를 연습하다 보니 재미있어서 더 잘 치고 싶었다. TV를 보다가도, 밥을 먹다가도, 잠시 쉬다가도 탁구채를 들고 허공에 휘둘렀다. 짧은 시간이었지만, 몰입도는 최고조였다.

이처럼 내가 좋아하는 일과 잘하고 싶은 일이 있을 때 우리에겐 열정이 나타난다. 대학에 입학해서 자기효능감을 회복하는 일이 우선이었다면, 그다음 무언가에 몰입하고 내 인생에 열정을 쏟아부을 수 있는 것을 찾는 게 급선무였다. 영어영문학과에 다니고 있으니 무엇보다 '영어'와 관련된 일을 통해 열정을 찾고자 했다.

나는 중학교 1학년 때 ABCD 알파벳부터 영어를 배운 세대다. 근데 내가 다니는 대학에는 해외에 살다가 온 동기와 선배들이 많이 있었다. 그래서 그들은 마치 원어민처럼 영어 말하기를 잘했다. 반면 나는 27살 처음 해외로 유학 가기 전까지는 한 번도 비행기를 타본 적이 없었고, 수능 영어만 배우느라 듣기와 읽기만 공부한 순수 국내파였다. 영어 발음을 비롯해 영어 회화를 따로 공부한 적이 없었기에 발음도 엉망이고 영어도 제대로 못 하는 부류였다.

정말 다행인 건 어릴 때 탁구에 열정을 쏟아서 급속도로 실력을 올렸던 경험이 있었다는 것이다. 자기효능감과도 관련이 있을 수 있는데, 조금은 다른 속성이다. 자기효능감은 내가 잘할 수 있다는 믿음이라면, 열정은 내가 잘은 못 하지만 더 잘하기 위해 노력하는 자세와 좋아하기 때문에 계속해서 하고 싶은 마음이다. 대학교 때 영어는 나에게 열정을 충분히 불러일으킬 수 있는 대상이었다. 아직은 잘 못하지만 잘하고 싶은 것이었기 때문이다.

외국에 발도 들여보지 않았어도 순수 국내파 출신 영어 전문가가 되면 더 좋지 않을까 생각했다. 학교 수업은 물론이거니와 매일 이른 아침마다 원어민 교수가 진행하는 영어 회화 수업을 들었고, 방과 후에는 영어 회화 학원에 등록했다. 주말에는 영어 회화 소모임에 참여하여 실력을 더욱 올리고자 했다. 게다가 EBS에서 방영하는 'English Cafe'라는 프로그램을 매우 즐겨봤는데,

진행자의 이력이 매우 흥미로웠다.

그 프로그램의 운영자는 문단열 선생님이었다. 비전공, 비유학, 비석사 출신의 순수 국내파인데 EBS에서 영어 강사로 활동하는 모습은 매우 충격적이었다. 영어를 원어민처럼 너무 자연스럽게 연기하듯이 하는 모습을 봤기에 당연히 외국에 오래 살다 왔을 거라는 생각이 앞섰다.

하지만 문단열 선생님과 관련된 기사를 읽으며 그 모든 것은 영어에 대한 열정에서 비롯되었음을 알 수 있었다. 신학과에 다니고 있었지만, 영어 전공 수업을 신청해서 듣는 열정. 이를 비롯하여 어떻게 하면 학습자가 쉽게 영어를 배울 수 있을지 항상 연구하는 자세로부터 영어를 가르치는 교육자로서의 열정을 많이 느낄 수 있었다.

영어교사와 영어 강사는 조금은 다른 길이지만, 영어 실력이 우수해야 한다는 점은 공통분모가 있었다. 순수 국내파인 문단열 선생님 덕분에 내가 있는 환경 속에서 영어 공부를 더 열심히 해야겠다는 이유를 찾을 수 있었다. 비록 나는 비전공은 아니지만 똑같은 순수 국내파는 맞으니 롤모델로 삼고 문단열 선생님과 동일시하려고 노력했다.

물론 금방 원어민처럼 영어로 말하는 건 쉽지 않았고, 그렇게 되지도 않았다. 그래도 조금씩 향상되는 영어 실력을 보며 영어를 배우고자 하는 열정은 식지 않았다. 문단열 선생님의 팬카페에서 활동하는 회원으로서 실제 방송국에서 하는 프로그램 방청과 야외에서 하는 특강에 참여한 적이 있었다. 그때 직접 경험을 통해 느낀 점은 영어는 상황에 맞게 연기해야 한다는 것이었다. 이를 계기로 영어와 연기를 모두 연습해볼 수 있는 '셰익스피어 영어연극' 모임에 들어가게 되었다.

우연한 계기였지만 모든 일에는 이유가 있는 것처럼 보였다. 그 우연을 가장한 운명이 내 가슴을 뛰도록 만들었기 때문이다. 물론 영어연극을 무대에 올리기 위해서는 정말 큰 노력이 필요했다. 배우들은 대사를 외우고 상황에 맞게 연기를 해야 했고, 스태프들은 소품, 분장, 조명 등 조력자 역할을 해야 했다. 나의 경우에는 1학년 때부터 우연히 주인공을 맡게 되었는데, 영어를 본격적으로 공부한 지 얼마 되지 않았고, 연극이라는 경험도 처음이라 영어 발음도 연기도 엉망이었다.

포기할 만큼 힘들 때 예전 같았으면 정말 그만둘 수도 있었을 텐데, 영어연극은 내가 잘은 못해도 재미있고, 더 잘하고 싶다는 생각만 들었다. 그래서 외국에도 오래 살다 왔고, 영어연극도 3년째 참여하고 있는 선배에게 간곡히 부탁해서 1:1 코칭을 받았다. 영어는 강세와 억양이 중요한데 그때의 나는 아직 그 감이 전혀 없었다. 그래서 선배가 알려주는 대로 강세와 억양 표시를 해가며 대본이 거의 걸레가 되도록 필기했고, 선배가 말한 대사를 녹음하여 그대로 따라서 했다.

남들보다 부족했기 때문에 나는 몇 배의 노력이 필요했는데, 다행히도 영어연극에 대한 열정이 생겨서 이를 극복할 수 있었다. 덕분에 무사히 셰익스피어학회에서 주관하는 영어연극 대회에 참여할 수 있었다. 비록 내가 한 연기가 전문 배우가 하는 연기도 아니었고, 내가 대사를 했던 영어도 원어민이 하는 영어만큼 완벽하지는 않았다. 그래도 무대에 올릴 정도까지 내 실력을 올렸으니 거기에 큰 의미가 있었다.

이렇게 영어연극에 대한 열정의 불꽃이 튄 이후로 나는 대학교 4년 내내 영어연극 대회에 참여하면서 그 불을 꺼뜨리지 않았다. 심지어 영어교사라는 진로를 진지하게 생각하던 내가 영어연극배우라는 길로 진로를 바꿀까 하는 생각까지 하게 만들었다.

막연히 영어를 잘해야겠다는 마음에서 명확한 목표를 찾게 되니 열정은 멈출 줄 몰랐다. 다른 이유는 없었다. 가슴이 뛰는 일을 찾았고, 내가 살아가야 할 이유를 찾았기 때문이었다.

김해원 작가가 쓴 《직장인 동기부여의 기술》이라는 책이 있는 것처럼 열정 불꽃의 3요소 중에 두 번째에 해당하는 '강력한 동기'로 인해 열정의 불꽃은 사그라들 줄 몰랐다. 그래서 대학교 4년 동안 내가 가장 즐겁게 한 일이 무엇이냐고 물어본다면 1초도 고민하지 않고 영어연극 활동이라고 대답할 수 있다. 이후에도 어린이 영어 교구 제작, 교사 영어연극 동호회 활동, 학교에서 영어뮤지컬 동아리 지도 등 그 열정의 불꽃은 꺼지지 않았다.

우리는 4년마다 열리는 올림픽 경기 동안 꺼지지 않는 불꽃을 본다. 올림픽 '성화(聖火)'는 한자 그대로 풀이하면 신에게 바치는 불꽃이라는 뜻이다. 하지만 나는 이 불꽃이 4년 동안 자신의 종목에 대한 열정을 가진 운동선수들이 올림픽 기간에도 끊이지 않는 열정을 보여달라는 뜻처럼 보인다.

운동선수들은 올림픽을 준비하는 동안 많은 좌절과 시련을 겪었지만, 포기하지 않고 삶의 원동력이자 에너지원인 열정을 놓지 않았다. 그래서 경기가 끝나는 그 순간까지 최선을 다하라는 의미로 나는 해석할 수밖에 없다. 그러니 우리도 인생이 끝날 때까지 포기하지 말고 열정의 불꽃이 꺼지지 않도록 노력해보자.

위기는 다시 곧 기회가 될 거야

부정적인 감정의

긍정적 기능

우리 몸에 이상이 생기면 바로 증상이 나타난다. 감기에 걸려도, 발목을 삐어도, 배탈이 나도 몸에 열이 나면서 많이 아프다. 몸뿐만 아니라 우리의 마음에도 문제가 생기면 증상이 나타난다. 열등감, 죄책감, 상실감 등 부정적인 감정이 우리를 괴롭힌다. '부정적(negative)'이라는 말은 대부분 안 좋게 생각한다. 하지만 우리는 이 증상 덕분에 긍정의 상태로 돌아올 수 있다. 더 나빠지기 전에 멈춰달라는 신호이기 때문이다.

《한 문장으로 시작하는 심리학》의 박홍순 작가는 "부정적인 감정은 우리 몸과 마음을 보호하는 시스템이다."라고 묘사했다. 인류는 오랜 기간 위협에 노출되어 있었고, 이 위협을 섬세하게 감지해야만 했다. 그런 과정에서 인간은 부정적인 감정을 여러 방식으로 매우 민감하게 설계하며 진화를 거쳤다. 다시 말해, 우리가 불안해하고 부정적인 감정에 휩싸이는 것은 나은 방향으로 진화하기 위한 신호라는 것이다.

이를 근거로 하여 정상적인 사람이라면 불안, 두려움, 공포 등의 부정적인 감정을 느끼는 게 당연하다. 오히려 사이코패스 범죄자의 경우에는 범죄를 저지를 때 부정적인 감정을 느끼는 경우가 적다고 했다. 자신이 겪을 공포에 대한 불안이 없기에 태연하게 범죄를 일으킬 수 있다는 것이다. 따라서 부정적인 감정이 든다는 것은 오히려 긍정적인 것으로 볼 수 있다.

우리는 살아가면서 부정적인 감정을 자주 갖게 된다. 특히 무슨 일이 생기거나, 해결하지 못하는 문제가 발생했을 때 부정적인 생각을 많이 한다. 20대에 자기효능감과 자아정체성을 회복하는 과정에 있었던 나조차도 어렵고 힘든 일이 있을 때마다 부정적인 감정을 몰아낼 수 없었다. 특히 대학교 3학년 ROTC 1년 차 때는 하루하루가 가시밭길을 걷는 기분이었다.

2000년대 중반 군에서는 논산훈련소 인분 사건을 계기로 부조리한 구타 및 가혹행위 근절을 위해 힘쓰는 시기였다. 언제나 그렇듯이 과도기에는 여전히 과거의 흔적이 남아 있기 마련이었다. 참고로 ROTC는 대학교 2년 동안 장교 후보생으로 군사교육과 훈련을 받고 학군 장교로 임관하는 과정이다. 1년 차와 2년 차로 학년이 나뉘다 보니 후배들은 선배들이 교육하는 대로 따라야 할 엄격한 규율이 있었다.

군대는 아무래도 사회에서보다는 '복종'에 대한 개념이 강해서 상식적으로는 이해할 수 없는 일이 있을 수밖에 없다. 다행히도 시기적으로 구타에 대한 처벌이 강했기에 구타는 당하지 않았지만, 교육을 명분으로 한 가혹한 '훈육'은 여전히 남아 있었다. 특히 후보생이 된 첫 두 달은 길을 가다가 선배를 못 보고 지나가서 경례를 안 했다는 이유로 연대책임이라는 명분 아래 집합해서 훈육을 받았다.

그렇게 복종, 전우애와 같은 군인 정신을 길러주기 위해 선배들은 기존 방식으로 우리를 교육했다. 지금 생각해봐도 그때 교육 방식이 지나치게 잘못되었다고 생각한다. 왜냐면 실제 장교로 임관하여 야전부대로 나갔을 때는 그렇게까지 비상식적인 훈육은 없었기 때문이다. 평범한 대학생이었다가 갑자기 강한 군대 문화를 겪었기에 매일 부정적인 감정이 가득할 수밖에 없었다.

ROTC에 지원할 때 나는 이렇게 생각했다. '병사로 군 생활을 하면 명령에만 따르는 수동적인 삶이 될 테니, 장교가 되어 주도적으로 생활해보자.' 근데 막상 장교 후보생이 되어서는 '주도성'보다는 '무조건적 복종'의 가치에 대해서 더 많이 배우게 됐다. 또한 공포, 인격 모독, 열등감, 걱정, 불안 등 부정적인 감정이 드는, 일반 상식으로는 이해가 안 되는 일이 있을 때마다 하루에도 몇 번씩 '그만둘까' 하는 생각을 했다.

말로는 '장교가 되기 위해서'라고 하는데, 훈육을 위한 명분일 뿐이었다. 오히려 내가 생각했던 장교로서의 정체성은 혼란의 도가니에 빠졌다. 그렇게 후보생 생활이 두 달쯤 되었을 때 우리는 5월에 있을 축제 준비로 한창이었다. 하루는 학군단장님께 중간보고를 해야 해서 저녁밥도 못 먹고 밤늦게까지 남아서 연습한 적이 있다. 아무리 보고가 중요하다고 해도 다들 먹고살자고 하는 일인데 '밥' 먹을 시간은 확보해야 하지 않나 생각했다. 거기까지는 잘 참고 견뎠는데, 집에 가는 길에 일이 터졌다.

나는 1년 차 임원 후보생이어서 항상 비상연락 완료 보고하는 역할을 했다. 근데 최초 비상연락을 돌리는 1년 차 다른 임원 후보생이 연락이 안 된다는 이유로 전화상으로 엄청 욕을 먹었다. 매슬로우의 욕구 위계 최초 1단계인 '식욕'도 충족이 안 된 상태에서 내가 잘못한 게 없는데 그냥 화가 난다는 이유로 쌍욕을 해대니 나도 모르게 이성의 끈을 놓을 뻔했다. 다행히 잘 참아내고 집으로 돌아왔지만 제정신은 아니었다.

평소보다 늦게 귀가한 아들에게 "저녁은 먹었냐?"라고 어머니는 물으셨다. 나는 울컥하는 마음이 들었지만, 힘없이 "아직 먹지 못했다."라고 조용히 대답했다. 어머니께서는 밥을 차려주시고 식사하는 내 모습을 지켜보셨다. 그때 나도 모르게 속으로 하던 말을 밖으로 내뱉었다. "이제 그만하고 싶어."라는 말을 들으신 어머니께서는 "그래. 많이 힘들면 그렇게 하도록 해."라고 하셨다.

보통 어머니께서는 내가 무언가 힘들다고 할 때마다 위로하고 격려해주셨는데, 이렇게 쉽게 포기하라고 권하시는 건 처음이었다. 서로 말은 안 했지만, 평소 아침에 깔끔한 단복을 입고 나가서 저녁마다 땀에 흠뻑 젖어서 들어오는 아들의 모습을 그동안 지켜봐 왔기 때문에 그런 말씀을 하셨던 것 같았다.

어머니의 말씀에는 진심이 담겨 있었다. 자식이 힘들어하니 자식 편을 들어주고 싶었던 거라 믿었다. 아이러니하게도 "그만둬."라고 말씀하셨지만, '얼마나 힘들면 그 정도까지 말하겠니'라고 하는 응원의 메시지로 들렸다.

만일 그날 내가 가진 부정적인 생각을 혹시라도 어머니께 드러내지 않았더라면, 계속 그렇게 나는 혼자 괴로워하다가 정말 그만뒀을지도 모르겠다. 과정이야 어떻든 결과적으로는 혼란 속에서 오히려 참고 견뎌야 한다는 마음을 갖게 됐다. 말없이 나를 응원해주시는 어머니를 위해서라도 더 견뎌야겠다고 다짐했다.

독일 태생 미국 심리학자 에릭 에릭슨도 "정체성 혼란을 느낄 때 정체성을 의식한다."라고 했다. 혼란이 없다면 새로운 정체성을 찾으려는 노력도 없다는 뜻이다. 그러면 자신의 정체성에 대해 고민할 필요도 없고, 더 나은 선택을 할 기회도 없다.

우리는 보통 부정적인 상태를 안 좋게만 보려고 하지만, 이 부정적인 상태가 불균형을 일으켜 다른 균형을 찾아가려고 하기 마련이다. 그 속에서 변화가 일어난다. 당연히 현재의 부정적인 상황을 벗어나고자 하는 본능을 통해 좋은 변화를 일으킬 가능성이 생긴다는 말이다.

독일 태생의 미국 이론물리학자 알베르트 아인슈타인은 "가장 중요한 것은 질문을 멈추지 않는 것이다."라고 말했다. '질문법'은 유대인 교육 방법으로도 유명한데, 우리에게 문제가 발생했을 때 해결 방안을 찾기 위한 최고의 방법은 스스로 질문을 하는 것이다. 우리는 항상 안정 상태일 때보다는 불안정 상태일 때 더 스스로 고민한다. 고민 속에서 무한한 질문을 하면서 상황을 극복하기 위해 노력한다. 그렇기에 부정적인 감정이 들 때 오히려 더 좋은 변화를 만들 수 있는 것이다.

사람들은 군대가 많이 힘들다고 하는데, 그 말은 틀리지 않는 것 같았다. 하지만 힘든 시간 속에서 나는 다시 정체성 회복을 위한 시간을 보냈다. 후보생 생활을 그만두고 싶은 상황 속에서 '지금 상황보다 더 힘든 상황은 없을까?' 곰곰이 생각했다. 고민 끝에 나는 지금 따뜻한 옷을 입고, 배불리 밥도 먹을 수 있는 적어도 기본 욕구를 충족시킬 수 있는 현실에 살고 있지만, 가난 때문에 혹은 장애 때문에 힘들게 살아가는 사람들이 떠올랐다.

인터넷으로 검색하다 보니 그런 사람들을 위해 봉사하는 모임이 꽤 많이 있었다. 그 당시 가장 유명한 소셜미디어 플랫폼은 '싸이월드'였다. 봉사 소모임에 가입하고 장애인을 위한 한 시설에 봉사활동을 갔다. 음식을 준비하는 팀, 청소하는 팀, 빨래하는 팀, 목욕시키는 팀 등 다양하게 팀을 꾸려서 한 달에 한 번씩 봉사를 진행했다. 처음 내가 맡은 일은 빨래였는데, 봄이었지만 찬물로 이불 빨래를 하려니 손이 꽁꽁 얼어붙고, 하루 내내 많은 빨래를 해내려니 허리도 무릎도 아팠다.

아침부터 저녁까지 하루라는 짧은 시간 동안 강한 노동을 하니 몸이 힘들었다. 하지만 오히려 마음은 치유되었다. 시설에 사는 사람들은 장애를 가졌지만, 가난하지만, 누군가의 도움이 필요하지만, 누구보다 해맑고 긍정적인 마음을 갖고 있었다.

그 후로 대학을 졸업할 때까지 2년 가까이 매달 봉사활동에 가면서 오히려 나는 회복과 치유의 시간을 보냈다. 원래는 힘든 후보생 1년 차 생활을 하며 부정적인 감정을 가지고 살았지만, 그 덕분에 힘든 일을 견디는 법을 배웠고, 나보다 어려운 상황에 있는 사람을 돕는 마음을 갖게 되었다.

인류는 '불안과 위기'를 느낄 때마다 뇌에서 '투쟁과 도피' 반응을 통해 생존했다. 이 반응은 우리가 더 민첩해지고, 빠르게 판단할 수 있게 한다. 우리가 부정적인 감정을 갖게 되는 때는 스트레스를 받을 때이다. 따라서 스트레스를 받고 부정적인 감정을 갖는다는 것은 투쟁과 도피 반응을 준비한다고 볼 수 있다. 역사에서도 그랬듯이 우리도 이 반응을 통해 위기를 극복하고 다시 회복의 단계로 넘어올 수 있다.

사자성어에 '전화위복(轉禍爲福)'과 '부위정경(扶危定傾)'이라는 말이 있다. 두 말 모두 위기를 기회로 바꿀 수 있다는 뜻이다. 다른 동물들에 비해 나약하게 태어난 인간은 살아남기 위해 뇌가 진화했고, 지금은 지구에서 가장 고등 생명체로 남았다.

이런 역사가 있으니 이 순간 우리에게 하루에도 몇 번씩 위기가 찾아오지만, 오히려 내가 지금 어려운 상황을 극복하여 회복의 단계로 넘어가는 과정이라고 생각하며 넘길 수 있을 것이다. 부정의 신호는 곧 긍정의 신호로 바뀔 테니까 말이다.

마음의 근육이라 불리는 회복 탄력성

실패 경험을
유연하게 대처하는 능력

특목고에 근무하면서 중학생을 둔 지인들로부터 많이 받는 질문이 있다. 자녀를 일반고와 특목고 중 어디를 보내야 할지 고민인데, 과연 특목고에 진학하면 치열한 경쟁 속에서 자녀가 잘 적응할 수 있을까 하는 것이다. 이 질문에 대해 답변할 때마다 나는 아이가 회복 탄력성이 잘 길러져 있는지 아닌지가 중요하다고 답변한다. 학자마다 이 용어를 '회복 탄력성' 혹은 '적응 유연성'이라고 부르지만, 기본적인 의미는 거의 비슷하다.

미국의 콜럼비아 대학교 교육대학의 심리학, 교육학 교수인 철학 박사 수니야 루터는 회복 탄력성(resilience)을 '스트레스를 받는 환경에서도 스트레스를 받지 않거나 적절히 대처해 나가는 개인의 능력'이라고 했다. 미네소타 대학교 아동개발연구소의 앤 마스튼 교수는 '대부분의 사람이 위험이나 스트레스 상황에서

적응해나가는 일반적인 적응 기제'라고 했다. 앤드류스 대학교 교수이자 심리학자인 재닛 레데스마에 따르면, '역경, 좌절, 불운의 상황에서 원래 자신의 모습으로 되돌아오는 능력'이라 했다. 결국 회복 탄력성이란 개인의 결함이나 약점보다는 스트레스 상황에 유연하게 대처하며 적응하는 개인의 능력이라고 정의할 수 있다. 그래서 '적응 유연성'이라 불리기도 한다.

다시 처음으로 돌아가서 그렇다면 내 자녀는 일반고와 특목고 중 어디로 가는 게 맞을까? 이런 고민을 하고 있다면 내 아이가 회복 탄력성이 좋은지 아닌지 확인해야 한다. 그리고 회복 탄력성이라는 말이 무엇인지도 알아야만 한다.

회복이라는 말은 이미 알고 있을 테니 '탄력성'이라는 용어를 이해할 필요가 있다. 탄력성이란 개념은 힘을 가해 늘어나 있거나 압축된 상태에서 다시 원래의 상태로 되돌아오는 유연함이라는 의미로 물리학에서 사용된다. 쉽게 말해, '회복을 위한 유연함' 정도로 볼 수 있다.

근데 왜 특목고 진학을 고민하는데 이 회복 탄력성 혹은 적응 유연성이 좋아야 하는 걸까? 이는 일반고와 특목고에 진학했을 때의 상황에 대해 이해하면 답을 찾을 수 있다. 전부 그런 건 아니지만 일반고보다는 특목고의 경우 학생들이 참여하는 활동이 많은 편이다. 수시라는 전형으로 많은 학생이 대학에 진학하다 보니 생활기록부의 질 좋은 평가를 받기 위해 학교 활동이 늘어날 수밖에 없다. 이런 상황에서 내신 시험도 준비하고 수능 시험도 같이 준비해야 하니까 시간적인 측면에서 부담을 많이 느낀다.

게다가 특목고의 경우에는 나름 중학교 때 '공부' 좀 한다는 학생들이 모인 곳이다. 그래서 내신 등급을 잘 받기 위해서는 치열한 경쟁에서 살아남아야 한다. 일부 자사고나 특목고의 경우에 서울대학교를 수십 명 보내기도 하지만, 대부분 학교에서는 그렇게까지 보내기가 어렵다. 서울 중상위권의 대학을 가려면 아무리 자사고, 특목고라고 해도 중간 이상은 해야 갈 수 있다.

재미있는 건 평범한 일반고에서는 반에서 1등을 해도 서울의 중상위권 대학에 갈까 말까 한다는 것이다. 특목고에서는 중간 이상을 하면 갈 수 있는데, 일반고에서는 반에서 1등을 해야만 갈 수 있으니 여기서 고민해 볼만 한 포인트가 있다.

누구나 좋은 결과를 받으면 자신감도 생기고 더 잘하려는 모습을 보인다. 하지만 안 좋은 결과를 받았을 때는 사람마다 하는 행동이 달라진다. 특히 그동안 승승장구하며 실패 없이 살아온 경우, 처음으로 어려움을 겪게 된다면 더 힘들어하는 모습을 볼 수 있다. 우리 학교에서 중간 아래의 내신 성적을 받는 학생 중 중학교 때까지는 반에서 1등 혹은 전교에서도 공부를 잘했던 아이도 있다. 근데 특목고 진학 후 좋은 결과를 내지 못하면서 무너진 것이다.

물론 1학년 때 성적은 조금 낮았지만, 2학년 때는 1학년 때보다 나아졌고, 3학년 때는 더 많은 성적 향상을 보이는 학생도 있었다. 실제 그런 학생 중에는 서울의 중상위권 대학이 아니라 최상위 명문대에 진학하기도 했다. 과연 그 아이들은 어떻게 안 좋은 자신의 상황을 극복하고 원래 자신의 모습으로 돌아올 수 있는지 궁금해서 조사해봤더니 내가 알고 있는 회복 탄력성이 강했다.

1960년에 있었던 학습된 무기력을 확인하기 위한 개 실험에 이어 1975년에 도날드 히로토라는 심리학자는 인간에게도 똑같은 실험을 했다. 3개의 그룹으로 나눠서 소음에 반응하는 실험이었다.

첫 번째 그룹은 소음을 들으면 버튼을 눌러 끄게 했고, 두 번째 그룹은 버튼은 있지만 눌러도 안 꺼졌고, 세 번째 그룹은 통제군으로서 소음도 버튼도 아무런 통제가 없었다. 나중에 다른 소음을 들려주었을 때, 첫 번째와 세 번째 그룹은 이를 해결하려고 했으나, 두 번째 그룹은 아무런 반응을 하지 않았다.

이렇듯 인간의 무기력은 학습되기도 하지만, 동물이든 사람이든 3분의 1의 경우에는 견디기 힘든 소음과 충격에도 굴하지 않고 무기력에도 빠지지 않는 다른 실험 결과도 있었다. 긍정의 심리학을 제시한 미국의 심리학자 마틴 셀리그만은 15년 동안 연구한 끝에 그 이유를 '긍정주의'에서 찾았다.

그의 말에 따르면, 어려운 상황에도 포기하지 않는 사람들은 그 상황을 단지 일시적일 뿐이고, 상황 중 하나일 뿐이며, 내가 뭐라도 할 수 있을 것이라 믿는다고 했다. 이 사람들은 무기력을 학습하거나, 불안과 걱정이 생기거나, 실패 후에 포기하거나 하지 않는다고 하며 면역력이 있다고 설명했다. 게다가 희망적인 것은 회복 탄력성은 학습과 훈련으로 기를 수 있다는 점을 시사했다.

회복 탄력성은 마음의 근육이라고 불린다. 우리가 운동을 통해 근육을 늘리는 것처럼 회복 탄력성도 훈련을 통해 더 강하게 만들 수 있다. 근육의 생성 원리는 다음과 같다.

운동하며 상처 입은 근육은 재생하면서 굳은살처럼 비대해지고 두꺼워진다. 이를 전문 용어로는 '과부하의 원리'라고 한다. 지속적인 운동으로 근육이 파괴되면, 근육의 선명도는 더욱더 올라가고 질겨진다. 운동을 통해 강한 자극을 받으면 근육은 이를 견디기 위해 저항하는 과정을 거치게 된다. 그래서 근육이 견딜 수 없는 중량으로 운동하면 부피가 커진다. 근섬유에 상처가 생기고 회복하는 과정에서 근육은 전보다 훨씬 더 질적, 양적으로 성장한다. 우리의 뼈가 부러졌을 때도 회복의 과정을 통해 다시 붙으면, 더 튼튼해지는 것도 이와 같은 원리라 볼 수 있겠다.

3단 논법에 따라 회복 탄력성은 마음의 근육이다. 근육은 훈련과 운동을 통해 성장할 수 있다. 고로 회복 탄력성은 훈련을 통해 성장할 수 있다. 훈련의 과정 속에는 근육의 생성 과정에서처럼 당연히 상처를 입을 수 있고, 다시 더 단단해지는 현상이 나타날 수밖에 없다. 다만 얼마나 빨리 상처를 회복하느냐의 차이만 있을 뿐이다.

2011년 국내에 처음으로 회복 탄력성이라는 개념을 내놓은 연세대학교 김주환 교수는 회복 탄력성의 두 가지 요소를 자기 조절 능력과 대인관계 능력이라고 했다. 따라서 이 두 가지 요소를 형성하면 더욱 회복 탄력성을 강하게 기를 수 있다는 말이다.

정리해보면, 긍정적인 사고를 통해 자신을 통제하고 대인관계를 잘 유지하는 사람일수록 실패와 역경을 경험해도 금방 이겨내고 앞으로 나아갈 수 있다는 뜻이다. 여기에 내 개인적인 경험을 더해보면, 우리가 목표로 하는 일이 인생의 전부가 아니라고 생각하는 자세도 필요하다고 생각한다.

만일 내가 이루고자 하는 일이 안 되더라도 그것은 내가 경험할 수 있는 실패 중 하나일 뿐이라는 생각을 해야 하지 않을까 싶다. 그러면 다시 다른 방법을 찾기도 하고, 재도전할 수도 있다. 지금의 실패가 꼭 미래의 실패가 되란 법은 없으니까 말이다. 이런 마음 자세를 갖고 실패와 역경을 대하면 심리적인 고통에서 빨리 벗어날 수 있을 것이다.

실제 학교에서 회복 탄력성이 높아 보이는 학생들은 자기 통제력도 강하고, 대인관계도 적극적으로 형성하려는 성향을 보였다. 자신이 해야 할 일을 철저하게 기록하면서 하나씩 실천해 나가는 모습을 보였으며, 학급 임원이나 학생회 활동 등을 통해 리더로서 역할을 하는 모습을 보였다.

반면 회복 탄력성이 낮은 학생들은 학교에서 진행하는 활동을 해내는 것만으로도 벅차 했고, 주변 아이들과도 잘 어울리지 못하고 점점 혼자가 되어가는 모습을 보였다.

이를 통해, 특목고나 자사고에 진학하려는 아이가 있다면 회복 탄력성이 형성되어 있는지 확인해볼 필요가 있다. 물론 이는 아이의 성향을 통해 확인할 수 있다. 자기 통제 부분에서는 큰 차이가 나지 않을 수 있지만, 대인관계 형성 부분에서는 분명 큰 차이가 있을 것이다. 학교에선 혼자서 할 수 있는 공부도 있지만, 자신의 진로와 관련하여 다양한 방법으로 활동을 할 수 있기 때문이다. 근데 인간관계를 잘 형성하지 못하면, 동아리에 들어갈 때도, 스터디를 결성할 때도 많은 어려움이 있다.

다른 사람과 어울리는 걸 잘하지 못하는 성향이라면 오히려 혼자 공부하고 성적을 최상위로 받아서 학생부 교과 수시 전형을 준비하거나, 활동보다는 성적이 더 우선시되는 정시 전형을 위해 수능 시험을 준비하는 방식이 나을 수 있다. 일반고에서는 이 방식을 전략적으로 가져가기 때문에 자신의 성향을 잘 파악해서 고등학교 진학을 결정하는 것이 바람직하다.

내가 고3 담임으로 재직하던 한 해, 우리 반에서 학급 임원이었던 한 학생은 회복 탄력성이 매우 강했다. 1학년 때 성적이 많이 우수하지 않았는데 짧은 시간 내에 꾸준한 성적 향상을 보였다. 게다가 학생회 활동, 동아리 활동 등 다양한 활동을 알차게 해왔다. 근데 이 학생도 3학년 때 위기를 맞았다. 개인적인 목표지만, 국내 입시와 해외 입시 모두 준비하면서 슬럼프가 온 것이다.

이 학생은 자신이 판단하기에 아무리 노력해도 모든 것을 다 이루기에는 물리적인 시간으로 볼 때 무리였다고 생각했다. 하지만 선택과 집중을 통해 주어진 시간 내에서 자신이 할 수 있는 데까지만 노력했다(자기통제 능력). 마음을 다시 잡기 위해 담임 교사와도 상담하고 부모와도 계속해서 고민을 해결하려고 노력하는 모습을 보였다(대인관계 능력). 결과적으로 이 학생은 국내 입시도 모두 석권했고, 해외 입시도 좋은 결과로 이뤄냈다. 비록 잠시 위기가 찾아왔지만 회복 탄력성이 강했던 이 학생은 위기를 빨리 극복했다고 볼 수 있다.

대학교 때 나는 대학입시 실패 이후에도 여러 번의 실패와 좌절을 통해 위기를 맞았다. 정체성 혼란, 영어 실력 향상에 대한 고민, 군대 지원 문제, 연애 등 내가 원한다고 해서 다 이룰 수 없는 경험을 수없이 많이 했다. 근데 비교적 고등학교 때보다는 위기를 잘 극복해냈고, 계속 성장했다.

그 이유는 바로 교육심리학 수업 때 배운 회복 탄력성에 있었다. 나도 계속 이어지는 실패 경험을 통해서 마음의 근육을 단단하게 기를 수 있었다. 실패는 누구나 할 수 있다. 이 사실을 깨달으면, 금방 회복하고 다시 도전하려는 마음을 먹을 수 있을 것이다.

공부 잘하는 사람이 되고 싶다면

학습 원리 이해를 통한

공부 자신감 회복

독일의 위대한 작가 요한 볼프강 폰 괴테는 "아는 것만으로는 충분하지 않다. 적용할 줄 알아야 한다. 의지만으로는 충분하지 않다. 실천해야 한다."라고 했다. 이 말은 우리가 배운 지식을 활용하여 실제에 적용하고 실천하지 않는다면, 그런 공부는 소용이 없다는 말로 해석할 수 있다. 우리는 시험을 보기 위해 지식을 습득하는 경우가 많다. 실제 내가 필요해서 공부하고 그것을 활용하는 경우는 적다. 그래서 공부가 재미도 없고, 하기 싫은 것이 아닌 걸까 하는 생각이 든다.

대학교에서 교직 이수를 하기 위해 교육학을 배우면서 나는 학습에 대한 새로운 관점을 얻게 됐다. 쉽게 말해서 그동안 내가 해왔던 공부는 정말 무의미했다는 사실을 깨달았다. 시험에서 정답을 맞히기 위한 공부는 단기적이고 우리의 인생에는 크게 도움이 되지 않는다는 사실을 말이다. 교육심리학을 필두로 어떻게 학습이 이루어지는지 그 원리를 알게 되면서 내 공부 방법도 바뀌었다. 단순히 지식을 습득하는 데 그치지 않고, 실제 생활에서 적용해보기로 말이다.

무엇보다 교사를 꿈꾸는 나로서는 학생들이 공부에 흥미를 갖게 하고 싶었고, 학습 원리를 통해 누구나 공부를 즐기며 잘할 수 있게 해주고 싶었다. 그러기 위해서는 내가 먼저 학습의 원리가 정말 실제에 적용되는지 확인해봐야만 했다.

사실 그동안 우리가 학교에서 공부했던 방식은 20세기 중반 유행했던 행동주의 이론과 관련이 많다. 행동주의 이론의 가장 핵심은 '자극과 반응'이다. 그리고 적절한 보상을 통해 행동 변화를 일으키는 것이 핵심이다. 대신 환경의 자극이 있어야 반응이 일어나기 때문에 학습자의 경우에는 수동적인 자세로 학습하게 된다. 그리고 인지 과정을 통해 지식을 확장하기보다는 행동 수정과 관련이 많기에 한계가 있다.

반면 이 행동주의 이론과 반대의 관점인 인지주의는 환경을 학습자가 지식 인식의 주체가 되어 스스로 구성해 나가는 걸 중시한다. 따라서 스스로 학습을 주도하는 능동적인 자세를 보인다. 인지주의의 대표적인 학자로는 스위스 철학자 장 피아제가 있다.

피아제의 인지발달 이론의 핵심은 '동화와 조절'이다. 우리가 가지고 있는 기존 지식과는 다른 새로운 지식을 경험할 때, 기존 지식과 새로운 지식이 충돌하여 인지 불균형이 일어나기에 그것을 조절하여 평형을 이루려 한다는 원리이다. 즉 우리 인식의 틀인 도식(스키마)을 통해 사물이나 현상을 바라보고 내가 알고 있는 내용과 비교하며 인지하는 과정이다. '인지(認知)'는 곧 '아는 것'이며, 그래서 우리가 새로운 지식을 알아가는 것이다.

여기서 우리가 눈여겨봐야 할 점은 우선 우리의 기존 지식에서 나아가 새로운 지식을 습득하는 것을 '학습'이라 한다는 점이다. 그리고 우리가 알고 있는 지식과 관련성이 있을수록 더 학습이 잘 이루어진다. 이는 사회적 상호주의 학자로 알려진 러시아 심리학자 레프 비고츠키의 인지발달 이론을 통해서 확인할 수 있다. 그가 제안한 근접 발달 영역(ZPD: Zone of Proximal Development)과 비계 설정(scaffolding)이라는 개념은 이를 정확히 설명한다.

우선 근접 발달 영역의 개념은 다음과 같이 이해할 수 있다. 학습자가 스스로 도달할 수 있는 능력과 주변의 도움을 받아 도달할 수 있는 능력을 구분하는데, 이때 아직 개척하지 않은 새로운 영역에서 추가 인지발달이 일어나려면 근접 발달 영역 안에서 정교한 활동이 일어나야 한다는 것이다.

다만 피아제의 인지 발달 이론과 다른 점이 있다면, 피아제는 개인이 능력으로 스스로 인지 발달시킬 수 있고, 비고츠키는 개인과 사회가 지속적으로 접촉하고 교류하면서 인지 발달이 일어난다고 봤다.

비계 설정(scaffolding)은 근접 발달 영역 내에서 학습자에게 적절한 도움을 주는 것을 의미한다. 비계란 원래는 건축학 용어로 건물을 지을 때 일하기 쉽게 세우는 임시 구조물로 '발판' 혹은 '디딤돌' 역할을 한다. 즉 학습자가 주어진 과제를 잘 수행할 수 있도록 교사 혹은 유능한 또래가 도움을 제공하여 학습의 발판을 마련해주고 디딤돌 역할을 하는 것이다.

이런 이론들을 배우면서 학습이라는 것은 책상에 앉아서 그냥 단순히 내용을 외우는 것이 아니라 개인 혹은 사회와의 상호작용을 통해 새로운 경험을 하며 내가 가진 지식과 새로운 지식을 연결 지어 확장해나가는 것이라 깨달았다.

즉 경험과 상호작용이라는 요소가 학습에서는 매우 중요한 역할을 한다는 것이다. 덕분에 대학교 수업 시간에 교수님이 제시하신 학습 목표에 도달하기 위해 스스로 하는 과제, 조별 토의, 발표 등을 통해서 더욱 알차게 학습할 수 있었다.

또한 대학에서 배우는 다양한 인지 이론을 통해 학습의 원리를 깨닫고 삶에 큰 변화를 느끼면서 학습에 대한 자신감을 회복할 수 있었다. 그러나 우리는 아는 게 많아질수록 알아야 할 게 더 많다는 사실을 깨닫게 된다.

천재 과학자 아인슈타인 박사도 배움을 멈추지 않는 이유에 대해 이렇게 말했다. "이미 알고 있는 지식이 차지하는 부분을 원이라고 한다면 원 밖은 모르는 부분이 됩니다. 원이 커지면 원의 둘레도 점점 늘어나 접촉할 수 있는 미지의 부분이 더 많아지게 됩니다. 지금 저의 원은 여러분들 것보다 커서 제가 접촉한 미지의 부분이 더 많습니다. 즉 모르는 게 더 많다고 할 수 있지요. 이런데 어찌 게으름을 피울 수 있겠습니까?"

시간은 한정되어 있고, 배울 것은 많으니 나에게는 효율적인 학습 방법에 대한 고민이 생겼다. 다행히도 수업 시간에 배우는 교육학적인 이론으로 이 부분을 해결할 수 있었다. 완전한 학습이 이루어지려면 이해를 통한 암기가 필수라는 사실을 통해 어떻게 하면 우리가 얻게 된 지식을 오래 기억할 수 있을지 그 방법을 알아야 했다.

인지심리학자들이 말하는 '정보처리 이론'은 기억과 관련된 이론이다. 우리는 무수한 정보를 받아들일 수 있는데 모든 기억을 뇌에 저장할 수는 없다. 그 이유는 기억에는 세 가지 종류가 있기 때문이다.

첫째 감각 기억은 우리의 감각(시각, 청각, 미각, 후각, 촉각 등)을 통해 들어오는 정보를 기억하는 것을 말한다. 둘째 단기 기억은 정보를 조직하는 일시적인 단계로 짧은 시간 동안 잠시 정보가 머무는 기억을 말한다. 단, 뇌의 저장 영역에 전달되지는 않는다. 마지막으로 장기 기억은 말 그대로 정보를 오랫동안 저장하는 것을 의미한다. 다시 말해 뇌의 저장 영역에 전달되어 정보를 기억에 쌓아두고 인출 가능하게 만든다.

상식적으로 봐도 우리는 우리가 받아들인 정보를 감각 기억이나 단기 기억에서 끝내지 않고 장기 기억으로 만들어야 한다는 걸 알 수 있다. 그래야 우리가 배운 지식을 기억해내서 나중에 꺼낼 수 있기 때문이다. 정보처리 과정에서 기억을 장기 기억으로 저장하기 위해 단기 기억을 부호화하고, 효과적인 부호화가 될 수 있도록 하는 전략을 '유의미한 부호화 전략'이라고 한다. 쉽게 말해 이는 새롭게 학습해야 할 정보를 기존의 지식과 잘 연결하여 학습 내용을 잘 이해하고 오래 기억하며 인출을 유리하게 만드는 정보처리 전략이다.

유의미한 부호화 전략에는 정교화, 조직화, 심상화, 맥락화 등이 있다. 정교화는 새로운 학습 내용을 기존의 지식에 연결하여 잘 이해하고 기억할 수 있도록 하는 것이다. 조직화는 서로 관련 있는 것을 공통 범주나 유형으로 묶어서 제시하는 것이다. 심상화는 시각화하여 학습 내용 속의 중요한 정보와 중요하지 않은 정보를 구별할 수 있도록 하는 것이다. 맥락화는 관련된 상황을 제시하여 학습 내용에 대한 이해, 기억, 인출을 용이하게 만드는 것이다.

사실 이런 전략들은 뇌의 작용과 관련이 많다는 사실을 알 수 있다.《혼자 하는 공부의 정석》의 저자 한재우 작가는 공부란 '외부의 자극을 뇌 속의 장기기억에 저장하는 것'이라 했다. 그리고 기억의 원리는 시냅스(뉴런과 뉴런의 연결 부분) 형성 과정과 관련이 있다고 했다.

외부의 자극이 뇌 안으로 들어오면서 뉴런이 변하고 시냅스가 생긴다. 똑같은 자극이 반복되면, 그 자극과 관계된 뉴런에 미엘린이 생기고 미엘린은 정확한 신호가 반복될 때 두꺼워진다. 미엘린이 두꺼워질수록 뉴런에서 전달되는 신호가 빨라진다. 즉, 정확한 신호(똑같은 자극)를 반복해서 미엘린이 두꺼워져야 기억이 오래 남는다는 사실을 알 수 있다.

서울대학교 생명과학부 연구팀은 기억은 뇌의 측두엽 해마 부위에 저장되는데, 뉴런(뇌세포 혹은 신경세포) 사이의 접합 부위인 '시냅스' 중 일부에 저장되는 것이라 밝혔다. 기억은 외부에서 정보가 반복되어 들어올 때 저장이 잘 된다. 여러 시냅스에 관련 정보가 저장되어 네트워크를 형성하기 때문에 결합하면 기억과 인출이 더 쉬워진다. 그래서 관련 기억들은 서로 엮여서 하나가 떠오르면 연관된 다른 내용이 함께 떠오르게 되어 있다. 따라서 유의미한 부호화 전략이 효과가 있는 것이다.

미국 행동과학연구소에서 이뤄진 '학습 효율성 피라미드' 연구를 보면, 공부한 지 24시간 이후 기억에 남아 있는 비율은 강의 듣기 5%, 읽기 10%, 시청각 수업 듣기 20%, 시범강의 보기 30%, 집단토의 50%, 실제 해보기 75%, 가르치기 90%이다. 학습의 원리를 깨닫고, 기억을 오래 가져가기 위해서는 단순히 일방적인 방향으로 학습하기보다는 쌍방향으로 자극을 주는 것이 더욱 효율적이라는 것을 알 수 있다.

많은 학생이 눈으로만 강의를 듣거나, 책을 읽거나 하는 방식으로 공부를 한다. 하지만 자신이 익힌 지식을 실제로 적용해보려고 노력할 때는 효율성이 75%까지, 직접 가르칠 때는 90%까지 높아질 수 있다.

실제 교사를 꿈꾸던 대학생 시절의 나도 공부할 때마다 공부한 내용을 직접 써보기도 하고, 누군가를 가르친다는 생각으로 알고 있는 내용을 설명해봤다. 그러다 막히는 부분이 있거나, 아직 확실하게 알지 못하는 부분을 찾아 채워가는 방식으로 공부했더니 학습 효율성이 높아지는 경험을 할 수 있었다.

이렇듯 학습의 원리를 깨닫고 실천하는 경험을 통해서 고등학교 때 잠시 잃었던 공부에 대한 확신을 가지며 살아갈 수 있었다. 괴테가 말한 것처럼 지식을 아는 데 그치지 않고 적용하고 실천하려고 노력했던 점이 유효했다. 이처럼 진정한 배움은 실천하는 데서 일어나니 항상 실천하는 습관을 들인다면 실패를 만회하고 회복하는 시간을 보낼 수 있을 것이다.

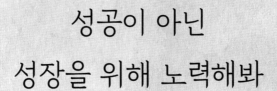

성공이 아닌
성장을 위해 노력해봐

임계점을 한번 넘어보자

양적, 질적

모두 임계점을 넘자.

고3 수험생이라면 누구나 수능 영어영역 1등급, 취업을 준비하는 취업 준비생이라면 토익 900점 이상 고득점을 목표로 공부하고 있을 것이다. 근데 고득점을 받기 전에 많은 학습자가 포기한다. 심지어 그중엔 영어가 너무나도 싫다며 영어를 놓아버린 영포자가 나오기도 한다. 넘기만 하면 되는 한계를 넘어서지 못하고 그렇게 많이들 포기한다. 아마도 금방 결과가 나오지 않으니 변화가 없을 것이라 믿었기 때문일 것이다. 그렇다면 과연 노력만 한다면 우리는 원하는 결과를 얻을 수 있을까?

시험을 준비하는 사람이라면 누구나 다 알겠지만, 처음에 점수 올리는 일은 쉽다. 우스갯소리지만 내가 토익 시험을 보던 시절에는 이런 말이 있었다. "첫 토익 성적은 파트별 자신의 신발 크기와 비슷하게 나온다."라는 것이었다. 듣기와 독해 파트 각 200

중반의 숫자라고 하면 500점 정도가 된다. 500점에서 600점으로 점수를 올리는 건 그래도 조금은 쉬운 편이다. 근데 600점에서 700점, 700점에서 800점, 그리고 800점에서 900점으로 고득점으로 올라갈수록 점수 올리기 쉽지 않다는 것을 알게 된다.

한번 그 점수를 넘기고 나면 신기하게도 성적이 그 점수대로 유지되는 현상을 보인다. 이는 내 실력이 이미 어떤 한계를 넘어서서 다음 단계로 넘어왔다는 걸 의미한다. 그리고 생각해보면 다음 단계로 넘어가기까지 많은 시간을 투자해서 노력했다는 사실도 깨닫는다. 한계점을 넘어서기까지 비록 힘들었지만 분명한 성장을 경험한다. 이때 이 한계를 우리는 임계점이라고 부른다. 모든 성장은 임계점을 넘었을 때 일어난다.

일상생활에서 쉽게 관찰할 수 있는 현상이 있다. 바로 물이 끓는 원리다. 물은 섭씨 99도에 1도를 더한 100도에서만 끓어서 수증기가 된다. 근데 1도만 부족해도 물은 끓지 않는다. 물이 기체로 변할 때 임계점이 바로 섭씨 100도이기 때문이다. 이 원리처럼 우리도 성장 과정에서 어떤 한계점을 넘어서지 못하면 변화를 만들어낼 수 없다. 근데 그 사실을 알지 못하고 지금 당장 좋은 결과가 나타나지 않는다고 열심히 노력하다가도 포기한다. 그래서 매우 안타깝다.

《임계점을 넘어라》를 쓴 김학재 작가는 "임계점이란, 어떤 물질의 구조와 성질이 바뀔 때 온도를 말한다. 물질이 기본적으로 변하기 위해선 절대적인 온도와 압력이 있다는 말이다. 우리가 무언가를 습득할 때도 마찬가지다. 일정한 횟수를 반복해야 자연스러운 생각과 행동이 따라온다. 이때 필요한 절대적인 인풋의 양을 임계점이라고 한다."라고 했다. 이 말에 따르면 임계점은 어떤 절대적인 양을 우리가 해냈을 때 넘어설 수 있다는 것을 알 수 있다.

이와 마찬가지로 이상훈 작가가 쓴 《1만 시간의 법칙》에서도 하루아침에 이뤄지는 성공은 없고, 오직 땀 흘리는 절대 시간과 끈질긴 인내가 필요하다고 말한다. 미국의 신경과학자 다니엘 레비틴은 '1만 시간의 법칙'을 기반으로 하여 하루 세 시간씩 10년간, 즉 1만 시간을 노력하면 누구나 성공할 수 있다고 했다. 적지 않은 시간이기 때문에 매우 설득력이 있다. 그래서 나도 이 법칙을 따르고자 했던 적이 있다.

호주에서 대학원을 마치고 한국에 돌아왔을 때 가벼운 마음으로 내 영어 실력을 확인하고자 토익 시험을 봤다. 근데 웬걸 모의고사를 하나도 풀지 않고 시험을 봤더니 900점을 넘지 못했다. 외국에서 더 어려운 학문을 공부하고 돌아왔는데 시험 성적이 나오지 않으니 당황스러웠고, 취업을 준비해야 하는 상황이라 토익 시험을 준비해야 할 이유가 생겼다. 이왕이면 토익 만점을 받아야겠다는 오기가 생겼다.

강남에서 진행하는 한 토익 스터디에 참여해 매일 어휘 시험을 보고, 모의고사 1회씩 문제를 풀었다. 사실 영어 교육학 관련 어휘나 지식이라면 자신 있었다. 근데 토익은 비즈니스 분야 기반이어서 생소한 어휘가 꽤 있었다. 운이 좋았는지 모르겠지만 두 번째 모의고사 문제를 풀고 채점을 했더니 900점이 넘었다. 사실 스터디에 참여할 때 처음엔 유학 다녀온 사실을 말하지 않았다가 점수가 너무 잘 나오니 신분을 밝힐 수밖에 없었다. 스터디장도 아닌데 어쩌다가 문제를 해설하는 역할을 맡았다.

시험 문제 유형을 비롯하여 토익이라는 시험에 익숙해지자 한 달 정도 지나니 900점대 중반까지 점수가 올랐다. 근데 목표로 했던 990점 만점은 쉽지 않았다. 사실 그게 어려울 법도 한 것이 듣기 파트는 5개 이내로 틀려도 만점이 나오는데, 독해 파트는 1개만 틀려도 15점이 감점됐다. 상대평가 방식의 채점 시스템이라 점수를 특이하게 매겼다. 그리고 1개 틀리면 5점씩 감점된다. 900점대 중반, 대충 950점이라는 의미는 듣기는 5개 이내로 틀려서 만점 받고, 독해도 5개 이내로 틀렸을 때 받을 수 있는 점수다. 200개 중 10개 이하로 틀려야 한다는 뜻이다. 지금은 성적 시스템이 어떻게 변했을지 모르겠지만, 그때는 대략 그렇게 계산했다.

나는 1만 시간의 법칙에 따라 토익 모의고사 100회를 풀면 만점을 받을 수 있지 않을까 생각했다. 각 파트 100문제씩 100회분의 모의고사를 곱하면 총 10,000개라는 절대량을 채울 수 있기 때문이다. 실제 수십 회분을 풀면서는 안정적으로 900점대 중반 점수가 나왔다.

일명 양치기라고 문제를 너무 많이 풀다 보니 토익 시험에 적응되어 문제만 보고도 3초 만에 풀 수 있는 문제도 있었다. 그래서 듣기를 하며 독해의 'part 6'까지 다 풀기도 했다. 토익 강사처럼 만점을 받지는 못해도 경지에 올랐다는 느낌을 받았다. 나중엔 평균적으로 문제를 다 풀고도 30분이 남았고, 최고 기록은 40분을 남긴 적도 있었다.

과연 나는 그렇게 해서 만점을 받을 수 있었을까? 아쉽게도 모의고사 100회, 듣기와 독해 합쳐서 총 20,000개 문제를 풀었어도 만점을 받을 수 없었다. 그 이유는 매달 새롭게 나오는 어휘까지는 그렇게 열심히 공부하지 않았기 때문이다. '듣기, 독해, 어법' 부분은 거의 모든 임계점을 넘어섰지만, '어휘'라는 한계에 부딪혀서 만점을 받지 못한 것이다.

이렇듯 임계점은 절대적인 양도 중요하지만, 질적인 부분도 고려하지 않을 수 없다. 특히 최고의 경지에 오르기 위해서는 질적인 임계점을 넘어서는 게 꼭 필요하다.

'얼마나 오래'가 아니라 '얼마나 올바른 방법'으로 목적 달성을 위해 노력했는지를 강조하는 《1만 시간의 재발견》이라는 책에서는 '무조건적이 노력'이 아닌 '의식적인 노력'의 중요성에 대해 강조한다. 이 책은 '1만 시간의 법칙' 이론의 창시자인 스웨덴 출신 심리학자 안데르스 에릭슨이 1만 시간의 법칙을 재해석하는 책으로 심지어 부제목이 '노력은 왜 우리를 배신하는가'이다. 그리고 실력 향상에 필요한 '목적의식 있는 노력'은 컴포트 존을 벗어나 다르게 하는 것이라고 말한다. 이는 이전에는 하지 못했던 어떤 것을 시도한다는 의미다.

내가 토익 100회 모의고사를 풀었지만, 습관처럼 문제를 풀고 틀린 것만 확인하는 방식이었다. 매달 새롭게 등장하는 어휘까지 의식하며 더 깊게 공부했어야 했는데 그렇게 하지 않았다. 계속 틀리는 어휘 문제를 맞히기 위해 더 많이 공부해야 했다는 말이다. 양적 임계점은 도달했지만, 질적 임계점을 넘지 못했기 때문에 결국 만점이라는 목표를 이루지 못했다. 이를 통해 '얼마나 오래 했는가'보다는 '얼마나 올바르게 했는가' 그리고 '더 열심히 하기'보다는 '다르게 하기'가 중요한지 알 수 있었다.

임계점을 넘어선 변화의 발생은 뇌과학적인 측면에서도 확인해볼 수 있다. 영국의 신경과학자인 엘리너 맥과이어의 연구에 따르면, 인간의 뇌는 강도 높은 훈련에 반응하여 성장하고 변화한다고 했다. 우리가 더 무거운 것을 들수록 근육이 강해지는 것처럼, 우리의 뇌도 더 강한 자극을 주어야 변화가 일어난다. 물론 성인의 뇌는 어린 시절처럼 왕성한 세포분열이 일어나지는 않는다. 하지만 뇌의 신경 조직망 재배열과 미엘린의 양을 증가시켜 전달 속도를 개선하여 뇌의 작용이 활발히 일어나도록 한다.

변화를 일으킬 때 반복되는 '횟수'도 중요하지만, '강도'도 중요하다는 사실을 확인할 수 있다.

이런 논리를 펼치면 수험생 중에는 효율성을 강조하며 절대적 공부량에 대해 무시하는 경향을 보이는 경우가 있다. 내가 가르쳤던 제자 중에 간혹 논술 전형을 준비하는 학생이 있었다. 내신은 부족하니 학생부 종합 전형으로 진학하는 건 무리라고 판단하고 논술 전형으로 전략을 세운 것이었다.

참고로 논술 전형은 100:1의 경쟁률이 나올 만큼 지원자는 많은데 소수를 뽑는 전형이다. 그래서 좋은 결과를 얻기가 쉽지 않다. 100명이 지원해도 정말 1명이 합격할까 말까 하기 때문이다. 근데 그 학생은 자신이 글을 좀 쓴다고 생각해서 논술 모의고사도 많이 풀어보지 않고 시험을 쳤다. 결과는 어땠을까? 당연히 불합격했다.

반면 똑같은 전략이었지만, 논술 전형에 몰입한 다른 학생은 그 어려운 논술 전형으로 두 군데나 합격했다. 그 비결을 알아본 결과, 일주일에 최소 2편의 논술 모의고사를 풀었다는 사실을 알아냈다. 1년은 52주로 일주일에 2개를 곱해보면 100회가 넘는 연습을 했다는 걸 알 수 있다.

또한 이 학생은 자신이 원하는 대학 기출문제를 분석하며 전략적으로 세분화해서 논술 쓰는 방식도 연구했다. 100회 넘게 모의고사를 통해 자신만의 글을 전개하는 방식을 잡아갔다. 끝으로 배경 지식이 약한 분야에 대해서는 독서를 통해 지식을 확장해 가며 부족한 부분을 채우며 공부했다. 양적으로도 질적으로도 철저하게 임계점을 공략한 사례라고 볼 수 있다.

실제 고3 담임교사를 하며 여러 해 논술 전형에 합격한 학생들의 성공 비결을 확인해봤다. 워낙 논술 전형 합격이 어렵기에 이렇게 준비한 학생 모두 합격한 건 아니지만, 대부분은 이런 방식을 적용한 경우에 합격했다. 《혼자 하는 공부의 정석》의 저자인 한재우 작가도 서울대를 논술 전형으로 합격했는데 그때 전략이 이와 비슷했다. 100회 넘는 모의고사를 풀며 부족한 부분을 채우며 공부했다. 이를 통해 꼭 논술 전형이 아니더라도 우리가 시험을 준비하면서 최소한의 기준을 세우고 임계점을 넘어서려는 노력이 필요하다는 걸 알 수 있다.

그렇다면 임계점을 나타내는 숫자는 얼마가 적당할까? 우리는 100이라는 숫자를 '불완전한 것에서 완전한 것'이 되는 숫자라고 생각한다. 실제 우리 조상들도 백(百)은 '전체, 완성, 가득함 그리고 진정성'을 상징한다고 했다. 분야마다 넘어서야 할 임계점에 해당하는 숫자가 다를 수 있겠지만, 적어도 백(百) 번은 해봐야 변화를 기대해볼 수 있지 않을까 싶다. 실제 주변을 살펴보면, 백 번을 실천해서 큰 변화를 얻은 사례를 얻을 수 있다.

'곤쌤'이란 별명을 가진 영어 강사도 유튜브에 100개의 강의 영상을 올리고 나서 계속 강의 제안이 들어왔다고 했다. 이지성 작가가 쓴 100만 부를 기록한 베스트셀러《독서 천재가 된 홍대리》에서도 100권의 책을 읽는 프로젝트가 나온다. 그것을 실천한 정회일 작가는 인생 변화를 이끌었다.《일독일행 독서법》,《1日1行의 기적》을 쓴 실천력의 대명사 유근용 작가도 100권의 책을 읽고서 인생의 전환점을 맞았다. 우리도 이들처럼 무엇을 하든 100회에 달하는 임계점을 넘어서면 성장할 기회를 얻을 수 있지 않을까?

내가 처음 유튜브를 시작할 때 9개 언어를 구사하며 한국어를 가르치는 선현우 선생님을 인터뷰한 적이 있다. 현재 100만 명의 구독자를 보유한 'Talk To Me In Korean'이라는 유튜브 채널을 운영하고 있기에 성공 비결을 물었다.

회사 설립 초창기에 자신이 생각하는 방향이 옳다고 생각하고 꾸준하게 한국어 강의 영상을 제작하여 올렸다고 했다. 영상을 100개 정도 만들어보니 무엇이 잘됐고, 무엇이 부족한지 자연스럽게 알게 되었다고 했다. 그러니 일단 물불 가리지 말고 영상을 100개 먼저 만들어서 올려보라는 말을 전했다. 그러다 보면 자연스럽게 변화된 자신을 확인할 수 있을 거라고 했다. 성장은 그렇게 일어나는 것이라고 말이다.

아주 작은 습관의 힘을 믿어봐

우리 삶의 43%는
습관으로 이루어져 있다.

미국의 철학자 윌리엄 제임스는 "생각이 바뀌면 행동이 바뀌고, 행동이 바뀌면 습관이 바뀌고, 습관이 바뀌면 성격이 바뀌고, 성격이 바뀌면 운명이 바뀐다."라고 말했다. 이는 마치 생각을 먼저 바꿔야만 연쇄적으로 반응이 일어나서 우리의 운명이 바뀐다고 말하는 것 같다. 하지만 운명을 바꾸고 인생을 바꾸는 지름길이 있다면 어떨까? 생각과 행동을 건너뛰고 바로 '습관'을 바꾸는 것이 바로 그 방법이다.

고대 그리스 철학자 아리스토텔레스는 "우리는 우리가 반복적으로 행하는 그 무엇이다. 따라서 탁월함이란 행동이 아니라 습관이다."라고 말했다. 이는 반복적으로 행동하고 있는 자신의 모습이 바로 자기라는 것을 의미한다. 그래서 습관이 바뀌면 성격이 바뀌고 인생이 달라지는 게 아닐까 싶다.

근데 우리의 생각과 행동은 모두 뇌의 작용으로 일어나고 습관도 마찬가지라는 점을 안다. 따라서 뇌과학적인 관점에서 습관 형성의 원리를 이해할 필요가 있다.

무엇보다 뇌는 효율성을 추구한다. 반복되는 행동을 무의식에도 할 수 있는 습관으로 만들어 에너지를 절약하려고 한다. 뇌과학자들은 습관이 형성되는 이유는 우리 뇌가 에너지를 절약할 방법을 끊임없이 찾기 때문이라고 했다. 뇌에 어떤 자극도 주지 않고 가만히 내버려 두면 뇌는 일상에서 반복되는 거의 모든 일을 습관으로 전환하는 경향이 있다. 그러면 뇌는 휴식할 수 있기 때문이다. 실제 인간은 뇌의 10% 능력만 사용한다는 많은 연구 결과를 통해서도 이는 증명된다.

또한 뇌는 변화를 무척이나 싫어한다. 뇌의 입장에서 환경이나 상황이 변하는 것은 생존이 위협받는다는 신호이기 때문이다. 참고로 변화하고 싶거나 창조적인 무엇인가를 하려면 대뇌피질의 도움이 꼭 필요하다. 근데 두려움이 발생하면 대뇌피질의 기능이 저하된다. 우리가 큰 변화를 시도할 때 대뇌피질의 기능이 떨어지면 실패할 확률이 높다. 그럼 어떻게 해야 성공적으로 변화를 만들어내고 무의식의 습관으로 굳히게 할 수 있을까?

미국의 임상심리학자 로버트 마우어는 《아주 작은 반복의 힘》이라는 책을 통해 그 답을 구했다. 그는 "많은 사람이 혁신만을 유일한 전략으로 믿는 나머지 좌절하는 사람들이 수없이 많다.

하지만 아주 부드럽게 언덕을 올라가는 방법으로 언제 정상에 올랐는지 눈치 채지도 못하게 하는 것이 혁신을 대체할 수 있는 다른 방법이다."라고 했다.

즉, 뇌가 눈치 채지 못하게 서서히 변화를 추구하는 '스몰 스텝 전략'이 필요하다고 말했다. 스몰 스텝 전략이 우리 뇌에 새로운 신경망을 만드는 데 놀라울 정도로 효과적인 방법이기 때문이다. 그는 또한 "스몰 스텝은 너무 쉬워서 실패할 일이 없다."고 말하며 개인에게 적용할 수 있는 전략을 제시했다. 그것은 성공이 보장된 작은 행동을 시작하라는 것이었다.

독일 출신의 미국 심리학자 쿠르트 레빈도 "지나치게 큰 목표를 세우지 않는 것. 이것이 목표를 달성하는 가장 쉬운 방법이다."라고 했다. 사실 흡족한 보상을 얻으면 뇌는 도파민을 내보낸다. 도파민은 기분을 좋게 만들어주고 앞으로도 그 일을 계속하게 만든다.

인간 행동 연구가이자 《해빗》의 저자 웬디 우드도 삶에서 습관이 차지하는 비중이 무려 43%에 달한다는 것을 증명했고, 그만큼 습관이 우리의 삶에 많은 영향을 미친다는 점을 시사했다. 그리고 습관 형성의 가장 핵심적인 요소가 '상황'이라고 했다. 인간은 이성적인 존재로서 의식적으로 습관을 바꾸려는 노력이 가능하지만, 사실은 환경을 바꾸는 것이 훨씬 더 유리하다는 말이다. 나쁜 습관을 좋은 습관으로 바꾸기 위해서는 나쁜 것을 참는 자제력이 필요하기 때문이다. 하지만 어쩔 수 없는 상황에 놓이면 우리는 자연스럽게 습관을 형성한다는 말이기도 하다.

웬디 우드의 말에 따르면, 자제력이 뛰어난 사람들은 언제나 '투쟁'이 아니라 '자동화'로 목표를 달성했다고 했다. 그녀는 이런 사람들을 "목표를 달성하려고 굳이 입술을 꽉 깨물지 않는다. 언제나 같은 시간과 장소에서 특정한 행동을 반복한다. 생각하지 않고 행동하고, 한번 시작하면 고민하지 않는다. 별다른 노력을 기울이지 않고도 날마다 작은 성공을 쟁취한다. 투쟁하지 않는다."라고 묘사했다.

지금까지 습관 형성의 원리를 정리해보면, 뇌에 스트레스를 주지 않는 작은 변화를 주는 것이 가장 중요하다는 걸 알 수 있다. 거기에 지속적인 작은 성공이 모여 성취감을 이루고 적절한 보상이 곁들여져서 뇌가 즐겁게 반복적인 행동을 하도록 만드는 것이다. 또한 내 의지보다는 주변 환경을 적절한 상황에 놓이게 하여 자연스럽게 행동으로 이어지도록 하는 것이 옳은 방법이다. 그게 자동화이고 습관이 된다.

나는 사실 이 방법을 실제 생활에 적용해보려고 많이 노력하고 있다. 교사로서 학생들에게도 습관 형성을 위한 노력을 해보라고 가르치기도 한다. 특히 뇌 발달에 좋은 영향을 끼치는 운동하는 습관은 수험생에게 필수이기 때문이다.

실생활에서 습관처럼 할 수 있는 운동으로 식후에 걷는 운동이 있다. 식후 걷기는 위장운동을 도와 소화를 돕고, 혈당 수치를 떨어뜨려 식사 후 빠르게 올라가는 혈당을 막을 수 있다. 그리고 소화를 위해 혈액이 위에 몰리면, 뇌에 공급되는 산소가 줄어서 졸기 마련이다. 따라서 식사 후 걷기는 오후에 졸린 뇌를 방지할 수 있다.

낮에도 좋지만, 저녁 식사 후 걷기가 더 좋다는 연구 결과도 있다. 뉴질랜드 오타고 대학의 연구에 따르면 가장 큰 효과를 보인 것은 탄수화물을 많이 먹은 저녁 식사 후 걷기 운동이라고 했다. 저녁에는 소화력이 낮보다 감소하기에 소화를 위한 운동 시간으로도 좋고, 움직임이 상대적으로 적은 저녁에는 지방으로의 전환이 쉽게 일어나므로 칼로리 소모를 위해서 저녁 식사 후 걷기가 좋다고 했다.

솔직히 하루 내내 일하고 집에 와서 저녁 먹고 다시 운동하러 나가는 건 매우 귀찮은 일이다. 걷는 것을 좋아하는 나조차도 피곤할 때는 따뜻한 방에 누워서 빈둥거리는 게 더 좋다. 근데 계속 그러면 체중 증가로 인한 비만으로 가는 버스를 타는 것과 같기에 식후 걷기를 위한 장치를 마련한다. 매일은 아니지만 주 3회 이상 운동하러 나갈 수 있도록 '쓰레기 버리기'는 내가 집에서 담당한다. 일반 쓰레기, 분리수거(재활용품) 쓰레기, 음식물쓰레기를 버리려면 아파트 단지에 있는 지정 장소로 나가야 하기 때문이다. 아무 이유 없이 집에서 밖으로 나가는 일은 쉽지 않지만,

상황이 생기면 자연스럽게 밖으로 나가는 내 모습을 볼 수 있다. 그리고 막상 나가면 걷고 싶어지고, 걷다 보면 상쾌한 공기를 마시며 땀을 흘리면서 기분이 좋아지는 걸 느낀다.

공부 습관도 마찬가지다. 책상에 앉기까지가 힘들지, 막상 책상에 앉으면 책을 펴고 공부를 시작할 수 있다. 공부를 전혀 안하던 사람이라면 처음에 공부 습관을 들이는 건 쉽지 않을 수 있다. 뇌가 아직 준비가 안 되었기 때문이다. 많은 연구에 따르면, 습관을 형성하는 데 걸리는 시간은 최소 21일에서 많게는 100일까지 걸린다고 한다. 행동의 종류에 따라 습관 형성까지 기간이 다르긴 하지만, 평균적으로는 66일 정도 걸린다고 한다.

근데 재미있는 건, 아무리 좋은 습관을 형성했다고 하더라도 다시 예전으로 돌아가는 건 너무 쉽다. 그 이유는 간단하다. 이미 뇌는 그 전의 습관에 익숙해져 있기 때문이다. 새로 들인 습관이 예전의 것보다 못한 것으로 판명되면 뇌의 도파민은 활동을 멈추고 앞으로 그 행동을 멈추라는 신호를 보낸다. 다이어트를 했던 사람은 당연히 먹는 즐거움이 더 크기 때문에 음식을 적게 먹는 습관을 유지하기 어렵다. 운동 습관을 들인 사람도 밖에서 땀흘리며 운동하는 것보다 집에서 뒹굴며 있는 게 더 편해서 자꾸 운동을 미루게 된다.

그래서 뇌가 판단할 시간을 주지 않도록 해야만 한다. 생각 없이 하는 행동을 만들라는 뜻이다. 그게 바로 자동화다. 자동화를 위해서는 좋은 습관으로 향하는 행동을 그냥 반복하는 것이다. 습관 형성에도 임계점이 있기에 임계점을 돌파하면 내적 갈등이 사라지면서 새로운 행동이 생긴다. 자신이 선호하는 상황을 인식하기만 하면 자동으로 반응이 나오기 때문에 내가 진짜로 원하는 것인지 아닌지 고민하기도 전에 행동이 나서게 된다. 습관은 그만큼 마음을 빠르게 장악하는 능력이 있다.

근데 문제는 지치고 스트레스를 받을 때 우리는 나쁜 습관에 다시 빠져들게 된다는 것이다. 스트레스 받지 않기 위해서는 일단 그냥 시작하는 게 우선인 것 같다.

한 예로 베테랑 소방수들은 자신이 그동안 쌓아온 경험을 바탕으로 습관적으로 화재를 진압하는 능력을 길렀다. 그들은 습관이 지배하는 삶을 살고 있기에 그런 행동이 가능하다. 습관이 지배하는 삶이란 비의식적 자아, 상황, 자동화, 습관을 말한다.

반면 초보 소방수들은 아직 자동화가 되어 있지 않기에 의식적인 삶을 산다. 그래서 그들은 훈련이 필요하다. 훈련의 핵심은 혼란을 제거하는 것이다. 혼란은 망설임을 낳고, 망설임은 중요한 순간에 부상을 유발할 수 있기 때문이다.

우리도 마찬가지다. 아침에 눈을 뜨면 가장 먼저 하는 일이 무엇인가 생각해보라. 그리고 다음 행동은 무엇인가? 생각해보면 우리는 자신도 모르는 사이에 무의식적으로, 습관적으로, 자동으로 행동하고 있다. 그것이 모두 습관이다. 그 습관이 곧 우리의 삶이다. 나는 우리가 매일 성장하며 더 나은 삶을 살기 위해서는 올바른 습관 형성이 필수라 생각한다. 삶의 43%나 차지하는 습관적 행동을 잘 형성하는 게 중요하지 않을까?

미국 최고의 자기 계발 전문가인 제임스 클리어의 베스트셀러 《아주 작은 습관의 힘》에서는 "우리 모두 인생에서 불행을 겪지만, 장기적으로 볼 때 인생은 대개 습관으로 결정되곤 한다. 모두 똑같은 습관을 갖고 있다면 누구라도 똑같은 결과밖에 나오지 않는다. 하지만 다른 사람들보다 더 좋은 습관을 갖고 있다면 더 좋은 결과를 만들어낼 수 있다."라고 말한다. 이 말은 그만큼 습관 형성이 우리 인생에 얼마나 중요한가를 시사한다.

시간을 지배하는 절대 법칙을 알려줄게

성공한 사람들은
모두 시간을 지배했다.

우리는 공평하게 매일 24시간을 살아간다. 24시간은 1,440분 또는 86,400초로 환산된다. 시간을 나타내는 '24'라는 숫자는 매우 적어 보이지만, '분'이나 '초'로 하루를 계산해 보면 우리는 많은 시간을 보낸다는 사실을 깨닫는다. 근데 아쉬운 건 아무리 노력해도 하루가 지나면 이 시간은 다시 '리셋'이 된다는 점이다. 그래서 하루라는 시간은 붙잡을 수 없는 바람과 같은 존재다. 우리의 삶도 지나면 다시 되돌릴 수 없는 것처럼, 하루의 시간도 지나 내일이 되면 되돌릴 수가 없다. 그러니까 있을 때 어떻게든 후회 없이 시간을 쓰는 게 좋겠다는 생각이 든다.

사실 말이 24시간이지 우리가 평균적으로 6시간 정도 잔다고 하면 실제 사용할 수 있는 시간은 18시간으로 줄어든다. 거기에 밥 먹는 시간, 씻는 시간, 이동 시간 등 특별히 하는 것 없이 소비하는 시간을 계산해보면 실제 하루 동안 우리가 알차게 쓸 수 있는 시간은 그리 많지 않다. 하루 동안 '시간'이라는 기회는 누구에게나 주어진다. 하지만 누구는 정말 시간을 효율적으로 사용하고, 누구는 의미 없이 시간을 막 흘려보낸다. 그 차이는 어디에서 오는 것일까? 유명한 일화를 통해 어떻게 하면 의미 있게 시간을 보낼 수 있을지 알아보자.

대학 강의실에서 있었던 시간과 관련된 유명한 일화가 있다. 한 철학 교수는 실험을 위해 커다란 플라스틱 수조를 가져와서는 큰 돌멩이를 가득 채웠다. 그리고 학생들에게 수조가 가득 찼냐고 물어보니 학생들은 그렇다고 했다. 교수는 이어서 자갈을 큰 돌멩이 사이에 부으며 수조를 가득 채웠다. 그리곤 다시 같은 질문을 했다. 학생들은 조금 고개를 갸우뚱하기 시작했다. 교수는 모래를 수조에 부으며 다시 질문했다. 그리고 고운 흙을 부으며 똑같이 질문했다. 학생들은 이제 더는 부을 게 없을 거라 믿고 싶었지만, 교수는 물을 수조에 가득 부어서 채웠다.

그리고 교수는 학생들에게 질문했다. "이 실험을 통해 우리가 얻을 수 있는 교훈은 무엇일까요?" 한 학생이 손을 번쩍 들고 대답했다. "아무리 바쁘고 일정이 가득 찼더라도, 노력하면 새로운 일을 추가할 수 있다는 의미입니다." 그러자 교수는 웃으며 대답했다. "이 실험의 요점은 큰 것부터 넣어야 다른 것도 채울 수 있다는 거였습니다. 그리고 큰 것은 우리에게 가장 소중한 것, 중요한 것을 의미합니다. 즉 시간 관리에 있어서 가장 중요한 것은 '우선순위'라는 것이지요."

시간에 쫓기는 삶은 우리를 실패의 길로 안내한다. 따라서 우리의 인생을 회복과 성장의 길로 이끌기 위해서는 시간을 통제하는 법을 배워야 한다. 일명 '시간을 지배하는 자'가 되어야 한다는 의미다. 하루에 주어진 똑같은 시간 속에서 의미를 찾으려면 단순해질 필요가 있다. 내가 해야 할 일 중에 더 소중하고, 중요한 일을 먼저 처리하는 것이다. 언급된 실험에서처럼 큰 것(중요한 것)을 먼저 처리하면 나머지 작은 것을 함께 처리할 수 있기 때문이다.

만일 우리에게 수조에 큰 돌멩이, 자갈, 모래, 흙, 물을 한꺼번에 주면서 수조가 넘치지 않게 모두 넣어보라고 한다면 어떻게 할 것인가? 어떤 이는 교수처럼 큰 것에서 작은 것의 순서로 넘치지 않게 딱 알맞게 수조를 채울 것이다. 또 다른 어떤 이는 한꺼번에 모든 것을 붓다가 수조에 가득 채우다 못해 밖으로 흘려버릴 것이다.

우리가 시간을 쓰는 것도 이와 같다. 하루라는 시간을 똑같이 받았지만, 누구는 알차게 자신이 할 일을 모두 해내고, 다른 누구는 우왕좌왕하다가 일을 다 처리하지 못한다. 그래서 이 일화의 교훈은 우리에게 큰 의미가 있는 것이다.

철저한 자기 관리로 유명한 벤자민 프랭클린도 시간의 중요성에 대해서 강조했다. 그는 '시간은 돈'이라 외치며 그만큼 효율적인 시간 관리가 인생의 가치를 높여줄 수 있다는 걸 보여준 사람이다. 시간 관리를 위해 특별히 주장한 것은 일의 우선순위를 정하고 중요한 일과 급한 일을 구분하여 일의 처리 순서를 정하라는 것이었다. 시간의 유한성에 대해 그도 잘 알았던 것이다.

실제《인 타임》이라는 영화에서는 '시간이 돈이고 곧 목숨'인 세상을 그렸다. 손목에 보이는 시간이 있으면 자신이 하고 싶고, 사고 싶은 뭐든지 할 수 있다. 반면에 시간이 부족한 사람들은 음식, 차비 등 생활에 필수품 구매하는 것만으로 벅차다. 심지어 시간이 '0'이 되면 심장마비를 일으키며 죽음을 맞이한다. 이 영화에서는 사람들은 '시간'에 의해 철저히 지배를 받는다. 자신의 목숨이 달린 일이니 따르지 않을 수 없다.

현실로 돌아와 생각해보면 정말 다행이라는 생각이 든다. 적어도 우리는 매일 똑같은 시간을 선물로 받기 때문이다. 이영권 박사의 책《시간은 선물》에서 'Time is present'라는 말을 통해 'present'는 현재이면서 동시에 선물이라는 의미로 쓰인다는 걸 알 수 있다. 그만큼 현재 우리에게 주어진 시간이 얼마나 중요한지 알 수 있다. '어제는 부도난 수표, 내일은 약속어음, 현재는 현금'이라는 말처럼 '현재'만이 우리가 사용할 수 있는 돈이다.

사실 여기까지는 많은 사람이 인식하고 시간 관리를 위해 노력하고 있다. 근데 실제 시간을 우리가 통제하려면 더 세심한 관심이 필요하다. 우리는 매일 한가득 차 있는 항아리에서 물을 받아서 쓴다. 여기서 물은 곧 시간인데, 물을 받아서 쓰는 동안 흘리는 물도 있다는 것을 알아야 한다. 하루를 24시간이라는 덩어리로 보면 흘리는 약간의 물이 별 거 아닌 것 같지만, '분'과 '초'로 바꾸면 그 적었던 물의 양도 아깝고 소중하다는 것을 알게 된다.

우리가 평소 사용하는 전기에는 '대기전력'이라는 게 있다. 이는 전자기기를 사용하지 않지만 의식하지 않는 사이에 소모되는 전기에너지를 말한다. 쥐도 새도 모르게 전기를 잡아먹는다고 해서 '전기흡혈귀(power vampire)'라고도 불린다. 우리 시간도 이처럼 의식하지 못하는 사이에 흘러가는 시간이 있다. 시간의 양이 적어서 우리는 전혀 의식하지 못하기도 한다. 우리는 그런 시간을 '자투리 시간'이라고 부른다.

자투리 시간은 그 자체로 놓고 보면 매우 적은 시간이지만, 사실 모아 보면 꽤 큰 시간이다. 워낙 사람마다 상황이 달라서 평균을 낼 수는 없으나 나의 일과를 살펴보면 자투리 시간이 많다는 걸 안다. 아침, 저녁으로 출퇴근하며 운전하는 시간은 적어도 1시간이 넘는다. 큰일은 진행할 수는 없지만, 수업 중간에 있는 10분의 쉬는 시간도 자투리 시간이다. 하루에 8교시까지 있으니 점심시간을 제외한 6번의 쉬는 시간을 모아도 1시간이 된다. 점심, 저녁 식사 후 각 30분씩을 모아도 1시간이 된다. 사람마다 차이는 있겠지만 이런 시간을 모아 보면 하루 1~3시간 정도의 자투리 시간을 확보할 수 있다.

대략 하루에 2시간의 자투리 시간이 있다고 계산을 해보면 재미있다. 평일 5일을 곱하면 일주일에 10시간이라는 자투리 시간이 모인다. 이것도 꽤 많은 시간처럼 보이는데 1년 52주에 적용하면 총 520시간이 된다. 다시 24시간으로 나누면 21.6일로 바뀐다. 충격적이지만 더 계산해보면 365일 중에 21.6일은 대략 6%로 상당한 비율을 차지한다. '티끌 모아 태산'이라는 말이 정말 맞다.

쉬는 시간 10분이 모이고 모여서 하루 2시간이 되고, 1년 동안은 520시간(21.6일)이 되니까 말이다. 만일 1년에 21.6일(3주) 정도의 시간이 더 생긴다면 우리는 무엇을 더 할 수 있을까? 심지어 한숨도 안 자고 순수하게 우리가 할 수 있는 시간이다. 생각만 해도 미소가 지어지고 시간 부자가 된 느낌이다.

시간을 지배한다는 말이 거창하지만, 실은 우리에게 주어진 시간을 의식하라는 의미다. 의식하지 못하는 사이에 아깝게 버려지는 시간을 찾으라는 뜻이기도 하다. 우리가 매일 쓰는 시간처럼 우리가 자주 사용하는 전자기기는 대기전력 소비가 많다. 조사결과 컴퓨터, 모니터, 프린터, 세탁기, 에어컨, 텔레비전, 전자레인지, 휴대전화 충전기 등이 대기전력 소비가 많다고 한다.

여기서 자주 사용하는 물건도 있지만, 사실 그냥 대기 상태로 두는 경우도 많다. 이 중에 심한 경우 80%가 대기전력이라고 하니 더욱 경각심을 가질 수밖에 없다. 이런 사실을 알고 대기전력을 줄이려고 노력한다. 우리 삶에서 새고 있는 시간의 존재도 알게 되었으니 놓치지 않기 위해 노력하라는 말은 입만 아플 것 같다.

근데 하루를 정말 바쁘게 사는 사람은 자투리 시간까지 더해서 일하라고 하면 분명 고개를 저을 것이다. 자투리 시간까지 힘들게 일하라는 말은 아니다. 80 대 20 법칙이라고 불리는 파레토 법칙이 있다. 경영이나 마케팅 분야에서 주로 쓰는 용어다. 상위 20% 사람들이 전체 부(富)의 80%를 가지고 있다거나, 상위 20% 고객이 매출의 80%를 창출한다는 의미로 쓰인다. 즉, 소수에 의해 전체가 움직인다는 뜻이기도 하다.

나는 이 법칙을 우리 삶에 응용하면 삶이 좀 더 풍요로워질 수 있다고 생각한다. 적은 시간 휴식을 통해 많은 시간 업무 효율을 높이자는 것이다. 실제 내가 실천하는 방법이고 효과를 보고 있다.

하루 계획을 세울 때 8시간 일을 해야 하면 2시간은 내가 하고 싶은 일로 채운다. 예를 들어, 8시간에는 수업 준비, 수업, 업무, 상담 등이 있다. 이 일들은 5분이나 10분 만에 해결할 수 있는 일이 아니라서 많은 시간을 들여 진행한다. 반면 2시간은 통시간이 아니라 작은 조각을 모은 시간이다. 독서, 명상, 걷기, 음악 듣기 등 휴식하거나 취미생활하는 시간으로 채운다. 대부분의 일은 오래 걸리지 않는 간단한 활동이지만 우리에게 휴식을 선사한다.

10분 쉬는 시간에 잠깐 화장실 다녀와서 읽던 책을 읽기도 하고, 눈이 피곤하면 잠깐 눈을 감고 명상하기도 하고(가끔은 멍때리기), 졸리면 잠깐 나가서 걷기도 하고, 스트레스 받을 때는 이어폰을 끼고 좋아하는 음악을 들으며 마음을 달래곤 한다. 이렇게 잠시나마 휴식을 취하고 나면 오히려 재충전이 되어 남은 시간 동안 업무에 집중할 수 있다.

사실 이 모든 건 뇌 휴식을 통한 집중력 향상과 관련이 있다. 8시간 멍하니 효율성 없이 일하는 것보다 적절한 휴식을 통해서 1시간 몰입해서 시간을 효율적으로 쓰려는 의도다.

참고로 뇌의 자율신경계는 흥분할 때 활성화되는 교감신경과 안정된 상황일 때 활성화되는 부교감신경으로 나뉜다. 즉 스트레스 상황에서 교감신경이 활성화되고, 집중력과 면역력을 낮춘다. 그래서 스트레스 해소를 위해서는 '휴식'을 통해 부교감신경을 활성화해야 한다.

의사이자 뇌과학자이며 '힐링의 뇌과학'으로 유명한 이시형 박사도 뇌 휴식 방법으로 충분한 '수면, 운동, 긍정 마인드'를 꼽으며 휴식의 중요성을 강조했다.《지치지 않는 뇌 휴식법》의 저자 이시카와 요시키도 무작정 쉬는 것보다 '지금 이 순간 느끼기'를 통해 짧지만 진정한 휴식을 취해야 한다고 말했다.

시간에 의해 지배를 받을 것인가? 아니면 시간을 지배할 것인가? 이 질문에 대한 답은 이제는 할 수 있을 거라 믿는다. 영화에서처럼 시간과 공간을 초월할 수 있는 타임머신이 미래에 진짜 있을지 모르지만, 적어도 현재에는 우리에게 주어진 시간을 잘 통제할 수 있어야 한다고 생각한다.

실패한 사람들이 성공한 사람보다 더 열심히 일한 사례는 무수히 많다. 근데 성공한 사람은 '시간을 능숙하게 관리하는 것'과 '쓸데없이 분주하게 움직이는 것'을 혼동하지 않는다. '잘 노는 사람이 공부도 잘한다'는 말도 다 일리가 있는 말이다. 그들은 철저한 시간 관리를 할 줄 아는 '시간을 지배하는 자'이기 때문이다.

일독일행(一讀一行)의 기적

생각하고 실천하는
독서의 힘

'일독일행(一讀一行)'이라는 말은 책을 한 권 읽고, 한 가지 행동을 실천한다는 말이다. 이는《일독일행 독서법》의 저자인 유근용 작가가 한 말이다. 책을 아무리 많이 읽어도 자신이 느낀 바를 행동으로 옮기지 않으면 책을 읽지 않은 것과 같다. 단 한 문장을 얻었다면 그것으로 충분하다. 다만 실천한다는 전제하에 말이다. 근데 우리는 요새 얼마나 책을 읽고 있을까? 책을 읽더라도 생각의 변화를 행동으로 실천하고 있을까?

2015년 UN이 발표한 연간 평균 독서량이 미국은 79.2권, 일본은 73.2권, 프랑스는 70.8권이었다. 이에 비해 우리나라 독서량은 9.6권으로 192개국 중 166위로 하위권에 속했다. 우리나라는 OECD 국가에 해당하면서도 독서량은 하위권에 머물러 있으니 참으로 안타까운 일이다. 5년 전 통계일 때도 현저히 적은 숫자를 기록했는데 현재는 더 줄고 있으니 사태가 매우 심각하다는 걸 느낄 수 있다.

2020년 3월 문화체육관광부가 발표한 〈2019 국민 독서실태 조사〉 결과에 따르면, 지난 1년간(2018년 10월 1일~2019년 9월 30일) 대한민국 성인의 연간 독서량은 6.1권이었다. 1인당 두 달에 책 한 권 정도 읽는다는 뜻이다. 독서실태조사는 2년마다 실시하는데 2017년과 비교해보면 현재 2.2권 감소했고, 2009년과 비교했을 때는 10년 사이 약 20% 감소했다.

근데 재미있는 결과가 나왔다. 2019년 성인 평일 기준 평균 독서 시간은 31.8분으로 2017년 대비 8.4분 증가했다. 아이러니하게도 독서량은 줄었는데 독서 시간은 증가한 것이다. 이는 안 읽는 사람은 더 안 읽고, 읽는 사람은 더 많이 읽는 '부익부 빈익빈' 현상이 강화된 것으로 해석해 볼 수 있다.

아무리 아날로그 시대에서 디지털 시대로 바뀌었다고 해도 독서가 주는 장점은 무시할 수 없다. 근데 우리는 너무 디지털 문화에 익숙해져 있는 것 같다. 인터넷 검색을 하면 우리가 찾고 싶은 정보가 빠르게 쏟아져 나오기 때문이다. 심지어 미디어가 더 친숙한 젊은이들은 포털 검색창을 통해서 기사나 블로그를 통해 정보를 찾기보단 유튜브에서 영상을 찾아서 정보의 갈증을 해소한다.

수업 시간에 정보를 찾으라고 학생들에게 인터넷 사용을 허용했더니 유튜브로 정보를 찾는 모습을 보며 놀란 기억이 난다. 요샌 신세대와 구세대를 구분하는 기준이 바로 이것이라고 한다. 정보를 글자로 찾고 있는지 혹은 영상으로 찾고 있는지 말이다.

물론 빠르게 변화하는 시대에 다양한 지식을 빠르게 습득하는 지혜도 필요하다. 그런데 영상으로는 세상 모든 지식을 담을 수 없다는 게 문제다. 수천 년 동안 우리의 지식은 글자로 기록되어 왔다. 문자의 역사가 그렇게 깊은데 고작 100살 먹은 영상이라는 매개체가 지식 전달의 모든 부분을 담당할 수 없는 법이다. 100살이라고 지칭한 이유는 세계 첫 상업 영화를 기준으로 했기 때문이다. 세계 첫 상업 영화는 1895년 12월 28일 프랑스의 뤼미에르 형제에 의해 만들어졌다. 'L'Arrivee d'un train en gare de La Ciotat(라 시오타 역에서의 열차의 도착)'이라는 제목으로 약 50초 정도의 무성영화였다.

분명 영상이 우리에게 주는 장점은 있다. 하지만 우리는 여전히 독서를 해야 한다고 믿는다. 우선 독서는 독서 자체로 우리에게 많은 이점을 주기 때문이다. 특히 학교 교육의 한계를 해결할 수 있는 방안이 될 수 있기 때문이다.

안병조 작가의 《10대, 교과서 대신 1000권의 책을 읽어라》라는 책을 읽으며 많은 생각이 들었다. 우리나라에 있는 직업은 11,000개 정도라고 한다. 3만 개 직업이 있는 미국과 비교하면 턱없이 직업 수가 부족하지만, 학교 교육으로는 도저히 직업

교육까지 다룰 수 없는 점이 한계라고 저자는 꼬집었다. 100개의 직업에 대해서 모르는 교사가 학생들에게 어떻게 진로 지도를 할 것인지 의문이라고 했다. 안타깝지만 학교에서의 교육은 단순히 대학에만 집중하는 실업자 교육이라는 것이었다.

또한 안병조 작가는 다양한 직업을 탐구하려면 교과서 1권으로 1년을 배우는 것보다도 자신의 관심 분야에 관한 책 10권을 읽어보는 것이 더욱 효과적이라고 했다. 같은 분야의 책 10권을 읽으면 대학교 전공자와 대화를 나눌 정도가 된다고 했다. 누군가 자신이 가고 싶은 분야에서 성공한 사람이 있다면, 그 사람이 쓴 책을 읽으라 했다. 어떻게 자신도 그 길로 가야 하는지 스스로 배울 수 있다고 했다. 책은 한 사람의 모든 경험과 지식을 담고 있기 때문이다.

영국 시인 윌리엄 워즈워스는 "책은 한 권 한 권이 하나의 세계다."라고 했다. 이는 한 사람이 사는 세상의 지식을 포함한다는 뜻이다. 영국 수필가 조셉 에디슨은 "책은 위대한 천재가 인류에게 남긴 유산이다."라고 하며 그만큼 책의 가치를 높게 평가했다. 프랑스 철학자 르네 데카르트도 "좋은 책을 읽는 것은 과거의 가장 뛰어난 사람들과 대화 나누는 것과 같다."라고 했다. 살아 있는 사람도 만나기 어려운데, 죽은 사람은 더 만나기 어렵지 않을까? 근데 그 사람이 남긴 책을 통해 지식을 나눌 수 있으니 얼마나 독서가 좋지 않을 수 있으랴.

경제적인 관점에서 보면 독서는 가장 효율이 높다. 적은 비용으로 최대 효과를 낼 수 있기 때문이다. 예를 들어, 우리가 어떤 분야에 관심이 생겨서 조사하다 보니 이미 성공한 사람을 찾게 됐다. 조언을 얻고자 그 사람을 만나려고 하니 두 가지 방법이 있다. 하나는 직접 찾아가서 컨설팅을 받는 것이고, 또 다른 하나는 강연장에 찾아가는 것이다.

1:1 상담의 경우에는 1시간에 수십만 원의 비용이 들고, 강연도 참가비가 몇 만 원이 든다. 그리고 1~2시간으로 어떻게 그 사람에 대해 잘 알 수 있을까? 비용 대비 효율이 떨어진다. 근데 그 사람의 책을 읽으면 1~2만 원으로 한 사람의 모든 경험과 지식, 생각까지 얻을 수 있으니 얼마나 효율성이 높은 투자인가.

독서는 뇌 발달에 많은 영향을 준다. 뇌 교육학 분야의 김호진 박사가 쓴《똑똑해지는 뇌 과학 독서법》이라는 책을 통해 그 사실을 확인할 수 있다. 뇌가 좋아진다는 것은 신경세포를 연결하는 시냅스의 연결이 강화되거나 새로운 연결망을 형성하기 위해 재배열되는 것을 말한다. 근데 이 현상은 뇌가 새로운 것을 학습할 때 더 활성화된다. 이런 변화와 활성화를 뇌가 성장하고 발달했다고 말한다.

뇌과학자 데이비드 이글먼의《더 브레인》이라는 책을 참고해 보면, 우리의 뇌는 3세경 그리고 성인이 되기 전에 두 번의 가지치기를 한다는 사실을 알 수 있다. 이 시기에는 시냅스의 양이 감소한다. 그 이유는 뇌가 효율성을 중요시하기 때문이다. 우리에게 필요한 건 남겨두고 불필요하다고 생각되는 건 가지를 쳐서 약화시키거나 없애버린다. 성인이 된 이후로는 뇌가 발달하지 않는다고 알고 있지만, 실제 뇌는 가소성이 있어서 계속 변한다. 물론 새로운 신경세포가 새로 형성되는 건 아니다. 기존의 뇌 구조를 바꿔서 효율을 높이는 것이다. 새로운 지식과 정보를 제공하는 독서가 뇌 발달에 의미가 있는 이유다.

이 정도 이유만으로도 독서의 중요성에 대해 충분히 알 수 있다고 생각한다. 근데 독서를 많이 하면서도 변화와 성장이 없는 사람들을 보며 안타까운 마음이 든다. 프랑스 철학자 볼테르는 "모든 책의 가치 그 절반은 독자가 만든다."라고 했다. 이 말은 책을 읽는 사람이 어떻게 받아들이고 행동하는지에 따라 그 책의 가치가 달라진다는 말이다. 책을 읽고 새롭게 익힌 지식이나 관점을 얻게 되었다면 우리는 행동으로 실천할 필요가 있다. '실천하는 독서'만이 삶을 변화시키고 성장하게 만드는 동력이기 때문이다.

위에서 언급한 독서 관련 책을 쓴 유근용 작가와 안병조 작가 두 명 모두 독서 후 실천을 통해 인생의 큰 변화를 일으켰다. 유근용 작가는 1년에 520권을 읽었고, 안병조 작가는 3년에 947권의 책을 읽었다. 사실 한 권의 책으로 인생이 바뀔 수 있다면 너무 좋겠지만 그건 어렵다. 대신 한 권을 읽고 느끼는 점이 있어서 계속 독서를 해나간다면 이들처럼 성장하는 삶을 살아갈 수 있다.

사실 독서를 많이 하는 나라의 독서교육을 살펴보면 왜 선진국인지 알 수 있다. 국가의 경제지표가 독서량에 비례한다는 말이 있다. 그 사실을 대표하는 스웨덴의 독서교육이 이를 증명한다. 스웨덴의 부모들은 아이가 어릴 적부터 큰 소리로 책을 읽어주어 책에 대한 흥미를 높인다. 어린이집과 유치원 교사들은 도서관에서 일정한 교육을 수료한 후 아이들과 함께 책을 읽고 책과 관련된 여러 활동을 함께 진행한다. 몸으로 직접 체험하는 독서를 어릴 때부터 경험하여 독서에 대한 긍정적인 이미지를 얻는다.

두 번째로 스웨덴은 환경적인 부분에서도 독서 환경 조성이 잘 되어 있다. 스웨덴 수도에 있는 도서관들은 집 또는 지하철역 근처에 있어서 30분 이내로 찾아갈 수 있다. 누구나 언제든 독서할 수 있는 환경에 놓인다. 심지어 이민자에게도 이 도서관은 모두 열려 있다.

그리고 무엇보다 독서 활동이 활성화되어 있다. 자신이 사는 지역 안에서 북클럽 활동이 매우 활발하게 운영되어 다른 사람들과 독서를 통해 아이디어를 공유하고 토론하며 상호작용할 수 있다. 어릴 때부터 독서 습관이 형성되어 있고, 성인이 되어서도 계속 독서 활동이 이어지는 환경에 살고 있는 것이다.

스웨덴 말고도 독서 강국은 많다. 이미 교육 선진국으로 알려진 핀란드는 스웨덴과 비슷한 모습이다. 가정에서 책을 읽고 토론하는 모습을 볼 수 있다. 캐나다에서는 혼자 책을 읽고 끝내는 게 아니라, 느낀 점을 자신이 글로 써서 표현하는 글쓰기 교육을 강조한다. 네덜란드의 경우에는 교사가 문제를 제시하고 학생들이 자료를 조사하고 정리하는 과정에서 책을 읽고 해석, 요약, 정리 단계로 문제 해결 방법을 찾는다. 이를 문제 기반 학습이라고 한다.

미국에서는 책을 읽은 뒤 토론을 통해 책 내용에 대해 깊이 생각하고 다른 사람과 이야기를 나눈 후 에세이를 쓴다. 토론을 통해 다른 사람과 생각을 공유하면서 사고를 확장하는 교육이다. 이 모든 독서교육은 '생각하는 독서', '실천하는 독서'와 관련이 있다.

나는 어릴 땐 자의든 타의든 책을 많이 읽었다. 실제 2020학년도 조사 결과에도 청소년들이 성인보다는 책을 많이 읽는다는 통계가 있다. 근데 고등학교 입학 후 대학입시를 준비하며 독서와 점점 멀어지면서 자연스럽게 독서 습관을 잃었다. 한 번 놓아버린 습관은 20년 가까이 변하지 않았다. 1년에 책을 한 권 읽을지 말지 했다.

그런 내가 삶에 변화를 주기 위해 2019년 1월 '책 100권 읽기 프로젝트'를 시작하면서 운이 좋게도 세 번째로 읽은 책이 유근용 작가의 《일독일행 독서법》이었다. 그 책을 접하고 책 한 권 읽을 때마다 한 가지 교훈을 찾으려 노력했고, 삶에 적용하고 실천해왔다. 덕분에 생각하고 실천하는 독서를 하게 된 것이다. 그 과정과 결과에 대해서는 '우리에겐 포기란 없어! 다시 도전해보자'의 한 꼭지인 '책 100권 읽기 프로젝트 도전하기'에서 더 자세히 이야기해보겠다.

분명한 건 책을 읽는 사람과 안 읽는 사람은 차이가 난다는 것이다. "5%의 책을 읽는 사람이 95%의 책을 읽지 않는 사람을 지배한다."는 말이 있는 것처럼 우리는 책을 읽지 않으면 지배받는 삶을 살게 될 것이다. 그리고 책을 읽고 실천하는 사람과 실천하지 않는 사람에게도 큰 차이가 있다. 생각 없이, 실천 없이 주구장창 책만 읽는 사람은 아무런 변화를 얻을 수 없지만, 책을 읽고 실천하는 사람은 삶에 기적을 만들 수 있기 때문이다.

에이브러햄 링컨, 볼프강 괴테, 카네기, 에디슨, 벤자민 프랭클린, 뉴턴, 빌 게이츠, 세종대왕, 이순신, 안철수를 아는가? 이 사람들처럼 우리 역사에 큰 획을 그은 사람들을 한 번 떠올려 보라. 위대한 업적과 기적을 일으킨 그 사람들은 모두 독서광이자 실천가였다.

미래의 나, 멘토를 만나볼래?

우리는

혼자서 성장할 수 없다.

'멘토'의 기원은 그리스 시대의 유명한 시인 호머가 지은 서사 시 《오디세이아》에서 찾을 수 있다. 이 작품의 주인공인 왕 오디 세이아는 트로이 전쟁에 출정하면서 절친한 친구이자 충실한 신 하인 멘토르에게 자신의 집안과 아들 텔레마코스 교육을 부탁 했다. 텔레마코스는 멘토르로부터 20년 가까이 교육을 받았다. 이때 멘토르는 그의 친구이자 상담자가 되기도 하고 때로는 아 버지의 역할까지 도맡았다. 이처럼 멘토는 단순 지식 전달자가 아니라 삶의 지혜를 가르쳐주는 인생의 나침반 같은 존재였다.

멘토르는 텔레마코스가 중요한 결정을 할 때 현명한 선택을 하도록 조언했다. 생사를 알 수 없는 아버지를 찾아 나서기로 생 각한 텔레마코스가 두려워하고, 많은 고민을 할 때 멘토르는 그 에게 다음과 같은 말을 했다. "그대가 겁쟁이가 되지 않고, 사리

분별이 흐트러지지 않는다면 그리고 오디세이아의 지혜가 그대에게 남아 있다면, 이 일을 훌륭히 완수할 수 있을 것이다. 그러므로 구혼자들의 얄팍한 책모는 그냥 내버려 두어라. 속히 빠른 배를 구해 나와 함께 가자." 이렇듯 중요한 선택의 순간마다 멘토르는 그를 올바른 방향으로 이끌어 주었다. 용기와 믿음을 얻은 텔레마코스는 결국 아버지를 찾아 고국으로 돌아와 어머니와 왕국을 구했다.

이렇듯 멘토는 힘들고 어려운 결정을 내릴 때마다 곁에서 도움을 주고 충고를 아끼지 않는 사람이다. 또한 경험과 지식을 바탕으로 다른 사람을 지도하고 조언해 주는 사람을 의미한다. 인생을 살아가는 것은 배를 타고 항해하는 것과 같다. 바다를 항해하며 우리는 거센 파도와 폭풍우를 만나 많은 시련을 겪는다.

그 어려움을 극복하기 위해 우리에게 도움을 줄 사람은 누구일까? 그 사람은 바로 이미 많은 경험을 통해 어려움을 극복한 선장이다. 즉 한 사람의 인생을 올바르게 이끌어 주는 현명한 사람 혹은 삶의 길잡이라고 볼 수 있다. 그렇다면 우리 인생에 멘토는 누가 될 수 있을까? 꼭 한 사람이어야 하는 걸까? 멘토 역할은 사람만 할 수 있는 것일까? 나는 여러 경험을 통해 이에 대한 답을 얻을 수 있었다.

멘토는 사람을 의미하지만 나에게 조언을 해주는 존재, 방향을 제시해주는 존재라면 무엇이든 멘토 역할을 한다고 생각한다. 프랑스의 계몽사상가인 루소도 "스스로 배울 생각이 있는 한, 천지 만물 중 하나도 스승이 아닌 것은 없다. 사람에게는 세 가지 스승이 있다. 하나는 대자연, 둘째는 인간, 셋째는 사물이다."라고 했다. 인생에 지침이 될 만큼 좋은 시구들을 모아 엮은 인도의 승려 법구의 경전인 《법구경》에서도 "나 외에는 모두 스승이다."라고 했다. 이처럼 주변을 보면 우리가 살면서 배울 수 있는 사람 혹은 사물과 같은 존재가 있기 마련이다.

살면서 우연히 본 책, 영화, 드라마, 하나의 문장 등 삶에 무언가를 느끼게 하고, 우리의 성장을 돕는다면 사람이 아니어도 멘토가 될 수 있다고 생각한다. 사실 나에게도 사람이 아닌 멘토가 있었다. 실패와 좌절로 괴로웠던 20대 두 권의 책이 내 인생에 큰 영향을 끼쳤다. 그 책들을 읽고 인생의 방향이 크게 정해졌다고 해도 과언이 아니다. 다른 글에서 소개했던 오히라 미쓰요의 《그러니까 당신도 살아》와 유수연 선생님의 《20대 나만의 무대를 세워라》라는 책이다.

오히라 미쓰요의 《그러니까 당신도 살아》라는 책을 읽으며 고작 대학입시 실패로 인생을 마감하겠다고 생각했던 내가 너무 부끄러웠다. 학창 시절 집단 괴롭힘과 할복자살 기도, 탈선의 길에 들어선 후 야쿠자 아내로의 삶 등 파란만장한 그녀의 삶을 글로 접하며 내가 겪은 시련은 아무것도 아니라는 걸 깨달았다. 그런 슬픈 현실에서도 꿋꿋하게 이겨내고 자신의 처지와 비슷한 학생들을 돕고자 인권 변호사가 되기까지의 과정을 보며 깨닫는게 많았다. 나보다 더 심한 상황을 극복한 그녀의 용기에 나도 해낼 수 있으리라는 믿음이 생겼다.

비록 그녀를 직접 만나지 않았지만 내가 교사가 되어야겠다 다짐하게 했고, 나도 고작 대학입시로 실패라고 생각하는 수험생들에게 교훈을 주는 사람이 되고 싶었다. 그녀는 새로운 목표와 방향을 제시해준 나의 첫 멘토였다.

대학 졸업 후 ROTC 과정을 마치고 학군 장교로 국방의 의무를 다할 무렵, 전역 후 진로에 대해 고민하고 있었다. 전역 후 바로 임용고시를 볼지, 전문성 신장을 위해 어학연수를 다녀올지 많은 생각이 들었다. 그 무렵 유수연 선생님은 스타 토익 강사로 종횡무진 활약했다. 기사를 통해 간접적으로 그녀의 삶에 대해 알게 되어 《20대 나만의 무대를 세워라》라는 책을 사서 읽었다. 그녀의 상황은 나와 너무 비슷했기 때문에 내용이 궁금했다.

그녀는 수도권 대학 출신에 낮은 학점으로 한국에서는 삼류 인생의 길밖에 보이지 않았다고 했다. 그래서 호주로 무작정 날아가 새로 도전하고, 영국에서 석사과정, 미국의 유명한 호텔에서 근무 등 8년간 치열하게 살면서 지독하게 영어를 공부해서 이뤄낸 성장과 성공의 길을 보여줬다. 그녀는 자신이 겪었던 시행착오를 거울삼아 20대라는 중요한 시기에 방황하지 말고, 미래를 위한 준비 기간으로 삼으라고 따끔하게 충고했다.

사실 나는 전역 후 바로 취업 전선에 뛰어드는 방법이 더 현실적이었다. 물론 임용고시를 준비하는 수험생으로 돌아갈 수도 있었다. 근데 이 책을 읽고 생각을 바꿨다. 재수 1년, 대학 4년, 군 생활 2년 4개월 동안 그냥 앞만 보고 살아왔던 나는 이미 20대 후반이었기에 남은 20대를 도전과 성장의 시기로 보내고 싶었다.

어디서 들은 말이지만 20대에 피나는 1년간의 노력은 내 삶의 10년의 가치와 같다고 했다. 하루도 아깝지 않게 보내려고 발버둥만 치던 나는 유수연 선생님 덕분에 '성장'의 길을 선택했다. 후회스러운 과거와 그 결과인 현재에 머무르지 않고, 자신의 가치를 바꾸는 일에 도전했던 그녀의 모습이 너무 멋지고 아름다웠기 때문이다.

남은 군 생활 동안 어학연수 계획을 세웠다. 그리고 전역과 거의 동시에 어학연수를 떠났다. 비록 모아둔 돈은 많지 않았어도 누구보다 도전 정신만은 강했다. 처음엔 그냥 말 그대로 어학연수였으나 욕심이 생겨 대학원에 지원했다. 운 좋게도 그동안 쉬지 않고 달려왔던 피와 땀에 보답하듯 대학원에 합격했다. 물론 그로 인해 여러 도전의 상황에 놓이게 되었지만, 움츠러들지 않고 꿋꿋하게 앞으로 나아갔다. 자세한 이야기는 '우리에겐 포기란 없어! 다시 도전해보자'의 한 꼭지인 '때로는 헝그리 정신이 필요해'에서 하겠다.

대학에 다닐 때는 문단열 선생님이 롤모델이고 우상이었다. 혼자만의 짝사랑이었지만 나에게 많은 영향을 주는 멘토였다. 고민이 있을 때 직접 질문하고 답을 들을 수 있는 건 아니었지만, 이미 내가 가야 할 길을 걷고 있고 이정표처럼 안내해주는 존재였다. 그래서 나에게 영향을 주는 존재를 멘토라고 부르는 것이다.

지금 내게 조언해 줄 사람이 없어도 괜찮다. 간접적이라도 나에게 해답을 제시하는 무언가가 있다면 그 존재 자체로 나에겐 멘토가 되기 때문이다. 그리고 멘토는 여럿이 될 수 있다. 내가 관심 있는 분야가 다양하면 그만큼 멘토의 수도 늘어난다.

나도 20대에 나에게 영향을 준 멘토에 대해서 여럿 언급했다. 근데 그 이후에도 계속 멘토의 수는 늘었다. 대학원 졸업 후에는 다시 진로에 대해서 고민하는 시기가 다시 왔다. 영어교육을 전공으로 했지만, 영어 원어민이 아니라 한계에 부딪히고 답답한 마음이 들었다. 나는 한국인이니까 한국어를 가르쳐보면 어떨까 생각했다. 그때까지는 한국어 교육 분야가 블루오션이었다. 그래도 눈에 띄는 곳이 한 군데 있었다. 'Talk To Me In Korean'이라는 회사였다. 참고로 이 회사를 설립한 대표는 9개 언어를 하는 선현우 선생님이었다.

짧은 기간이었지만 인턴으로 그 회사에서 일하며 선현우 선생님으로부터 '열정과 끈기'에 대해 배울 수 있었다. 아직 신생 회사였지만, 분명한 비전을 갖고 있었다. 우리의 언어인 한국어를 전 세계에 알리는 일을 해내겠다는 의지를 보였다. 그는 넓은 세상을 바라보는 시야를 가졌다. 내가 영향을 끼칠 수 있는 대상을 한정시키지 말라고 했다. 언어라는 도구로 우리는 세상 모든 사람과 소통할 수 있다는 교훈을 주었다.

무엇보다 자신이 사랑하는 일을 즐기는 모습이 멋졌다. 그 마음 자세를 배우고 싶었다. 그래서 내가 대학교 때부터 계속하고 싶었던 일을 찾아 떠나기로 했다. 비록 한국어 교육이라는 일을 함께할 수는 없었지만 내 인생을 후회하지 않도록 만들어준 또 다른 멘토였다.

내가 찾아 떠난 길은 대학교 때부터 계속 꿈꾸던 영어연극을 하는 길이었다. 실제 영어연극을 사업으로 하는 회사를 찾았다. 어린이 영어 교구 제작 프로젝트에 참여했다. 오랜만에 다시 가슴 뛰는 일을 하는 기분이 들었다. 하지만 수요가 매우 적은 분야라 직업으로 이 분야에서 일하는 건 무리였다. 어쩔 수 없이 그만둬야 했다. 그렇게 돌고 돌아 대학교 입학할 때 계획했던 영어교사라는 목표를 이제는 실행하기로 했다. 그리고 교사가 되었다.

교사가 된 이후, 나는 생각만 하고 있는 일을 실천하는 멋진 선배 교사를 만났다. 이번에도 물론 직접 만난 사람은 아니었다. 내가 추구하는 목표를 이미 이룬 영어교사가 있었다. 그는 EBS 강사로 활약 중인 정승익 선생님이다. 사실 나는 선현우 선생님한테 배운 마인드를 바탕으로 학교 내에서만 선한 영향력을 행사하는 게 아니라 더 많은 사람에게 도움을 주고 싶었다. 근데 정승익 선생님은 이미 실천하고 계셨다. 학교에서는 열정 많으신 선생님, EBS에서는 실력 있는 영어 강사, 집에서는 가족을 책임지는 가장으로서 자신에게 주어진 일에 최선을 다하는 모습이 내 가슴을 울렸다. 무엇보다 수험생들에게 꿈과 희망을 주려고 솔선수범하는 모습이 매우 인상적이었다.

그렇게 정승익 선생님을 롤모델로 하고 영어교사로서 열심히 살아가고 있을 때, 운명처럼 진짜 멘토를 만났다. 영어 관련 모임에 나갔다가 강연자로 나온 EBS 강사 혼공 허준석 선생님을 알게 되었기 때문이다. 사실 나는 선현우 선생님이 했던 것처럼 유튜브로 무료 강의를 찍어서 더 많은 학생이 무료로 양질의 수업을 들었으면 좋겠다고 생각했다. 근데 이미 이 선생님이 혼공TV라는 채널을 통해서 무료 문법 강의를 진행하고 있었다. 세상에는 내가 생각하는 일을 한 발 앞서서 실천하고 있는 사람들이 있다는 걸 알았다. 생각만 하고 실천하지 않으면 변화할 수 없는데 나는 그동안 계속 변화 없이 생각만 하는 사람이었다.

강연이 끝나고 집에 가는 길이 비슷해서 잠깐 허준석 선생님과 대화를 나누었다. 내가 유튜브를 할지 말지 고민한다고 하니 무조건 하라고 조언했다. 그 이유는 사람마다 결이 달라서 창작물은 달라질 수밖에 없다는 것이었다. 그리고 선한 마음을 가지고 하는 일이면 누군가에게는 도움이 될 것이기 때문이라 했다. 진심 어린 조언 덕분에 용기를 낼 수 있었다. 그리고 바로 유튜브로 무료 강의 제작을 시작했다.

심지어 같은 마음을 가진 동료였기 때문에 혼공 허준석 선생님이 운영하는 비영리 영어교육 전문 단체인 혼공스쿨에서 활동을 시작할 수 있었다. 영어 교재 쓰는 일을 시작으로 현재는 다양한 무료 영어교육 프로젝트를 진행하고 있다. 선한 영향력을 끼치기 위해 고민하고 노력하는 나에게 항상 올바른 방향으로 이끌어 주는 멘토와 함께 같은 길을 걸으며 행복한 시간을 보내고 있다.

《1분 멘토링》에서도 "누구도 혼자만의 힘으로 목표를 이루어 낼 수 없다."라고 한다. 이 책의 저자인 세계적인 베스트셀러 작가 캔 블랜차드와 트위터 이사였던 클레어 디아즈 오티즈는 멘토를 구하라고 주장한다. 멘토링은 쌍방향으로 진행될 때 진정한 힘을 발휘한다. 멘토는 멘티에게 도움을 주면서 성장하고, 멘티는 멘토로부터 배움을 통해 성장한다. 결국 멘토와 멘티 모두 상호작용 속에서 함께 성장의 길을 걷게 되는 것이다. 탈무드에서 "나는 나의 스승들에게서 많은 것을 배웠다. 그리고 내가 벗 삼은 친구들에게서 더 많은 것을 배웠다. 그러나 내 제자들에게선 훨씬 더 많은 것을 배웠다."라고 하는 것으로도 이를 증명할 수 있다.

사실 20년 가까이 그동안 나의 멘토들은 내 짝사랑의 대상이었다. 나 혼자 좋아하며 좋은 점을 본받으려고 노력했고 스스로 성장하는 시간을 보냈다. 근데 지금은 실제 옆에서 내가 가고 싶은 길을 몸소 실천하며 보여주고, 내가 도움이 필요할 때 조언해 주고, 심지어 친구처럼 옆에서 함께 해주는 멘토가 생겨서 너무 좋다. 사실 무료 영어교육 프로젝트는 내가 교직을 시작했던 10년 전부터 구상했다. 하지만 막상 실천하기가 어려웠다. 근데 지금은 실천하고 있으니 꿈이 실현됐다.

만일 진정한 멘토를 만나지 못했다면 과연 나는 내 꿈을 실현할 수 있었을까? 그렇지 않았을 거다. 혹시 누군가 멋진 미래를 꿈꾸고 있다면, 멘토를 찾길 바란다. 멘토를 만난다는 건 미래의 나를 미리 만나는 일이다.

돈이 인생의 전부는 아니니까

가난한 자는 돈을 위해 일하고,
부자는 돈이 나를 위해 일하게 한다.

자본주의 사회에서 돈은 큰 가치를 가진다. 그렇다면 우리 인생에서도 돈이 가장 큰 가치일까? 단연코 그렇지 않다고 말하고 싶다. 근데 아이러니하게도 나는 부자가 되고 싶었다. 자본주의 사회에 살면서 돈 때문에 포기하는 일도 많았고, 돈 때문에 걱정과 근심으로 잠을 못 이룬 날도 있었기 때문이다. 부정하고 싶지만, 돈은 자본주의라는 체제 아래 아무리 떨쳐놓으려 해도 뗄 수 없는 그런 존재다. 돈이 있으면 더 편한 삶을 살 수 있다는 사실은 변하지 않으니까 말이다.

지금은 로또가 되면 겨우 서울에 있는 괜찮은 집을 살 정도밖에 안 되지만, 예전엔 100억씩 받을 수 있었기 때문에 로또에 당첨되면 '인생 역전'이란 표현을 썼다. 한 사례로 2003년 200억 넘는 로또에 당첨된 50대 남성은 잠시나마 인생 역전을 맛봤다. 노총각이었던 그는 로또 당첨 후 결혼을 했고, 서울 강남구에 40억 짜리 주상복합 집을 사고, 20억은 친척들에게 나누어주고, 친척 병원 건축에 35억을 투자하고, 20억은 지인에게 맡기고, 남은 돈 은 전부 주식에 투자했다.

근데 얼마 후에 서류상 문제로 병원 투자금을 모두 잃고, 지인 이 증여를 주장하여 돈을 돌려받지 못하고, 주식도 모두 휴지 조 각났다. 남은 주상복합 건물을 담보 대출로 전부 주식에 투자하 였으나 전부 탕진하며 이혼하게 되었다.

'쉽게 번 돈은 쉽게 쓴다'는 말이 있다. 주변을 보면 땅값이 올 라서, 로또에 당첨되어, 주식이 올라서 갑자기 '벼락부자'가 되는 경우가 있다. 근데 대부분 그렇게 갑자기 돈이 생긴 사람들은 돈 을 어떻게 써야 할지 모른다. 부자가 되었지만, 부자 마인드를 갖 추지 못해서 진짜 부자가 되지 못하는 것이다.

부자 관련 베스트셀러 책들을 읽어보면 실제 돈을 버는 방법 보다는 부자들의 마인드를 설명한다. 그리고 남들과는 다른 마음 자세를 가져야 한다고 말한다. 결국 돈은 우리가 쫓아야 할 대상 이 아니라는 사실을 알게 된다. 돈이 우리를 따라오게 만들어야 지 우리가 쫓지 말라는 말이다.

고대 그리스의 비극 시인 소포클레스는 "돈 세상에서 돈보다 더 사람의 사기를 꺾는 것은 없다."라고 했다. 18세기 영국의 소 설가 헨리 필딩은 "돈을 신 모시듯 하면 악마처럼 그대를 괴롭힐 것이다."라고 말했다. 이는 돈을 최고의 가치로 여기고 살아가는 사람들에게 주는 경고의 메시지와 같다. 돈 몇 푼 때문에 사람도 잃고 인생도 잃고 싶지는 않다. 혹시 돈 몇 푼이 아니라 엄청난 액수라도 돈 때문에 인간관계를 저버리거나 죄를 지었다면 남은 생을 가슴 졸이며 마음 편히 살 수 없다. 근데 안타깝게도 그리스 신화에는 그 타락의 길을 선택하는 이가 있었다.

아마도 미다스(Midas) 왕의 일화를 들어봤을 거다. 손만 대면 뭐든 황금으로 변하게 만드는 능력을 빗대어 '미다스의 손'이라 부른다. 이를 확장하여 어떤 일이든 하는 일마다 성공하는 사람들을 가리켜 '미다스'의 손을 가졌다고 말한다. 근데 실제 그리스 신화는 탐욕을 추구했던 미다스 왕의 어리석음을 꾸짖는 이야기다.

술의 신 디오니소스와 그의 스승인 실레노스가 미다스 왕이 다스리는 프리기아 지역으로 여행을 갔다. 이 지역은 현재 터키 앙카라 근교이다. 술에 취한 실레노스는 포도밭에서 잠이 들었고, 다음 날 포도밭 주인은 밭을 엉망으로 만든 실레노스를 벌해 달라며 미다스 왕에게 끌고 갔다. 미다스 왕은 실레노스가 디오니소스의 스승인 걸 금방 알아차렸고, 무려 열흘 동안 잔치를 베풀며 그를 정성껏 대접했다.

디오니소스는 미다스 왕의 소원을 한 가지 들어주기로 했고, 미다스 왕은 자신의 손에 닿는 것은 뭐든 황금으로 변하게 해달라고 빌었다. 근데 손에 닿는 모든 것이 황금으로 변해서 물도 음식도 어느 것 하나 먹을 수가 없었다. 심지어 문병 온 사랑하는 딸이 반가워 만지는 순간 딸까지도 황금으로 변해 버렸다.

그제야 자신의 소원이 어리석었다는 것을 깨달은 미다스 왕은 디오니소스에게 찾아가 소원을 거둬 달라고 애원했다. 이를 안타깝게 여긴 디오니소스는 팍톨로스 강에 가서 씻으라고 알려줬고, 미다스 왕은 그대로 한 덕분에 다시 예전으로 돌아갈 수 있었다.

살면서 나에게도 돈에 욕심부려볼 기회가 몇 번 있었다. 한 번은 호주에서 유학할 때 일이었다. 지인 중에 사업을 하시는 분이 있었다. 나와 가까이 지내던 분인데 그 당시 내 상황에서는 거절 못 할 만큼 매력적인 조건을 제안했다. 그 지인은 내가 대학원을 마치고 한국으로 돌아갈 시기가 되자 호주에 더 남아 있기를 바랐다. 자신이 하는 사업을 도와주면 한 달에 1천만 원을 월급으로 주겠다는 것이었다. 그때 정말 가난하게 유학할 때라 그 돈은 나에게 너무 큰돈이었고, 바로 수락하고 싶을 만큼 좋은 조건이었다. 그 제안을 받는 순간에는 솔깃했지만 나는 긴 고민 끝에 거절했다.

그 이유는 두 가지였다. 첫 번째는 한국으로 돌아가서 하고 싶은 일이 있었다. 다시 살려고 결심한 날 이후로 계속 목표로 했던 교사가 되는 일이었다. 그게 나에게는 삶의 목표이고 자아실현이었기에 포기할 수 없었다. 두 번째는 모든 일에는 책임과 대가가 따른다고 생각했다. 그렇게 많은 돈을 받으면 그만큼 일도 많이 해야 할 것 같았다. 내가 만일 호주에 남는 이유가 있다면 돈 때문에 포기한 박사과정 공부를 계속하는 것이지 다른 일을 하고 싶지 않았다.

또 다른 기회는 한국에 돌아와서 취업 준비할 때였다. 거의 준비도 못 하고 봤던 임용고시에 붙지 못하자 조바심이 났다. 근데 나이가 서른이 다 되어서 부모님께 손을 벌리는 건 아니라는 생각이 들었다. 악착같이 일하고 공부하며 호주에서도 버텼는데 한국에서 못 버틸 이유가 없었다. 생각해보니 대학원 등록금을 내려고 빌린 돈도 갚아야 했다. 계속 손 빨고 있을 수 없었다. 무슨 수를 써서라도 돈을 벌어야 하는 상황이었다. 임용고시는 우선순위에서 밀려났다.

취업 관련 사이트를 통해 직장을 구해보려 했다. 아쉽게도 시기적으로 채용 공고가 많지 않았다. 계약직으로 학교에서 일해보려고 해도 시기적으로 맞지 않았기에 상시 채용하는 곳을 찾았다. 그러니 내가 할 수 있는 일은 대부분 학원에서 영어를 가르치는 일이었다. 생각해보니 몇 달 동안 토익 만점을 받기 위해 공부하며 쌓은 노하우를 활용할 수 있을 것 같았다. 일단 닥치는 대로 대형 어학원이든, 집 근처 중소형 어학원이든 모두 지원했다. 심지어 짧은 기간 동안 계약직으로 일하는 기간제 교사를 구하는 학교도 한 군데 있었다.

나의 절박함을 하늘의 신도 알았는지 신기하게도 서류를 넣은 곳에서 모두 연락이 왔다. 경력도 하나 없는데 말이다. 아무래도 해외 유학 경험이 영어 강사를 하기엔 큰 장점으로 작용한 것 같았다. 일을 구할 수나 있을까 걱정했는데, 오히려 행복한 선택의 고민에 빠졌다.

우선 제일 먼저 연락이 온 곳은 수원 지역의 한 대학가 근처 중소형 어학원이었다. 면접을 보러 갔더니 간단히 질문 몇 개를 하고서는 바로 계약서를 쓰자고 했다. 원장님이 굉장히 호의적으로 대하길래 얼떨결에 계약서를 쓰고 나왔다. 일주일 후부터 대학생들이 방학이라 바로 출근이었다. 취업했다는 기쁜 마음으로 집으로 돌아오는데 강남에 있는 초대형 어학원에서 연락이 왔다. 솔직히 경력이 없어서 기대하지 않았는데 서류전형에 합격했다고 해서 깜짝 놀랐다.

그 어학원에서는 교재 개발 연구원과 토익 강사 등 다른 분야를 채용하고 있었다. 처음에 연락이 온 곳은 교재개발팀이었다. 전화로 서류상 사실 여부만 확인하고는 바로 연봉 협상에 들어갔다. 사실 연봉 협상이 끝나면 채용이 되는 거였다. 갑자기 물밀듯이 합격했다는 연락이 오니 너무 서두르는 게 아닌지 덜컥 겁이 났다.

아무리 상시채용이라지만 너무 서두르는 느낌이 들어서 다른 곳의 결과를 기다린다며 잠시 보류했다. 아니나 다를까 나중에는 토익 강사 채용 1차 서류에 합격했다는 연락까지 받았다. 점점 더 좋은 조건으로 오퍼가 들어오고 있었다. 여기서 좋은 조건이란 연봉과 복지를 의미한다.

처음엔 어디라도 되면 좋겠다는 생각이었다. 당장 돈을 벌어야 하는 상황 때문이었다. 근데 막상 여러 군데에서 연락이 오니 간사한 마음이 들었다. 더 좋은 조건이 있는 데로 골라가고 싶었다. 일단 계약했던 중소형 어학원에는 연락해서 바로 구두로 계약 해지를 했다. 한시가 급하니 빨리 연락을 주는 게 도리라 생각해서였다. 그리고 초대형 어학원은 당장 결정하지 않아도 좋으나 최대한 빨리 연락을 달라고 했다.

사실 마음속으론 토익 강사가 되면 돈을 많이 벌 수 있겠다고 생각했다. 근데 한 가지가 마음에 걸렸다. 10년 동안 내가 달려온 이유는 교사가 되겠다고 한 것인데 돈 때문에 갑자기 토익 강사가 되려니 혼란스러웠다. 그랬으면 호주에서도 사업하는 지인을 도와 많은 돈을 받으면 될 것이지 왜 한국으로 돌아왔는지 다시 생각했다.

그렇게 고민하고 있을 때 바로 이어서 지원했던 학교에서 연락이 왔다. 계약 기간이 한 학기밖에 되지 않았지만, 내가 바라던 교사가 될 기회가 온 거였다. 학교에 찾아가서 면접도 보고, 수업 시연도 했다. 평가가 끝나서 집으로 가려는데 갑자기 나를 다시 불러 세웠다. 운명인지 모르겠지만 내가 마음에 든다고 그날 바로 계약서를 쓰자고 했다. 비록 정규직은 아니었지만 그렇게 내가 진심으로 바라던 교사가 되었다.

교사로 일하게 되었다는 사실로만으로도 마음이 들떴다. 연봉이고 복지고 그런 건 아무런 상관이 없었다. 교사는 호봉제라 연봉이 얼마인지 월급이 얼마인지 모르고 그냥 계약했다. 근데 실제 한 달 일하고 받은 첫 월급은 160만 원이었다. 솔직히 생각보다 너무 적었지만, 학생들과 수업하며 소통하는 시간이 소중하고 즐거워서 돈보다 더 가치 있는 일을 하고 있다는 생각이 들었다. 어쨌든 내가 10년 동안 살아온 이유를 증명하는 시간이었다.

'진짜 하고 싶은 일은 직업으로 하지 말라'는 말이 있다. 자신이 좋아하던 일도 돈을 버는 수단과 방법으로 바뀌면 순수하게 좋아하는 마음이 사라질 수 있기에 하는 말이다. 다행인지 불행인지 모르겠지만, 교사라는 직업은 돈을 많이 벌 수 있는 것도 아니며, 오히려 봉사의 마음과 자세가 없으면 하기 힘든 일이다. 만일 내가 돈을 더 추구했다면 아마도 지금은 다른 일을 하고 있을지도 모른다.

근데 돈보다는 더 가치 있다고 생각하는 일을 하고 싶었다. 그게 내가 교사가 된 이유이고, 학생들을 위해 더 열심히 살아가는 이유다. 나는 돈이 아닌 나의 학생들을 택했으니까 말이다. 그런 면에서 나는 어느 정도 성장했고, 성숙해진 것 같다는 느낌이

든다. 적어도 인생을 돈 하나만 보고 결정하지 않았으니 말이다.

경제학자인 로버트 기요사키가 쓴 《부자 아빠 가난한 아빠》에서 "가난한 사람들과 중산층 사람들은 돈을 위해서 일한다. 하지만 부자들은 돈이 자신을 위해서 일하게 만든다."라고 했다. 부자는 절대 돈을 위해 일하지 않는다는 말이다. 영화배우 주윤발도 "내가 번 돈은 내 돈이 아니며, 내가 잠시 보관할 뿐이다."라고 하며 2010년부터 자신의 전 재산인 8,100억 원 중 99%를 사회에 환원한다고 약속했다.

그는 2018년 기준 17년간 2G 폰을 사용했다. 그는 한 달 용돈으로 12만 원을 쓰고, 대중교통을 이용하는 등 근면 검소한 생활을 이어오고 있다. 1조 원에 가까운 재산을 가진 사람이 보여주는 행실은 돈이 인생에 있어서 전부가 아님을 분명히 말하고 있다. 과연 돈이 인생의 전부일까? 대학이 인생의 전부가 아닌 것처럼 돈도 마찬가지다.

긍정의 힘으로 성장을 이뤄보자

뇌도 속이는

생각과 말의 비밀

하버드 대학교 심리학과 로버트 로젠탈 교수는 "우리의 기대 나 신념은 믿을 수 없을 정도로 대단해 그 기대가 우리의 장래를 유도해 나간다. 성공한다고 믿고 있는 사람은 점점 성공해가고, 실패한다고 겁내고 있는 사람은 실패의 길을 가는 것이다."라고 했다.

미국의 종교 지도자 조엘 오스틴은 《긍정의 힘》이라는 책을 통해 행복에 대해 말했다. "행복은 선택이다. 아침에 눈을 뜰 때 우리는 행복한 하루를 살기로 선택할 수도, 비뚤어진 태도를 가지고 불행하게 살기로 선택할 수도 있다. 모든 것은 우리 자신에게 달려 있다."

두 사람의 말을 통해 우리의 생각이 인생에 영향을 미친다는 사실을 알 수 있다. 그래서 누군가 자신의 꿈을 이루고 싶다면 꿈을 이룰 수 있다는 믿음을 먼저 가져야 한다. 꿈을 이루고 못 이루고의 시작은 마음에서 비롯하며, 우리가 어디에 마음을 두냐에 따라 미래가 결정되기 때문이다. 또한 행복한 생각을 품지 않으면 행복할 수 없다. 반대로 절망적인 생각을 품지 않는 한 절망할 수 없다. 즉, 생각하는 대로 인생과 행복을 결정할 수 있다는 의미다.

자신의 꿈을 이루고 성공을 이뤄낸 많은 사람이 있다. 그중 '생각과 말'의 힘에 대해서 강조하는 한 사업가를 소개하고자 한다. 무일푼으로 시작해 4000억 원의 기업체를 일군 인생 역전 드라마를 쓴 김승호 회장은 《생각의 비밀》이라는 책에서 "매일 100번씩, 100일간 상상하고, 쓰고, 외쳐라!"라고 주장한다. 저자는 "나는 말의 힘을 믿는다. 한번 말을 하고 나면 잊기 전까지 그 힘이 사라지지 않음을 믿는다. 그리고 그 말에 힘을 부여하기 위해 그에 알맞은 이미지, 글을 써놓고 매일 보고 또 보고 생각한다."라고 말했다.

부정적인 마인드를 가진 사람은 자신이 목표로 하는 일이 안 된다고 생각하고 중간에 포기한다. 반면 긍정적인 마인드를 가진 사람은 자신이 아무리 계속 실패해도 해낼 수 있다는 믿음을 가지고 계속 도전한다. 그 결과 언젠가 성공해 있는 자신을 보게 된다.

이처럼 긍정적인 생각은 우리에게는 한계를 설정하지 않도록 만든다. 할 수 있다는 믿음이 항상 있기 때문이다. 김승호 회장은 그 긍정의 힘이 생각과 말에서부터 비롯된다고 주장하는 것 같았다.

사실《생각의 비밀》이라는 책을 읽으며 궁금했다. 단순히 생각하고, 말하고, 상상하고, 실천하면 꿈이 이루어질 수 있을지 의문이 들었다. 물론 저자의 주장이 이해는 됐지만, 경험적 근거보다는 좀 더 명확한 과학적, 사실적 근거를 찾고 싶었다. 긍정의 힘에 대한 글을 쓰며 시작한 연구 덕분에 다행히도 답을 찾았다. 모든 비밀은 '뇌 과학' 속에 숨어 있었다. 우리가 생각하고 말하는 동안 뇌에 어떤 변화가 일어났기 때문이다.

미국 클리블랜드 병원 신경과학자 광 예 박사는 젊은 사람들과 노인들을 대상으로 이미지 트레이닝에 대한 연구를 했다. 이미지 트레이닝은 실제 운동을 하지 않고 머릿속으로 근육을 강하게 수축하도록 만드는 훈련이었다. 피험자는 팔이나 손가락을 특정한 부위에 올려놓은 후 가만히 근육을 강하게 수축시키는 상상훈련을 했다. 각 훈련 시간은 10~15분 정도로 총 50회를 반복하면서 매 10초 정도씩 머릿속으로만 근육을 강하게 수축하라는 명령을 내렸다.

4개월간의 훈련을 거친 결과, 젊은이와 노인들 모두 15% 정도의 근육이 강화되었다. 특히 노인들에게는 팔꿈치를 구부리는 부분인 이두근 수축을 과제로 훈련했더니 4개월 후에는 팔꿈치 굽

히기 수축력이 15% 증가했다. 이는 생각만으로도 신체의 변화를 일으킬 수 있는 사실을 확인한 것이다.

우리가 말을 함으로써 뇌에 변화가 일어나게 만든 연구 결과도 있다. 인간의 행동을 연구하는 과학자 앤드류 뉴버그와 마크 로버트 월드먼은《믿는다는 것의 과학》이라는 책을 통해 연구 내용을 공유했다. 한 연구를 통해서 'No'라는 말은 스트레스 호르몬 코티솔의 분비를 촉진한다는 것을 알아냈다. 'No'라는 말을 듣고 뇌에 코티솔 분비가 늘어난 사람은 주변을 경계하고, 인지 능력이 떨어진다고 했다. 참고로 지속적인 스트레스 자극을 통해 코티솔의 분비가 장기간 지속되면 몸의 균형이 상실된다. 실제 근육과 뼈의 손상이 일어나고 내분비계와 면역체계가 무너진다.

반면 'Yes'라는 말은 도파민 분비를 촉진한다. 참고로 도파민은 뇌 안에서 즐거움을 느끼게 해주는 역할을 하며 보상 기제를 규제하는 뇌 호르몬이다. 이 호르몬은 행복감을 만들어내고 소통에 대한 긍정적인 태도를 강화시킨다.

우리가 하는 말은 이렇게 뇌의 중요한 호르몬 생성에 영향을 준다. 그게 만일 우리 인생에 도움이 되는 긍정 호르몬이라면 분명 우리의 삶에 큰 영향을 줄 수 있다고 생각한다. 긍정적인 생각과 말을 통해 삶에 변화가 일어난다는 주장을 수긍할 수 있다.

생체 의학박사 캐롤 하트도《세로토닌의 비밀》을 통해 긍정 마인드는 '행복 호르몬'으로 알려진 세로토닌 분비를 돕는다고 했다. 세로토닌은 분노와 불안을 감소시키고 마음을 안정되게 해주는 호르몬이다. 도파민처럼 세로토닌의 작용으로 우리가 목표로 하는 일을 성취하도록 도울 수 있다.

뇌 과학자이자 신경 심리학자인 이안 로버트슨이 발표한 '승자이론'도 이를 뒷받침한다. 승자 이론이란 승리가 승리를 낳는 현상을 의미한다. 무언가를 이루어냈을 때 테스토스테론이 분비되고, 지배적인 행동이 더 많은 성공을 부른다. 작은 성취가 계속다른 성취를 낳는다는 말이다. 승리의 감정은 뇌의 보상체계와관련이 깊다. 뇌는 기분이 좋으면 도파민이나 세로토닌과 같은호르몬을 분비하며 보상 신호를 보낸다.

다시 말해, 승리의 감정은 긍정적인 감정을 불러일으키고 좋은호르몬 분비로 이어지는 것이다. 이렇듯 뇌의 보상체계 덕에 동기부여가 되고 목표를 달성할 수 있다. 이처럼 우리는 뇌의 보상기제가 적절히 작동할 때 제대로 성공을 향해 달릴 수 있는 것이다.

이 정도면 충분히 뇌 과학적으로 생각과 말이 우리의 뇌에 영향을 준다는 사실을 알게 되었을 것이다. 더 깊게 들어가서 뇌졸중을 겪은 뇌 과학자의 이야기를 들려주고자 한다. 하버드 의과대학에서 인간의 뇌에 관한 연구와 강의를 하고 있었던 《긍정의뇌》의 저자 질 볼트 테일러는 갑자기 뇌출혈이 오면서 뇌졸중을겪게 되었다. 뇌졸중 치료를 시작하며 저자는 좌뇌가 멈추고 우뇌로만 세상을 경험하게 된다. 그러면서 우리 눈에 보이지 않는 에너지가 있음을 느꼈다.

병원에서 치료를 받으며 자신에게 친절한 손길로 정성껏 돌보는 사람들에게서는 긍정적인 에너지와 따뜻한 감정을 전해 받았다. 이를 직접 경험한 저자는 좌뇌가 주관하는 이성적 사고에서 벗어나 포용력 있고 늘 긍정을 원하는 우뇌로 생각하는 연습을 해야 한다고 말했다.

우리의 뇌는 좌뇌와 우뇌로 이루어져 있고, 서로 다른 기능을 한다. 이런 사실은 노벨상 수상자인 미국의 신경 심리학자이자 신경과학자인 로저 울컷 스페리에 의해 1960년대 처음 밝혀졌다. 좌뇌는 수학, 논리, 이성, 합리 등의 이성적인 판단을 한다.

반면 우뇌는 '이미지 뇌'라고도 하며 그림, 음악 감상, 스포츠 활동, 공간지각 능력 등 감각적이고 창의적인 분야를 담당한다. 따라서 좌뇌의 기능을 잃고 우뇌로만 삶을 경험한 질 볼트 테일러는 더욱 긍정 에너지에 대한 중요성을 경험할 수 있었다. 우리가 풍기는 긍정과 부정의 에너지가 다른 사람에게 영향을 줄 수도 있기 때문이다.

생각해보면 이와 비슷한 실험이 있다. 부산대학교 의학전문대학원 김성수 교수 연구팀이 식물에게 긍정적인 말이 식물의 성장에 어떤 영향을 주는지 알아본 연구가 있다. 연구팀은 식물에게 좋은 의도가 포함된 긍정적인 말을 한 경우에 아무런 의도 없이 전달한 긍정의 말보다 식물의 성장을 촉진시킨다고 밝혔다.

실험 결과, 부정의 말보다는 긍정의 말에 식물이 더 건강하게 성장했다. 이 실험은 육성과 기계음으로 나누어 추가로 진행됐다. 그 결과 육성으로 긍정의 말을 들은 식물이 기계음으로 들은 식물보다 뿌리와 줄기가 2배가량 튼튼하게 자란 것으로 나타났다. 김성수 교수는 이 연구를 통해 '긍정의 말'에도 진심을 담아야 더욱 효과가 증대된다는 걸 증명해냈다.

그렇다면 무한 긍정이 우리에게 최고의 선택일까? 그건 그렇지 않다. 모든 것은 적절한 균형이 이루어질 때 최상의 결과를 내기 때문이다. 성공을 이루고 행복을 찾은 사람들은 그냥 성공과 행복을 이룬 게 아니었다. 실패를 딛고 슬픈 감정을 슬기롭게 극복하면서 제대로 된 성공과 행복을 만들어냈다.

'행복 심리학'의 창시자인 미국 일리노이 주립대학교 에드 디너 교수는 1에서 10까지 눈금으로 행복감을 측정했을 때 8 정도를 기록한 사람이 9나 10을 기록한 사람들보다 더 성공적이며 교육과 소득 수준이 높았다는 것을 발견했다. 아무런 도전 없는 삶은 뇌에 쥐약이기 때문이다. 그렇기에 부정을 긍정으로 바꾸며 또 다른 긍정을 낳는 뇌가 진정한 행복을 느낄 수 있다.

지금까지 긍정의 힘이 우리의 삶에 주는 영향에 관해 다양한 연구 결과를 통해 알아봤다. 특히 뇌 과학의 관점으로 볼 때 긍정이라는 감정은 우리가 통제 가능한 것임을 알 수 있다. 인생의 성공과 행복은 결국 우리가 어떻게 마음먹느냐에 달렸다는 것이다. 2002년 월드컵 때 '꿈은 이루어진다'는 문구를 바탕으로 대한민국 전 국민은 국가대표팀의 승리를 간절히 기원했다. 모든 사람의 승리를 기원하는 간절했던 마음이 모여 긍정 에너지를 만들어냈고, 그 결과 4강 진출이라는 큰 쾌거를 이룰 수 있었던 것 같다.

살면서 목표로 하는 일을 진심으로 바라고 노력하면 안 될 일은 없다. 여러 요소가 조화롭게 이루어져야 할 테지만, 무엇보다 긍정적으로 생각하는 자세가 우선 필요하다. 영국의 극작가 셰익스피어도 "세상에는 좋고 나쁜 것이 없다. 다만 생각이 그렇게 만들 뿐이다."라고 말하며 어떻게 마음을 먹는지가 중요하다고 암시했다. 미국 사상가 겸 시인인 랄프 왈도 에머슨도 "할 수 있다고 믿는 사람만이 정복할 수 있다."라고 했다.

이는 할 수 있다는 믿음, 즉 긍정적인 자세를 가진 사람만이 목표를 이룰 수 있다는 말과 같다. "시간이 1시간이나 남았네?"라고 생각하는 사람과 "시간이 1시간밖에 안 남았네?"라고 생각하는 사람 중 누가 더 행복할까? 아마도 전자처럼 어떤 상황에서도 긍정적인 자세로 받아들이는 것이 더 좋지 않을까 생각한다. 우리의 뇌를 바꾸는 긍정의 힘은 무시할 수 없을 테니 말이다.

사실 나도 20대와 30대를 보내면서 계속 또 다른 도전과 실패를 경험하며 생각했다. 부정적으로 생각하는 것보다 긍정적으로 생각하는 것이 훨씬 낫다고 말이다. 덕분에 멈추지 않을 수 있었고, 계속 성장할 수 있었다.

'멘토들의 멘토'로 불리는 중국의 밀리언셀러 저자 리웨이원이 쓴 《결국 이기는 사람들의 비밀》에서도 "승자는 역경이 닥쳤을 때 해결 방법을 연구하고 패자는 핑계를 찾는다."라고 했다. 긍정적으로 생각하는 사람은 핑계를 찾기보다는 어떻게 해결할 수 있을지 고민한다. 그렇기에 긍정적인 사람은 패자가 아닌 승자가 될 수 있는 것이다.

성장은 속도가 아니라 방향이야

나에게 맞는

성장 속도 찾기

우리말로는 '적성'이라는 말이 영어로는 'aptitude'로 쓰인다. aptitude는 영어사전에서 capacity for learning 또는 quickness in learning이라고 정의내리기도 한다. 해석해보면 '빨리 배울 수 있는 능력' 또는 '배움의 빠른 정도'를 의미한다.

우리는 보통 무언가에 소질이 있을 때 적성에 맞는다고 한다. 한국어든 영어든 결국 적성에 대한 평가의 잣대는 모두 얼마나 빨리 배우느냐에 달렸다. 그리고 배움이 빠를수록 더 우수하게 평가한다. 하지만 과연 빠르다고 해서 무조건 좋은 것일지 의문이 든다.

사람마다 배우는 능력이 다르기에 무언가를 배울 때 사람마다 속도가 다를 수밖에 없다. 근데 우리는 보통 무언가를 빨리 배우는 사람을 잘한다고 말하며, 느리게 배우는 사람에 대해서는 못한다고 무시하는 경향이 있다. 생각해보면 사실은 누가 먼저 경험했느냐에 따라 더 잘하고 못하고가 달라질 수 있다.

근데 언어 습득의 경우에는 정해진 시기에 습득하지 않으면 일정 수준을 넘어서지 못한다. 신은 공평하게도 인간에게 언어를 배울 수 있는 결정적 시기를 주었기 때문이다.

인간은 결정적 시기 안에 언어를 습득하거나 배우지 않으면 높은 수준으로 언어를 구사할 수 없다. 참고로 언어 습득의 결정적 시기는 만 12~13세쯤이라고 한다. 영화배우 송중기 주연의 《늑대소년》이라는 영화를 기억하는가? 혹은 어릴 때 봤던《정글북》이라는 만화를 기억하는가? 이 두 작품의 주인공은 실제 빅터(Victor)라는 늑대소년을 모티브로 했다. 이는 결정적 시기에 대한 결정적인 증거다.

1799년 프랑스 남부지방의 아베롱과 타르느 접경지역에서 만 12세 정도의 소년을 발견했다. 그의 이름은 빅터로 어릴 때부터 계속해서 혼자 숲에서 살았다. 빅터를 발견했을 당시 처음에는 말을 하지 못했고, 심지어 네 발로 기어 다녔고, 물고 할퀴고 동물처럼 행동했다. 마치 인간의 탈을 쓴 늑대처럼 행동하는 빅터는 주의력이 많이 부족했다.

하지만 장 이타르라는 프랑스의 한 의사는 빅터를 인간처럼 살 수 있도록 최선을 다해 교육하고자 했다. 그럼에도 불구하고 빅터는 겨우 몇 개의 단어만 구사할 수 있었고, 사람들과 어울리지도 못한 채 부적응으로 이른 나이에 죽음에 이르렀다.

언어 습득의 결정적 시기를 대표하는 또 다른 일화는 빅터가 발견되고 200년 뒤 미국의 캘리포니아에서 발견된 만 13세에 고립되고 학대받은 지니(Genie)의 사례다. 지니는 정신이상자 아버지의 비이성적인 요구 때문에 작고 어두운 방에서 요람과 의자에 묶여 11년 이상을 보냈다. 아내와 아들이 지니에게 말을 거는 것을 금지했고, 자신은 그녀에게 으르렁거리거나 짖기만 했다. 지니는 다른 소리를 내면 물리거나 매를 맞았고, 완전한 침묵 속에 오랫동안 의존할 수밖에 없었다. 수잔 커티스를 포함한 선생님들과 치료사들이 그녀를 돌보고 교육했다. 하지만 5년 이상의 언어 노출에도 그녀의 언어 능력은 보통 5살 아이와 다를 바 없었다.

결정적 시기란 우리가 무엇인가 배울 때, 그 시기를 놓치면 절대 하지 못하는 것을 말한다. 이는 뇌 발달과 밀접한 관련이 있다. 뇌 발달은 유아기에 최초로 이뤄진다. '세 살 버릇 여든까지 간다'라는 속담도 사실은 과학적인 근거가 있다. 출생 3세 정도까지 뇌에서는 초기 가지치기를 한다. 그 후 청소년기에 정교한 가지치기가 일어난다. 이런 과정을 통해 뇌는 점점 '구조화'가 된다.

청소년기의 뇌에서는 유아기 성장에 버금가는 '제2의 회백질 성장'이 이루어진다. 회백질은 대뇌를 둘러싸고 있는 피질로 판단이나 의사결정 같은 고차원적 사고를 담당하는 뇌의 부위다. 신경 세포체가 많이 모여 있어서 회색으로 보인다. 이들 신경 세포체는 다른 신경세포(뉴런)와 시냅스를 형성한다.

청소년기에 신경 세포체의 밀도가 더 높아지고 신경세포(뉴런)의 수가 늘어난다. 하지만 10대 후반이 되면 회백질이 얇아지기 시작한다. 시냅스의 가지치기가 이루어졌기 때문이다. 시냅스의 가지치기는 신경회로가 더욱 정교하게 그 기능을 하려는 과정이다.

시냅스의 가지치기는 우리의 뇌 구조와 기능을 바꾼다는 의미다. 뇌 과학에서 말하는 신경가소성이다. 신경가소성이란 신경세포(뉴런)와 시냅스가 구조적, 기능적으로 유연하게 바뀐다는 의미다. 다시 말해서 얼마나 노력하느냐에 따라 얼마든지 뇌 발달을 기대할 수 있다.

최근 연구 결과에 따르면 성인에게도 신경가소성이 나타난다고 한다. 다시 말하자면, 언어와 같은 결정적 시기와 관련이 깊지 않다면, 성인이 되어서 혹은 늦은 나이라도 무엇이든 새로 배울 수 있다는 말이다.

교육 사회학적인 관점에서 보면, IQ라는 것은 누가 만들었을까 고민할 수 있다. 우리의 지능을 측정하는 IQ 테스트의 평가 내용은 사실 과거 지배계층이었던 백인에 의해서 만들어졌고, 백인들의 문화가 반영되어 있다. 만일 백인 문화에 대해서 교육을 받지 못한 사람이라면 이 IQ 테스트 결과는 분명 좋지 못할 것이다.

근데 IQ가 적게 나왔다고 그 사람이 멍청한 사람이라고 할 수 있을까? 그리고 학교 교육을 따라가지 못하는 사람을 열등생이라고 규정 지을 수 있을까? 똑똑하고 멍청하다는 기준을 누가 만들었느냐에 따라 평가는 달라질 수 있을 것이다.

우리가 12년 동안 정규 과정으로 배우는 학교 교육도 사실은 역사적인 관점에서 보면 지배 계층이 피지배계층을 억압하기 위해 만든 제도다. 이지성 작가의 《리딩으로 리드하라》에서 일본이 한국을 제국주의의 노예로 만들기 위해 귀족 교육이었던 인문 고전 교육을 폐지하고, 노동 계급을 생산하기 위한 수단으로 프러시아의 학교 교육을 그대로 가져온 것이라 했다.

이런 점에서 피지배계층이 되기 위한 교육 제도에서 잘하냐 못하냐를 가리는 입시제도로 이어지는 모습이 참 아이러니하게 느껴진다. 진정으로 똑똑한 사람은 인문과 고전을 공부하는 사람일 테니까 말이다.

이를 뒷받침하는 근거로 학교 교육에 있어서 문제아이자 열등생으로 낙인찍힌 발명왕 에디슨이 가장 좋은 예가 될 수 있을 것 같다. 에디슨은 초등학교 시절 교사로부터 '너무 머리가 나빠서 가르칠 수 없는 아이'라는 이야기를 듣고 3개월 만에 정규 교육을 그만두게 되었다.

하지만 에디슨이 특별한 천재이자 훌륭한 과학자로 자랄 수 있었던 것은 모두 그의 어머니 낸시의 노력 덕분이었다. 사람마다 배움의 속도가 다르다는 것을 알았기 때문에 낸시는 에디슨이 자신만의 속도로 배울 수 있도록 인내와 긍정의 마음으로 끝까지 포기하지 않고 교육을 했던 것이었다. 이를 통해 배움의 속도보다는 방향이 얼마나 중요한지 알 수 있다.

이와 마찬가지로 시력과 청력을 동시에 잃고 장애를 가졌던 헬렌 켈러의 이야기는 배움의 속도보다 방향이 얼마나 중요한지 보여주는 예가 된다. 헬렌 켈러는 시청각 장애 때문에 보통 사람들보다 배우는 속도가 느렸다. 하지만 헬렌 켈러는 장애에 대한 차별, 성차별, 인종 차별 등 사회적 약자에 대한 차별을 반대하는 신념을 가지고 삶의 방향을 정했기 때문에 배움의 속도와는 상관없이 자신의 길을 꿋꿋하게 개척해 나갈 수 있었다.

덕분에 헬렌 켈러는 하버드 대학교에서 여학생을 위해 개설한 래드클리프에 입학해 시청각 장애인 최초로 학사 학위를 받았다. 그녀로 인해 점차 사람들은 장애인 복지에 관심을 두었고, 여성이 정치에 참여하기 시작했으며, 인종 차별도 점차 사라지게 되었다. 비록 남들과 성장의 속도는 달랐지만, 자신만의 확고한 신념과 방향성을 가졌기에 가능했다. 인권 운동가로서 세상의 차별을 없애고자 노력한 헬렌 켈러의 삶은 그래서 큰 의미가 있다.

미국의 심리학자이자 하버드 대학교 교수인 하워드 가드너는 다중지능이론을 제시했다. 그는 모든 영역에서 우수함을 평가하는 IQ 또는 테스트 같은 획일주의적인 지능에 대한 관점을 비판했다. 대신 인간의 능력이 여러 유형으로 구성된다고 주장한다. 지능은 총 9가지로 언어, 논리 수학, 공간, 운동감각, 음악 리듬, 대인관계, 개인 내적, 자연 관찰, 실존 지능이 있다고 했다.

이렇게 제시한 다중 지능 이론의 의의는 개인마다 우수한 능력이 다르기에 개별화된 교육과정 속에서 학습자의 지능을 평가해야 한다는 의미다. 누가 무엇을 더 빨리 배우냐보다는 어느 분야에서 더 두각을 보이는지 개인차를 고려해야 한다는 말이다.

영화《죽은 시인의 사회》에서도 "그 누구도 아닌 자기 걸음을 걸어라. 나는 독특하다는 것을 믿어라. 누군가 몰려가는 줄에 설 필요는 없다. 자신만의 걸음으로 자기 길을 가거라. 바보 같은 사람들이 무어라 비웃든 간에."라고 말하며 자신에게 맞는 성장 속도를 찾으라고 말한다.

소설가 어니스트 헤밍웨이도 "다른 사람보다 뛰어난 것은 훌륭할 것이 없다. 전적으로 훌륭한 것은 어제의 나보다 더 뛰어난 오늘의 내가 되는 것이다."라고 강조했다. 누구와 비교하는 속도 경쟁이 아닌 결국 자신만의 속도를 가지고 계속 앞으로 나아가고 성장하는 것이 진정으로 훌륭하다는 의미다.

우리가 잘 아는 대나무는 4년간 3cm의 죽순만 자라게 할 뿐이다. 근데 사실은 4년간 땅속에 수백 미터의 뿌리를 내리는 것이다. 그러다 5년째가 되면 6주 만에 30m나 자라 울창한 숲을 만든다. 미국 중동부 지방에 미국에만 사는 매기시카다라는 매미는 17년 동안 땅속에서 유충으로 자란다. 2004년에 성충이 되어 매미 떼가 인디애나에서 버지니아 지역에 6주간 출몰해서 하늘을 뒤덮었으니 이제 2021년에나 다시 볼 수 있을 것이다.

동물이든, 식물이든, 곤충이든 생명체는 각자 종에 따라 성장 속도가 다르다. 대나무나 매기시카다 매미는 다른 종에 비해 성장의 시간이 유독 길다. 완전한 성장을 이룰 때까지 준비 기간이 길다는 의미다. 비록 시간은 남들보다 오래 걸렸지만 분명한 건 자신이 정한 목표를 이뤘다는 점이다. 각자에게 맞는 성장 속도를 따랐기 때문이다.

고속도로에서 보면 조금 더 빨리 가겠다고 칼치기를 하며 위험하게 운전하는 사람이 있다. 근데 가다 보면 다음 휴게소에서 다시 만나거나 빨라야 목적지까지 5~10분 정도 앞설 뿐이다. 목표와 방향만 확실하다면 시간이 얼마가 걸리든 목적지에 도착할 수 있다. 그러니 자신에게 맞는 성장 속도에 맞게 살아가자.

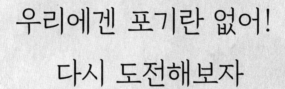

우리에겐 포기란 없어!
다시 도전해보자

때로는 헝그리 정신이 필요해

결핍은 오히려

움직이게 하는 원동력이 된다.

현대 사회에서는 '헝그리 정신'을 강조하면 '꼰대'라는 말을 듣는다. 헝그리 정신은 풍족하게 먹고살 수 있게 된 시대에 어울리지 않는 말처럼 들린다. 근데 내가 말하고 싶은 헝그리 정신은 풍족한데 일부러 굶어가며 무언가를 하라는 말이 아니다. 아무것도 가진 게 없는 그런 상황에 놓이게 되었을 때 가져야 할 자세라 하고 싶다.

내가 호주에 있는 대학원에 유학을 다녀왔다고 하면 많은 사람은 우리 집이 잘 사는지 오해한다. 그런 기대와 오해에 미안하지만 나는 부모님 도움 받지 않고 가난하게 유학 생활을 했다. 우리 집 사정을 생각하면 대학을 졸업하고, 장교로 군을 전역하고 취업하는 게 맞는 상황이었다. 하지만 20대의 끝자락에서 그냥 현실에 순응하며 살기가 싫었다. 대학 진학 후에 많이 노력했지만 그럼에도 여전히 부족한 점들을 채우고 싶었다. 그런 마음으로 어학연수를 계획했다.

처음엔 항상 부족하다고 느꼈던 영어 말하기 실력을 더 높이기 위해 북미권에 있는 국가를 고려했다. 당연히 미국에 가면 좋겠다고 생각했다. 근데 2010년에는 캐나다 밴쿠버에서 동계올림픽이 열릴 예정이라 마음이 바뀌었다. 올림픽이 시작되기 몇 달 전에 미리 가서 영어를 배우며 올림픽 행사장 근처에 일자리를 구하면 괜찮을 거라 생각했다. 그렇게 아름다운 어학연수를 계획하며 행복한 상상의 나래를 펼쳤다.

마침 매번 좋은 성적을 내고 있던 김연아 선수를 직접 볼 수도 있다고 생각하니 가슴이 두근거렸다. 하지만 항상 이상과 현실은 괴리가 있는 법. 어학연수를 준비하면서 가장 먼저 고려해야 할 상황은 그게 아니었다. 우선은 내가 가진 예산을 먼저 확인하는 것이었다. 북미라는 지역을 선택한 이유도 경제적인 사항이 고려된 차선책이었기 때문이다.

사실 나는 2년 4개월 동안 장교로 근무하면서 받았던 월급을 모았다. 첫 월급이 120만 원 정도였고, 전역할 때쯤엔 140만 원 정도였던 것 같다. 어쨌든 태어나서 처음으로 돈을 벌게 되었으니 부모님께 그동안 받은 것에 대해 보답하고 싶었다. 퇴직에 가까워진 부모님께 조금이나마 보탬이 되고자 한 달에 70만 원씩 보내드렸고, 나머지 돈은 어학연수 비용으로 저축했다. 대충 계산하니 전역할 때쯤엔 천만 원 정도가 모였다.

내가 가진 예산은 천만 원, 대략적인 어학연수 기간은 1년 정도로 생각했다. 그때는 보통 최소 이천만 원은 있어야 1년 정도 어학연수가 가능했다. 절반은 모았으니 나머지 돈은 일하면서 채우기로 마음먹었다. 차근차근 어학연수를 준비하고 있는데, 올림픽이 가까워지자 미국과 캐나다 달러 환율이 많이 올랐다. 전혀 예상치 못한 일이었다. 환전하면 내가 가진 천만 원이라는 돈이 그만큼 가치를 하지 못하는 것 같아 아까웠다. 그래서 계획을 급하게 변경했다.

고민하고 있을 때 마침 호주에서 공부하고 있던 친한 친구한테 연락이 와서 대화할 기회가 있었다. 생각지 않게 호주가 새로운 선택지로 물망에 올랐다. 미국과 캐나다에 비하면 호주는 환율이 낮았다. 1달러에 800~900원대였으니 경제적인 부분에서 매우 매력적이었다. 근데 한 가지 마음에 걸리는 게 있었다.

원래는 대학 4년 내내 영국 영어에 매력을 느껴서 영국에 가는 게 소망이었다. 근데 내가 외국으로 나갈 무렵에는 1유로에 거의 2천 원 정도였고, 물가도 비싸서 엄두를 못 냈다. 그래서 차선책으로 북미 지역으로 생각했던 거다. 호주는 머릿속에 전혀 들어 있지 않았다. 그때는 너무 무지해서 호주는 영어 사투리를 쓰는 나라라고 생각했기 때문이다. 한국에 한국어를 배우러 오는데 서울이 아닌 사투리를 쓰는 지방으로 언어를 배우러 가는 느낌이었다. 대학원에서 영어권 국가에 대한 분류에 대해서 배우기 전까지는 그런 편견을 계속 가지고 있었다.

인도 언어학자 Kachuru는 영어를 세 개의 원(Inner, Outer, Expanding Circle)으로 나눠서 구분했다. 가장 안쪽은 영어를 모국어(Mother Tongue)로 쓰는 국가로 미국, 캐나다, 영국, 호주, 뉴질랜드, 남아프리카 공화국 등이다. 두 번째는 영어를 두 번째 언어(ESL: English as Second Language)로 쓰는 국가로 인도, 싱가포르, 나이지리아, 필리핀 등이 해당한다. 마지막 원에는 한국, 일본, 중국, 러시아 등 영어를 외국어(EFL: English as Foreign Language)로 쓰는 국가들이 있다.

결론은 내가 영어 사투리를 쓰는 나라라고 생각했던 호주는 영어를 모국어로 쓰는 국가이기 때문에 그동안 가졌던 편견을 버릴 수 있었다. 나중에 이런 지식을 얻게 되고서는 그렇게 생각했던 내가 부끄러웠다.

갑작스러운 결정이었지만, 최종 목적지는 호주가 되었다. 마침 친구가 머무르는 곳에 함께 있어도 좋다고 해서 안심됐다. 근데 한 가지 더 갑작스러운 일은 친구의 제안이었다. 이왕 공부하기로 했으니 대학원에 지원해보는 게 어떻겠냐는 것이었다. 따져보니 밑져도 손해보는 일이 아니라고 생각했다. 어쩌면 내가 가진 학력에 대한 콤플렉스를 극복하는 길이 될 수도 있을 거라는 생각이 들었다. 이렇게 갑자기 방향을 틀고, 일을 진행하는 건 내 성격과는 조금은 달랐지만, 일이 되려니 그렇게 진행됐다.

대학원 입학에 필요한 서류를 준비했고, IELTS 시험 성적도 필요해서 3개월 동안은 어학 시험 공부만 했다. 영어 말하기 실력 향상이 처음 목적이었는데 조금은 목적이 전도된 느낌이 들었다. 그래도 도전해 볼만 한 일이었다. 더 어려운 학문을 공부하며 영어를 배우면 더 실력이 많이 향상된다는 친구의 설득에 넘어갔다. 막상 대학원에 합격하고 나서는 군대에서 힘들었던 만큼 힘들고 괴로운 유학 생활이 될 줄은 미처 생각지 못했다. 경제적인 부분을 고려해서 호주 유학을 결정했는데, 결국은 경제적인 이유로 가장 힘들었다.

호주는 복지 국가라서 자국민은 학비를 적게 낸다. 반면 외국인들에게는 학비가 엄청 비싸다. 대략 한 학기 학비로 10,000달러 정도가 든다. 내가 준비한 돈은 천만 원이었으니 학비를 내면 나의 예산은 0원이 되는 상황이었다. 설상가상으로 내가 호주로 갔을 때는 환율이 갑자기 1300원으로 치솟았다. 학비를 내야 하는 시점이 되었을 때 환전을 했는데 부족해서 친구에게 빌려서 간신히 10,000달러를 채울 수 있었다. 학비를 내고 내 주머니를 확인해 보니 남은 돈은 달랑 2달러뿐이었다.

우여곡절 끝에 간신히 학비는 냈는데 생활비가 없어서 굶어야 했다. 염치 없었지만 친구에게 일주일 생활비를 더 빌리려고 했다. 근데 친구도 나에게 돈을 빌려줘서 6달러밖에 안 남았다고 했다. 이게 호주에서 겪었던 첫 위기였다. 일주일 동안 둘 다 굶어야 할 판이었다. 위기가 극에 달하자 자존심도 염치도 사라졌다. 그때 아르바이트로 과외를 하고 있었는데 부끄럼을 무릅쓰고 과외비를 미리 받을 수 있을지 물어봤다. 쥐구멍에도 볕 들 날 있다고 과외를 받던 학생이 도와준 덕분에 간신히 생활을 이어갈 수 있었다.

1986년 아시안 게임 3관왕에 오른 임춘애 선수는 라면만 먹고 운동했다는 이야기가 있다. 물론 언론 보도 과정에서 곡해가 있어서 진실은 아니었지만, 그만큼 어려운 상황 속에서도 불굴의 의지로 역경을 이겨낸 헝그리 정신을 보여준 사례다. 실제 헝그리 정신은 가난했던 1970년대로 올라간다. 아무것도 없는 맨몸으로 권투를 시작해서 챔피언이 된 김득구 선수가 그 실제 사례다.

국어사전에도 '빈곤하고 굶주린 상태와 같이 아무것도 가진 것이 없는 듯한 마음으로 무엇이든지 열심히 하는 자세'를 헝그리 정신이라고 한다. 과거의 라면 일화가 진실이 아니었다고 했지만, 가난하고 힘들었던 호주에서의 유학 생활을 버티기 위해서는 나는 라면을 먹으며 생활해야 했다.

과외하고 식당에서 웨이터로 일하면서 한 달에 아르바이트로 버는 돈은 1,000달러 정도였다. 집세로 500달러 정도 내고, 교통비로 250달러를 쓰면 나머지 250달러로 한 달 생활비를 썼다.

1주에 대략 60달러씩이니까 하루에 10달러 정도 사용할 수 있는 돈이었다. 거의 매일 점심은 5달러짜리 도시락을 사서 먹고, 저녁엔 1달러짜리 라면을 끓여서 밥을 말아먹었다. 돈을 최대한 아껴서 주말에는 한 번이라도 고기를 먹으려 노력했다. 과일을 먹거나 디저트를 먹는 건 사치였다. 물론 그 와중에 돈을 아끼고 모아서 시험이 끝난 다음 날에는 대학원 친구들과 만나서 맛있는 음식을 먹기도 했다.

그렇게 1년 넘게 생활을 하니 살이 쪘다. 눈 아래 근육이 심하게 떨렸다. 나중에 한국에 돌아와서 진료를 받아보니 '영양 불균형'이라고 했다. 눈이 떨리는 이유는 과일과 같은 비타민이나 칼륨 섭취가 부족해서 오는 영양 불균형 증상이라고 했다. 호주에 처음 갔을 때 69킬로그램이었는데 한국에 오니 10킬로그램이 늘어 79킬로그램이었다. 근데 영양 불균형이라니 참으로 아이러니했다.

반면 옆방에 같이 지내던 유학생은 부모님이 학비, 생활비를 모두 지원했다. 그 친구는 아르바이트는커녕 매일 컴퓨터 게임하고, 애니메이션 보고, 연애하며 하루하루 매우 여유롭게 지냈다. 불행의 씨앗은 비교에서 온다고 했다. 나와는 많이 다른 상황에 놓인 사람을 지켜보며 왜 부모님이 경제적으로 나를 도와줄 수 없는지 원망했다.

한 번은 학기 중에 할아버지께서 돌아가셨을 때도 비행기 표가격이 비싸고, 돈이 부족해서 장례식에 갈 수 없었다. 그때는 정말 돈이 없는 게 서럽다 못해 원망스럽고 괴로웠다. 또 한 번은 과외하는 학생에게 돈을 떼여 받지 못한 적도 있었다. 생각해보니 돈 때문에 힘든 일이 한두 개가 아니었다.

그때는 매일 이를 악물고 다짐했다. 비록 지금은 돈이 없어서 악착같이 아르바이트하며 생활비를 벌어야 하지만, 이 힘든 상황을 버티겠노라고. 반드시 끝까지 포기하지 않고 해내겠노라고. 매일 울면서 다짐했다. 과외 아르바이트는 시간당 버는 돈은 많았는데, 불규칙적으로 버는 수입이라 항상 불안했다. 어쩔 수 없이 식당에서 웨이터로 일도 시작했다. 이 일은 수입은 나름 고정적이었지만, 군대에서 다친 왼쪽 무릎이 아팠다. 보호대까지 차면서 버텼지만, 통증이 심해서 어쩔 수 없이 그만둬야 했다.

처음 호주에 넘어가서 대학원에 입학하기 전까지 유학생 문화를 잘 몰라서 친구에게 신세를 지고 있었다. 친구가 머무는 집에 머물러도 좋다고 해서 나는 1년 정도 신세를 질 생각이었다. 방세를 매주 내야 한다는 사실을 알기 전까지 말이다. 두 달 정도 친구가 아무 말이 없다가 많이 힘들었는지 이야기를 꺼냈다.

사실은 자기가 방세를 내고 있는데, 이제는 부담이 된다는 말이었다. 그 순간 '아차' 싶었다. 꼭 친구에게 부담을 주려는 건 아니었지만, 학비를 내고 나서 생활비가 없어서 쩔쩔매고 있던 터라 친구의 고충까지는 생각할 겨를이 없었다. 정말 미안했다. 그

동안 친구에게 진 빚을 갚기 위해 무릎이 아파도 참아가며 빚을 다 갚을 때까지 식당에서 일했다.

나중에 친구와 오해를 풀고 들은 이야기지만, 내가 빈대 같았다고 했다. 한 번은 지인이 하루 거실에서 머물러도 되겠냐고 해서 머물게 한 적이 있었다. 친구는 나를 보며 '빈대가 빈대를 데려왔네.'라고 생각했다고 고백했다.

웃으면서 이야기했지만, 마음속으로는 슬펐다. 친한 친구에게 오해받고, 몇 달 동안 빈대 처지까지 되었던 내 자신이 처량하게 느껴졌다. 물론 이 친구는 내가 호주에서 공부할 수 있게 많이 도와준 은인 같은 존재다. 그런 사이인데 내가 친구에게는 빈대 같은 사람이었고 경제적으로도 심적으로도 부담을 줬다는 사실에 괴로웠다.

호주에서의 유학 생활을 통해 뱁새가 황새 따라가다 가랑이가 찢어진다는 말이 생각났다. 외국에서 유학할 여건이 안 되는데 억지로 하려니 더 힘들었다. 근데 나의 도전에 대한 후회는 없다. 많이 힘들었지만 얻은 것도 많기 때문이다. 무엇보다 어딜 가도 굶어 죽지 않을 수 있겠다는 자신감이 생겼다. 그리고 힘들 때 누군가 도와줄 사람이 있다는 사실에 감사했다. 마지막으로 인생은 스스로 책임져야 한다는 것을 깨달았다. 많이 힘들고 지치고 괴로웠지만, 그만큼 단단해지고 강해졌다.

할리우드 콘셉트 디자이너 스티브 정은 "결핍이 나를 열정적으로 일하게 만들었다. 너무 가난해 제약이 너무 많았고, 기회가 충분히 채워지지 않았다. 그러다 보니 내 몸에서 '해보고 싶다', '이루고 싶다'라는 간절함이 넘쳐났다. 결핍이야말로 성장을 가져다주는 가장 센 동력이다."라고 했다. 그만큼 결핍은 오히려 성장의 원동력이 된다는 말이다.

호주에서의 가난이라는 결핍은 나에게 더 열심히 공부하고 더 성실하게 살아갈 이유를 만들었다. 아주 가끔은 더 완벽히 준비하고 유학을 했으면 얼마나 좋았을까 하고 후회할 때도 있다. 그래도 그때가 내가 할 수 있는 선에서는 최선이었다고 믿는다. 영화 《넘버 3》에서 배우 송강호의 대사가 기억난다. "잠자는 개한테는 결코 햇빛은 비치지 않는다."는 말처럼 헝그리 정신으로 버틴 호주에서의 유학 생활은 큰 의미가 있었다.

조관일 작가가 쓴 《헝그리 정신》이라는 책에는 '고통 총량 균등의 법칙'이 나온다. 이는 신이 인간에게는 같은 양의 고통을 준다는 말이다. 힘들 때가 있으면 행복한 때가 다가온다는 말이기도 하다. 힘들었지만 한국에 돌아온 후에는 희망이 기다리고 있다고 믿었다.

나의 호주 유학 도전기를 해피엔딩으로 끝내보면 어떨까 싶어 한 마디 더해본다. 가진 게 없으면 내가 할 수 있는 전부에 모든 것을 걸게 되어 있다. 만화 《슬램덩크》 주인공 강백호도 아무런 희망이 없었지만, 농구라는 희망에 인생 전부를 걸었다. 나도 호주에서 할 수 있는 건 대학원에서 열심히 공부하는 것이었다. 매일 학교에 가서 수업 듣고, 방과 후에는 일하고, 집에 돌아오면 다시 책을 들었다.

또한 언어의 한계와 장벽을 넘고자 더 많은 글을 읽고, 새로운 아이디어를 제시하려고 노력했다. 과정에 충실한 도전은 좋은 결과로도 이어졌다. 비록 가난했지만 대학원을 무사히 졸업했을 뿐만 아니라 상위 우수 졸업생에게만 부여하는 우등 졸업생(Golden Key Member) 자격을 받았다. 그러니 적어도 나는 호주에서의 역경을 헝그리 정신으로 이겨냈으며 마침내 승리했다고 말하고 싶다. 이처럼 우리의 삶에 때로는 헝그리 정신이 필요하다.

노력과 끈기는 성공을 키우는 씨앗

우리가 만든 점이 모여 선이 되고 모양을 이룬다.

헛된 경험이란 없다.

미국 펜실베이니아대학교의 심리학과 교수인 앤절라 더크워스는 《그릿》이라는 책을 통해 "성공은 타고난 재능보다 열정과 끈기에 달려 있다."라고 했다. 지능이 아무리 우수해도 중간에 포기하면 아무런 소용이 없다는 말이다. 영국의 철학자인 허버트 스펜서가 《Principles of Biology》에서 처음으로 사용한 적자생존(適者生存)이라는 말도 결국 '살아남는 자가 강하다'는 뜻이다. 다시 말해, 목표를 이루기 위해 끝까지 포기하지 않는 자세가 중요하다는 말이다.

우리는 새로운 도전을 할 때마다 위기를 맞는다. 대부분은 목표를 이루기 위한 임계점을 넘지 못하고 포기한다. 사람마다 능력이 다르기에 목표에 도달하는 시간은 다를 수밖에 없다. 근데 그 사실을 알지 못한다. 게다가 실패는 성공의 과정일 뿐인데

기다리지 못하는 경우가 많다. 우리는 성공의 조건이 지속적인 노력과 포기하지 않는 끈기라는 진리를 알면서도 실천하지 않는다. '백문불여일견(百聞不如一見)'이라고 실천하지 않으면 무슨 소용이 있을까.

전구를 발명하면서 2천 번의 실패를 경험한 에디슨은 자신의 실패를 인정하지 않았다. 대신 2천 번의 단계를 통해 전구를 발명했다고 말했다. 마이크로소프트의 빌 게이츠도 성공이 오히려 형편없는 선생님이고, 똑똑한 사람들에게 절대 실패하지 않을 것이란 착각을 하게 만든다고 했다. 테슬라의 일론 머스크도 실패가 없다면 충분히 혁신적인 것이 아니라고 했다.

이처럼 우리가 살아가는 시대에 많은 혁명을 일으킨 유명한 사람들도 실패는 하나의 과정이라고 생각했다. 그들도 결과를 이루기 위해서는 포기하지 않는 힘이 필요하다고 말한 것이다.

유명한 사람들 이야기를 들으면 우리는 현실성이 부족하다고 느낀다. 그들의 재능과 엄청난 노력을 따라가기에는 무리라고 생각한다. 그래서 좀 더 현실적인 사례를 공유하고 싶다. 주변에서도 자신의 꿈을 이루기 위해 포기하지 않고 끝까지 노력하며 끈기를 보여준 사람들을 볼 수 있다.

물론 나를 포함해서 말이다. 나도 비정규직에서 정규직 교사가 되기까지 4년 동안 도전을 멈추지 않았다. 임용고시, 사립학교 시험 등 가리지 않고 정규직 자리가 나는 곳이 있을 때마다 수없이 지원했고, 수없이 떨어졌다. 근데 포기할 수 없었다.

나는 호주에 유학 가서 빌렸던 학비를 갚느라 공부에만 매진할 수 없었다. 노량진에서 몇 년씩 공부만 해도 시험에 붙기 어렵다는데 일하면서 하려니 더욱 상황은 어려웠다. 그렇게 계약직 교사로 계속 근무하며 일과 후에는 도서관에서 계속 시험을 준비했다. 임용고시를 위한 공부량이 아무래도 부족해서인지 매년 합격하지 못했다. 사립학교 시험도 만만치 않았다. 심지어 정규직이 아니라 계약직 자리도 뚫고 들어가기가 어려웠다. 특히 처음에 경력이 적을 때는 더욱 그랬다.

누군가는 계속 실패를 겪으며 남는 것이 없다고 생각한다. 근데 나는 생각이 다르다. 2005년 스탠퍼드 대학 졸업식에서 했던 스티브 잡스의 연설 중 'Connecting the dots'에서 힌트를 얻었기 때문이다. 우리 인생은 점과 점이 연결된다. 고로 인생에 쓸모없는 우연은 없다는 말이다. 동그라미를 그리고, 세모를 그리고, 네모를 그리기 위해서는 선이 필요하다. 선은 점이 모여서 만들어진다. 즉, 우리가 무언가를 그리기 위해서 찍은 점은 모두 의미가 있는 것이다.

사립학교에 지원하고 1차 서류평가에서 수없이 떨어지면서 내 이력이 부족함을 알았다. 그래서 그 부족함을 채우기 위해 더 노력했다. 이력서를 쓸 때마다 느낀 점은 나는 명문대를 졸업하지도 않았고, 교직 경력도 많지 않다는 것이었다. 하지만 이미 지나온 과거를 바꿀 수는 없었다. 다만 내가 할 수 있는 건 현재 할 수 있는 일에 후회 없이 최선을 다하며 경력을 차근차근 쌓아가는 것이었다.

대략 3년 차 교사가 되었을 때도 여전히 계약직 교사였지만, 나는 그동안 꿈꾸던 일을 실천하고 싶었다. 경제적이든 아니든 어떠한 어려움을 겪고 있는 학생들을 돕고 싶었다. 그때 근무하던 학교에서는 2년 계약 후에는 다른 학교로 무조건 옮겨야 했다. 그래서 학생들과 할 수 있는 마지막 시간이 될 것 같아서 후회 없는 시간을 보내고 싶었다. 매일 점심시간에는 학생들이 어휘를 익히고 문법을 배울 수 있도록 기초 영어 스터디를 진행했다. 방과 후에는 야간에 남아서 무료로 영어 독해 수업을 진행했다. 게다가 학생들 수준에 맞는 다양한 교재를 개발하는 등 학생들에게 도움이 될 만한 일을 최대한 하려고 노력했다.

임용고시 시험을 준비할 시간은 줄었지만, 학생들에게 도움을 주며 큰 보람을 느꼈다. 사실 어떤 대가를 바라고 한 것은 아니었지만, 나중에 이때의 경험이 큰 자산으로 남았다. 교육청에서 '방과 후 대상'이라는 프로그램 공모전을 하길래 내가 했던 활동을 정리하는 차원에서 자료를 만들어서 제출했다. 근데 최종 표창 대상자로 선정되어 두 명의 심사관이 현장 실사를 나왔다. 면접 심사를 하며 평가를 하는데 내가 한 활동에 대해서 입에 침이 마르도록 칭찬을 해주셨다. 그런 칭찬을 바라고 한 활동은 아니었

지만 뿌듯했고, 내가 진심으로 한 활동이 의미가 있다는 걸 느낄
수 있었다.

근데 심사관의 마지막 질문에서 나는 말문이 막혔다. 학교에
임용된 지 얼마나 되었냐는 질문이었다. 거짓말이라는 걸 할 줄
모르는 나로서는 솔직하게 아직 계약직으로 일하는 교사라고 밝
혔다. 그 순간 두 명의 심사관 표정은 굳었고, 말없이 급히 심사
를 끝냈다. 물론 그 후 표창 관련된 소식은 들을 수 없었다. 표창
을 받지 못한 건 크게 아쉽지 않았다. 다만 내가 아직 계약직이
라는 신분에 대한 냉담한 반응이 조금 아쉬웠다. 한 마디로 씁쓸
했다.

정규직 교사든, 계약직 교사든 같은 교사라고 생각한다. 오히
려 정규직인데 학생을 위한 교사가 아닌 다른 사리사욕을 추구
하는 교사라면 계약직 교사보다도 부족하다고 생각한다. 근데
사회라는 곳이 그렇다. 정규직과 비정규직에 따라서 반응이 다
르다. 처우도 처우지만 교사로서 전문성을 기르고, 학생들을 위
한 더 나은 교사가 되려고 할 때 자격 제한에 걸릴 때가 많다. 지
금은 계약직 교사도 정교사 1급 자격을 얻을 수 있지만, 그때는
정규직 교사가 아니면 불가능했다.

사실 나는 두 가지 이유로 계속 정규직 교사가 되기 위해 노력
했다. 첫째는 교사로서 자격에 대한 제한을 받고 싶지 않았다. 둘
째는 매년 겨울이면 어딘가에 소속되기 위해서 많은 에너지를

쏟아야 했기 때문이다. 그리고 항상 불안한 상태에 있는 것이 불편했다. 물론 그 과정을 통해 배우는 것도 있지만 항상 '불안'의 상태가 지속되어 나도 언젠간 지칠지도 모를 일이었다. 이 두 가지 이유만 아니면 그냥 계약직 교사로서도 괜찮다고 생각했다. 나는 학생들에게 도움을 주는 교사가 되는 것이 목표였기 때문이다.

그렇게 정규직 교사를 준비하는 과정에서 우리가 지나쳐온 과정이 모두 쓸모가 있다는 걸 다시 한 번 느꼈다. 필기시험을 볼 때 나는 유독 논술 시험에 강했다. 영어로 쓰든 우리말로 쓰든 호주에서 매일 책을 읽고 자료를 조사하며 근거를 바탕으로 내 생각을 쓰는 연습을 많이 했기 때문이다. 그때 만들었던 점들이 모여서인지 사립학교 논술 시험을 볼 때마다 합격 통지를 받았다. 수업 시연은 매일 수업을 했기에 부담이 덜 했다. 면접의 경우에도 학생들을 위해 했던 다양한 활동에 대해서 질문을 받으며 좋게 평가받을 수 있었다.

그런 노력 끝에 7전 8기까지는 아니었지만 4년 만에 정규직 교사가 될 수 있었다. 만일 내가 단순히 임용 시험을 더 중요시하고 교사로서의 생활에 충실하지 않았다면 이런 결과를 얻을 수 있었을까? 그렇지 않다고 생각한다. 필기시험에는 통과할 수 있었더라도 수업 시연이나 면접과 같은 실기 시험에서는 또 어떻게 됐을지는 아무도 모른다. 다만 내가 교사가 되기 위해 노력하고,

포기하지 않는 끈기의 자세를 가졌기에 수많은 점이 모여 '교사'라는 모양을 그릴 수 있었던 것이라 믿는다.

그 모양을 그리는 타이밍이 있다는 생각이 든다. 아무리 우리가 노력을 많이 하거나, 실력이 뛰어나더라도 운이 따르지 않으면 잘 안 될 수도 있다는 말이다. 근데 거꾸로 생각해보면 운이 따르는 시기도 있다. 하지만 꾸준히 준비하지 않으면 다가오는 기회를 놓칠 수도 있다. 그 기회가 언제 올지 모르기에 우리는 계속 목표를 향해 꾸준히 노력하고 끈기 있게 기다릴 줄 알아야 한다.

1993년 본격적으로 글쓰기를 시작한 후에도 10년간 출판사들로부터 퇴짜만 맞았던 작가가 있다. 첫 출세작인《여자라면 힐러리처럼》이 나오기 전까지 14년 7개월간 무명으로 보냈던 긴 세월은 혹독했다. 그 주인공은 바로《꿈꾸는 다락방》,《리딩으로 리드하라》등의 베스트셀러 작품을 남긴 이지성 작가다. 그는 '내가 꿈을 배반하지 않으면 꿈도 나를 배반하지 않는다'는 믿음으로 작가의 꿈을 포기하지 않고 끝까지 책을 읽고 글을 쓰며 버텼다고 했다.

연극과 뮤지컬 무대를 전전하며 21년 무명생활을 겪은 배우도 있다. 데뷔 13년 만인 2003년에《바람난 가족》에 출연하며 자신의 얼굴을 알리기 시작했고, 2005년 영화《너는 내 운명》으로 청룡영화제 남우주연상을 받았다. 현재는 다양한 작품을 통해 성공

신화를 이어가고 있는 충무로의 흥행 보증 수표로 통하는 배우 황정민의 이야기다.

그밖에도 자신의 꿈을 포기하지 않고 항상 그 자리에서 꾸준히 노력하고 꿈을 향해 끈기 있게 버티는 사람들이 많다. 그들은 결국 포기하지 않았기 때문에 꿈을 이룰 수 있었다.

굳이 유명한 사람이 아니더라도 주변에서 끝까지 포기하지 않고 노력하는 사람들은 꼭 자신의 목표를 이루는 모습을 보였다. 요새 말로 '존버(끝까지 버티기)'하면 우리는 꿈을 이룰 수 있다. 하루에 밥 먹는 시간, 자는 시간 빼고는 종일 책상에 앉아서 공부했던 한 친구는 4수 만에 경찰공무원에 합격했다. 지인 중에는 항공 승무원이 되기 위해 수년간 노력해서 꿈을 이루기도 했다. 그 지인의 남자 친구가 "네가 승무원이 될 거라고?"라며 비웃었을 때도 참아가며 끝까지 꿈을 이루고자 노력했기에 가능한 일이었다.

마지막으로 소개하고 싶은 사람이 한 명 더 있다. 어릴 때부터 나에게 많은 영향을 준 멘토이다. 그는 어릴 때부터 시를 쓰며 문학 작품에 관심이 많았고, 아이들과 꿈을 나누는 국어교사가 되려고 했다. 대학입시 때는 국어교육과에 들어가고 싶었지만, 점수에 맞춰서 학교에 지원하다 보니 그럴 수 없었다. 대신 국어국문과를 복수전공으로 하고 교육대학원에 가서 교사 자격을 얻었다. 졸업 후에는 계속 임용고시에 도전했는데 항상 점수가 조금씩 모자랐다. 내가 보기엔 실력도 갖추었고, 교사로서의 인성과 자질도 충분한 멋진 사람이었다. 그런데 그렇게도 운이 따르지 않는 것 같았다.

계속 공부만 하던 그는 생계가 걸리자 계약직 교사로 근무하고, 진로교육원에서 교직원으로 근무하기도 했다. 하지만 교사가 되겠다는 그의 열정은 그 무엇도 막을 수 없었다. 일하면서 공부하느라 힘들었지만, 주어진 상황 속에서 최선을 다하며 계속 도전했다. 실제 임용이 되던 해에는 근무하던 곳에서 야근이 많아서 시험공부를 많이 할 수 없었다. '하늘은 스스로 돕는 자를 돕는다'고 자신의 위치에서 최선을 다했던 그해에 그는 드디어 임용됐다. 매번 아까운 점수 차이로 아홉 번이나 불합격의 고배를 마셨지만, 결국 '열 번 찍어서 안 넘어가는 나무가 없다'라는 말을 현실로 만든 것이다.

그는 사실 내가 많이 사랑하는 친척 형이다. 친형이 없지만, 친형 같은 존재다. 그의 도전이 얼마나 안타까웠으면 고모인 우리 어머니께서는 내가 교사로 임용되었을 때 기뻐하면서도 동시에 그 형을 걱정하는 말을 하셨다. 심지어 형이 교사로 임용되었을 때는 펑펑 울면서 더 많이 기뻐하실 정도였다.

근데 전혀 서운하지 않았다. 나도 어릴 때부터 우상처럼 생각해오던 멘토인 형이 너무 안 풀려도 계속 안 풀려서 항상 가슴 한켠에 미안한 마음이 들었기 때문이다. 나도 어머니 마음과 같다. 형의 임용 소식에 가슴이 부풀어 오를 정도로 진한 울림이 있었다. 많이 힘들었을 텐데 끝까지 포기하지 않는 그의 모습 때문이었다.

2년 전 나는 처음으로 작가를 꿈꿨다. 실제 책 한 권 분량의 글을 썼다. 근데 책도 거의 안 읽던 사람이 쓴 글이라 책으로 내기에는 무리가 있었다. 그래도 작가라는 꿈을 포기하지 않았다. 책을 읽기 시작했고, 형식에 맞게 글을 쓰기 시작했다. 독서와 책 쓰기 관련 책을 읽으며 작가의 꿈을 계속 키웠다.

중국 송나라 정치가 겸 문인 구양수(歐陽脩)는 글쓰기의 핵심은 삼다(三多), 즉 다독(多讀), 다작(多作), 다상량(多商量)에서 나온다고 했다. 이는 책을 읽으며 알게 되었고 실천하고자 했다. 그래서 꾸준히 책을 읽고, 글을 쓰다 보니 브런치라는 플랫폼을 통해 '브런치 작가'가 될 수 있었다. 지금은 이 책의 80%에 해당하는 글을 쓰고 있으니 책으로 나온다면 작가의 꿈은 이루어질 것이다. 이렇듯 꿈을 포기하지 않고 부족한 점을 채우려 노력하고, 끈기를 가지고 끝까지 나아간다면 결국 이루지 못할 게 무엇이 있을까. 그러니 여러분도 기회가 올 때까지 준비하고 버티며 기다려보길 바란다.

책 100권 읽기 프로젝트 도전하기

책을 거의 읽지도 않던 사람이 갑자기 책을 쓰겠다고 했다. 자신이 살아온 이야기를 글로 남기면서 재미를 느꼈다. 어쩌다 보니 정말 책 한 권 분량을 채웠다. 주변 사람들에게 글을 보여주며 책을 내겠다고 했다. 근데 돌아오는 답변에 충격을 받았다. 이런 형식의 책은 못 봤다는 것이었다. 책을 쓸 때 참고했던 책이 있었다. 이지성, 정회일 작가가 쓴 《독서 천재가 된 홍대리》의 형식을 빌렸다. 근데 주변에서 출간을 만류하니 이유를 찾을 수밖에 없었다.

영국의 전기 작가인 제임스 보즈웰은 "인간은 한 권의 책을 쓰기 위해 도서관을 절반 이상 뒤진다."라고 했다. 근데 1년에 책 한 권 읽을지 말지 했던 사람이 갑자기 책을 쓰려고 했으니 당연히 글이 엉망일 수밖에. 책을 쓰는 일은 생산이다. 생산은 투입

(input)의 결과인 출력(output)이다. 무언가 넣어야 나온다는 말이다. 나중에 알게 된 사실이지만, 책을 쓸 때는 다른 책을 많이 인용한다. 책이 또 다른 책을 낳는다는 말이다. 그래서 책을 읽기 시작했다. 글을 쓰기 위해서, 그리고 작가가 되기 위해서.

사람마다 책을 읽는 이유가 다르다. 어떤 이는 지식을 얻기 위해서, 어떤 이는 작가의 이야기에 공감하며 치유하기 위해서, 어떤 이는 재미를 위해서 이처럼 제각각 다른 이유가 있다. 하지만 공통점이 있다. 책을 읽으며 독자는 자신만의 생각을 완성한다.

어느 정도 독서 임계점을 넘어선 사람들의 경우에는 생각의 폭이 일반인과는 다르다. 그들은 책을 통해 세상의 지식도 얻었고, 자아 성찰의 시간도 보냈기 때문이다. 나의 독서 100권 프로젝트의 시작은 표면적이었으나 막상 실천하면서 내면이 더욱 단단해지는 것을 느꼈다.

실례로 《딱 1년만 미치도록 읽어라》의 저자인 이주현 작가도 학창 시절 낮은 자존감을 극복하기 위해 독서를 시작했다. 그는 안 좋은 일을 겪고 부정적인 생각이 많았는데, 독서를 통해 치유, 회복, 성장의 시간을 보낼 수 있었다고 했다. 《1천 권 독서법》을 쓴 전안나 작가는 책을 읽으며 정신적으로 나약해졌던 자신을 되돌아봤다. 이를 통해 자신의 엉클어진 감정 기복을 바로잡으면서 틀어졌던 인간관계도 회복했다.

지금 소개한 두 인물은 최근에 읽은 책에 나온 주인공이라서 자세히 설명했지만, 실제 독서광이면서 성공한 사람들도 이와 비슷한 경험을 했다.

1년간 100권 책 읽기 프로젝트를 시작하면서 무슨 책부터 읽어야 할지 고민이 많았다. 그래서 멘토로부터 조언을 구했다. 그렇게 처음에는 책을 추천받았다. 정말 운이 좋게도 초반에 읽었던 책 중에 유근용 작가가 쓴 《일독일행 독서법》이 있어서 실천하는 독서를 할 수 있었다. 독서 관련 책을 쓴 작가들이 강조하는 공통적인 내용은 책을 읽고 꼭 하나라도 자신의 상황에 맞게 실천하라는 것이었다.

기억에 남는 내용을 정리해보면, 책 한 권을 읽고 1% 변화를 가질 수 있다면 10권을 읽으면 10% 변화를 이룰 수 있다는 것이었다. 이와 비슷하게 만일 하루에 한 권의 책을 읽고 1%를 변화시킬 수 있다면 1년 동안에는 38배 변화할 수 있다는 이야기도 공통적이었다.

결론은 100권 1000권을 읽어도 아무런 실천을 하지 않는다면 책을 읽지 않은 것이라는 의미다. 다행히도 이 사실을 깨닫고 책 한 권씩 읽을 때마다 나의 상황에 적용하여 실천하려고 노력할 수 있었다.

영국의 동화작가인 루머 고든은 "독서를 배우면 다시 태어나게 된다."라고 했다. 만일 실천하는 독서를 한다면 이 말은 진실이 된다. 내가 100권을 읽으며 주로 읽었던 책은 자기 계발, 재테

크(부자마인드), 심리학, 독서법, 글쓰기, 뇌과학, 영어학습법 등
이었다. 특히 책을 쓰고자 하는 마음이 있었기 때문에 독서법과
글쓰기 관련 책은 여러 권을 읽었다. 독서법 관련 책에서 다들 하
는 이야기도 같은 분야의 책을 최소한 3권 이상 혹은 10권까지도
읽을 필요가 있다고 강조했다.

　같은 분야의 책을 읽다 보면 교집합되는 부분이 계속 반복되
어 나온다. 그렇게 여러 권의 책을 반복하면서 남이 쓴 생각이 내
생각으로 정리되는 순간이 온다. 한 사람의 시선만 따라가면 우
리가 볼 수 없는 부분을 놓치게 되지만, 여러 사람의 다른 관점
을 비교해서 읽으면 나만의 시각을 만들어 갈 수 있다. 100권 읽
기를 성공한 후에는 실제 독서법과 관련된 책을 10권 더 읽었는
데 교집합도 많았지만, 여집합 부분도 많았다. 그렇게 생각해보
면 책과 책은 연결되어 있으면서도 서로 독립적이다.

　그 이유는 책 한 권에는 작가마다 다른 인생이 스며 있기 때문
이다. 책은 단순한 글이 아니라 작가의 생각이다. 책은 작가가 살
아오면서 배우고, 경험하고, 느낀 점을 독자들에게 전달하는 하
나의 수단이다. 그래서 프랑스 철학자 르네 데카르트도 "좋은 책
을 읽는 것은 과거의 가장 훌륭한 사람들과 대화하는 것이다."라
고 한 것이다. 미국 시인 헨리 데이비드 소로도 "한 권의 책을 읽
음으로써 자신의 삶에서 새 시대를 본 사람이 너무나 많다."라고
했다. 그만큼 책 한 권이 지닌 가치는 크다는 말이다.

이왕이면 내 인생에 영향을 주는 책을 고를 때 신중하게 하고 싶었다. 그래서 처음엔 멘토에게 조언을 구한 거였다. 근데 재미있는 건 책 안에는 또 다른 책이 있다는 사실이다. 작가는 자기 생각을 뒷받침할 책이나 문구를 책에 자주 인용한다. 그래서 책을 읽다 보면 자연스레 읽고 싶은 책이 생긴다. 꼬리에 꼬리를 무는 독서법은 꽤 유용하다.

무엇보다 책을 읽으려면 동기가 필요한데, 내가 읽고 싶은 책을 찾게 되었으니 이것보다 더 좋은 건 없지 않을까? 어떨 때는 한 권의 책 안에 읽고 싶은 책이 많이 소개되어 다음 책은 무엇으로 결정해야 하나 행복하게 고민한 적도 있었다.

문제는 독서할 시간을 확보하는 것이다. 처음 목표는 1주일에 2권의 책을 읽어서 52주로 이뤄진 1년 동안 100권의 책을 읽는 거였다. 근데 고3 담임교사로 매일 야근을 할 정도로 바쁜 시즌이 있었다. 이어서 둘째 아이가 태어나서 독서는커녕 개인적으로 무언가를 할 상황이 안 됐다. 아내가 출산한 병원 입원실에서 제자들 추천서를 새벽 1시까지 쓰고 있을 정도였으니 말이다.

게다가 아내가 조리원에 있는 동안 첫째 아이를 어린이집에 등원시키고, 집안일하고, 잠시 출근도 하고, 저녁에 씻기고 재우는 일까지 하다 보니 녹초가 되었다. 아이를 재우고 나서 책을 읽을 수도 있었겠지만, 도저히 체력이 따라갈 수 없는 일정이었다.

100권 읽기 프로젝트를 시작하고 그때까지 대략 50권 넘는 책을 읽었는데, 그런 이유로 잠시 프로젝트를 멈춰야 했다. 둘째 아이가 100일이 지나서야 조금 숨통이 틔었다. 아이를 낳아서 키워본 사람이면 다 알겠지만, 신생아는 2~3시간마다 배고파서 깨기 때문에 부모도 잠을 거의 제대로 못 잔다. 그래서 어쩔 수 없이 해를 넘겨 프로젝트를 이어갔다. 둘째가 통잠을 자면서 다시 정상인처럼 생활하게 되었다. 자연스럽게 2년간 100권 읽기 프로젝트로 목표를 수정했다. 그랬더니 부담이 좀 줄었고, 편한 마음으로 다시 독서를 할 수 있었다.

사실 둘째 육아로 심신이 많이 피폐해졌고, 게다가 코로나 블루(우울증)까지 찾아와서 심각한 상황에 놓였다. 아내는 첫째가 태어났을 때 산후우울증이 왔었다. 그땐 10층에 살고 있었는데 그냥 베란다에서 뛰어내려도 1층처럼 느껴질 것 같다고 했던 말이 기억났다. 지금은 23층에 살고 있다. 근데 새벽에 울다가 깬 둘째를 안아서 재우다가 창밖을 내다봤다. 아내의 말이 기억난 건지 모르겠지만 1층에 그냥 뛰어내려도 괜찮을 것 같았다. 다행히도 금방 정신을 차렸지만 정신적으로 많이 약해졌다는 걸 알 수 있었다.

미국의 작가인 벨 훅스는 "나는 삶을 변화시키는 아이디어를 항상 책에서 얻었다."라고 했다. 미국의 대통령 링컨도 "내가 알고 싶은 것은 모두 책에 있다."라고 말했다. 문득 이런 말들이 생각나서 내가 처한 상황과 아픈 내 마음을 고치고 싶어서 책을 다시 찾았다.

자존감 전문가이자 정신과 의사인 윤홍균 원장이 쓴 《자존감 수업》이라는 책을 통해 내가 누군지 왜 사는지 그런 고민을 많이 했다. 육아로 인해 내 삶이 없다 보니 내가 누군지도 모르겠고, 방황의 시간을 보냈기 때문이다.

다행히도 자존감을 회복하고, 자아정체성을 찾기 위해 읽었던 여러 책 덕분에 다시 독서에 가속도를 붙일 수 있었다. 일주일에 1권을 목표로 했더니 목표를 이루는 게 수월해졌다. 실천하는 독서 습관이 잡혀가며 독서의 힘이 점점 커졌다. 이것은 우리가 잘 알고 있는 뉴턴의 가속도의 법칙이 작용했던 거다. 가속도는 힘의 크기에 비례하고, 질량에 반비례한다.

이 가속도의 법칙에 적용해보자면, 읽어야 할 책의 수(질량)는 감소하고, 점점 독서량(힘)은 증가하니 가속도가 붙을 수밖에 없었다. 단거리 육상 선수가 출발 후 달리는 방향으로 힘을 작용하여 가속도를 점차 증가시켜 중간 질주 시 최고속도를 낼 수 있다고 한다. 이 원리처럼 나의 독서 속도도 최고치에 도달했다.

게다가 80권 정도 읽게 되자 책을 쓸 수 있을 것 같은 자신감이 생겼다. 그때부터 매주 1권의 책을 읽고, 1개의 꼭지 글을 쓰는 프로젝트를 시작했다. 내가 정한 주제별로 필요한 분야의 책을 찾아 읽으면서 100권 읽기 프로젝트에 가속도가 붙기 시작했다. 그리고 책을 읽고 글을 쓰니까 확실히 글을 쓰는 게 편해졌다. 좋은 글이 되기 위한 삼다(三多)의 조건을 채우고 있었다. 책의 꼭지 절반인 20개를 완성하면서 동시에 책 100권 읽기 프로젝트를 달성했다. 10월 말이었으니 22개월 만에 100권을 달성한 것이다.

신기한 건 100권 달성 후 독서와 글쓰기에 가속도가 더 붙었다. 일주일에 2~3권의 책을 읽고 2~3편의 꼭지를 썼다. 뉴턴이 발견한 제1운동 법칙인 '관성의 법칙'과 제2운동 법칙인 '가속도의 법칙'이 동시에 연결되는 경험을 했다. 책을 완성했던 마지막 한 달 동안에는 10권의 책을 읽고, 10개의 꼭지를 완성했다. 그리고 2년 동안 120권 정도 책을 읽었다. 책을 읽은 숫자보다 중요한 건 독서를 통해 좋은 방향으로 내가 변화하고 있다는 걸 느꼈다는 것이다.

영국 작가인 새뮤얼 스마일즈는 "그 사람의 인격은 그가 읽은 책으로 알 수 있다."고 말했다. 그래서 혹시라도 독서를 통해 인생의 변화를 꿈꾼다면 무슨 책을 읽을지 신중할 필요가 있음을 알리고 싶다. 사실을 고백하자면, 지금까지 읽은 책은 나의 관심 있는 분야에 편향되어 있다. 독서가들이 꼭 읽으라고 말하는 인문고전 작품은 한두 편 정도밖에 안 된다.

그래도 희망적인 건 100권 읽기 프로젝트를 완수하면서 더 큰 목표가 생겼다는 거다. 다른 작가들처럼 죽을 때까지 1만 권의 책을 읽고 싶다. 근데 그 목표가 헛된 꿈이 될 것 같지는 않다. 독서를 하면 할수록 내가 이루고자 하는 목표를 이룰 것만 같은 느낌이 들기 때문이다. 그 느낌이 궁금하다면 일단 나처럼 100권 읽기 프로젝트를 계획하고 실천해보길 바란다.

두려움에 딴지를 걸어보자

인간의 뇌는
변화를 두려워한다.

우리가 새로운 것에 도전하기 어려운 이유는 다름 아닌 '두려움' 때문이다. 그 두려움은 사실 변화에 대한 두려움이다. 우리에게 익숙하지 않거나 모르는 것에 도전할 때 생기는 두려움이다. 프랑스 소설가 베르나르 베르베르는 《뇌》에서 이렇게 말했다. "변화를 두려워하는 것은 인간의 내재적인 속성인지도 모른다. 인간은 자기 습관에 어떤 변화가 생기는 것보다 설령 위험할지라도 자기에게 익숙한 것을 더 좋아한다." 그만큼 우리 인간은 변화를 두려워하는 존재라는 말이다.

인간은 하루에도 몇 번씩 도전받는 삶을 살아간다. 그때 이에 대응하는 방법은 두 가지다. 부딪히고 도전하느냐, 물러서고 회피하느냐이다. 대부분 사람은 두려움 때문에 '회피'를 선택할 것이다. 우리 조상들도 본능적으로 위험에 처했을 때 두려움을 느끼고 그에 맞는 대응을 했기 때문이다. 맹수에게 잡아먹히지 않으려고, 뱀에게 물리지 않으려고 우리는 도망쳤다. 그땐 자기를 방어하는 본능이 인간이 멸종되지 않고 계속 살아남게 된 이유였다.

근데 그렇게 피하기만 하면서 살았다면 지금의 인류문명을 이룰 수 있었을까? 아니다. 사실 인간은 미국의 뇌 과학자 폴 맥린이 말하는 영장류의 뇌를 통해 현재의 인류를 만들었다고 한다. 영장류의 뇌는 대뇌피질이 감싸고 있는 전두엽이라는 부분이다. 옳고 그름에 대한 가치 판단과 감정 통제를 할 수 있고, 미래를 예측하는 등 가장 진화된 뇌이다.

근데 아쉽게도 인간은 영장류의 뇌와 더불어 파충류의 뇌와 포유류의 뇌의 영향을 받는다. 폴 맥린이 분류한 제1 뇌는 우리 뇌의 하부 뇌간인 파충류의 뇌(본능의 뇌)이다. 이는 아기가 엄마 뱃속에 있을 때부터 생기기 때문에 인간이 세상에 나오자마자 숨 쉬는 일부터 시작해서 모든 본능적인 기능을 한다. 호흡, 심장박동, 체온 조절 등 기초적인 생명 유지에 관한 기능을 한다.

제2 뇌는 중뇌의 편도체 부분으로 포유류 뇌(감정의 뇌)이다. 포유류 뇌는 감정, 식욕, 성욕, 단기 기억 등을 담당한다. 특히 이 중에 우리의 감정을 담당하는 포유류의 뇌가 발동할 때 우리는 두려움을 느낀다.

다행히 인간은 영장류의 뇌를 가지고 있기에 두려움을 통제할 수 있다. 하지만 스트레스를 받으면 상황이 달라진다. 두려움은 스트레스로 인해 생기는 감정이기 때문이다. 《아주 작은 반복의 힘》의 저자이자 임상심리학자인 로버트 마우어도 '변화는 두려운 것'이라고 말했다.

그의 말 중에 변화와 두려움에 관련된 내용을 정리해보면 다음과 같다. "겉보기에 아주 사소한 변화든 우리 삶의 근본적인 변화든 변화를 피하려고 한다.", "변화에 대한 두려움은 인간의 뇌에 뿌리를 두고 있다.", "두뇌는 변화에 저항하도록 설계되어 있다.", "어떤 것에 관심을 기울일수록, 더 많은 꿈을 꿀수록 더 많은 두려움이 솟아난다."

스트레스를 받으면 우선 우리 파충류의 뇌가 작동한다. 몸에서 열이 나고, 심장이 빨리 뛰고, 맥박이 빨라진다. 이어서 포유류의 뇌에서는 이 스트레스를 여러 감정으로 받아들인다. 감정을 주관하는 편도체에서 스트레스를 위험으로 감지하고 그 상황을 피하려고 한다.

이처럼 뇌는 자신이 불가능하다고 느끼고 피하고 싶은 걸 먼저 처리하려는 경향을 보인다. 왜냐면 그 감정이 바로 두려움이기 때문이다. 또한 이것이 뇌가 우리를 보호하는 방식이다.

무지(無知)는 두려움을 내포한다. 역사를 되돌아보면 인간은 이해되지 않는 존재에 대한 두려움이 컸다. 천둥, 번개, 지진, 해일 등 자연현상을 이해하지 못했던 인간은 다양한 신을 각각에 투영하여 경이로운 대상으로 삼았다. 그리스 로마 신화가 바로 그 예다. 코페르니쿠스가 주장한 지동설이 사실로 밝혀지기 전까지는 지구가 평평하다고 생각했고, 세상의 끝에는 괴물이 산다거나 추락한다거나 하는 식으로 생각하며 두려움에 떨었다.

이처럼 빠르게 변화하는 현대에서도 우리는 모르는 분야에 대한 무지(無知)로 인해 두려움을 느낀다. 기존 것과는 다른 변화에 대한 두려움과 기존의 지식과는 다른 새로운 지식에 대한 무지로 인한 두려움이 공존한다. 그래서 쉽게 새로운 것에 도전하기가 어려운 것이다. 인류의 역사처럼 생존에 위협을 느끼지 않는 이상 우리는 변화를 추구하지 않을 것이다. 그것이 두려움을 가진 인간으로서 할 수 있는 최선이라서 그렇다.

하늘의 제왕 독수리의 경우에는 높은 나무나 절벽에 둥지를 틀고 새끼를 키운다. 처음에 새끼는 높은 곳에서 추락에 대한 두려움이 있다. 어미는 나는 법을 따로 가르쳐주지 않지만, 새끼는 높은 곳에서 떨어지면서 스스로 나는 법을 배운다. 그렇게 두려움을 극복하며 독수리는 강하게 자란다.

70년 정도를 사는 독수리는 부리와 발톱이 계속 자란다. 근데 이를 계속 두면 음식을 먹지 못할 정도로 자란다. 그때 독수리는 뼈를 깎는 고통을 겪으며 절벽에 가서 부리와 발톱을 간다. 상상을 초월하는 고통에 대한 두려움이 있지만, 생존을 위해서 독수리는 변화를 선택한다. 두려움을 이겨내는 방법은 그냥 변화를 받아들이는 것이기 때문이다.

새로운 분야에 대한 도전은 변화를 받아들이는 것이다. 그러면 우리가 가졌던 두려움도 동시에 사라진다. 우리는 살면서 처음 해보는 일에 대해 두려움을 갖는다. 하지만 처음 해보는 일이라도 막상 하다 보면 별 거 아니라는 걸 알게 된다. '시작이 반'이라는 말이 있듯이 막상 시작해보면 다음 단계부터는 적응해가며 어떻게든 결과를 만든다.

한 예로 2020년 코로나 사태로 인해 학교에서는 엄청난 변화가 생겼다. 오프라인 강의 위주로 진행되었던 수업을 온라인으로 전환해야 하는 상황이 온 것이다. 얼굴 보며 수업하던 대부분 선생님은 급변화된 상황으로 인해 새로운 도전을 하게 되었다.

어떤 이는 생전에 한번도 해보지 않았던 영상 촬영과 편집을 해야만 했다. 그런 교사들에게는 큰 도전이었다. 다들 어디서부터 시작해야 할지 막막하고 두려웠다. 근데 이 변화에는 모두가 적응하지 않으면 안 되는 생존과 직결되었기에 외면할 수 없었다.

처음에 어떻게 해야 할지 막막하기만 하고 두려웠던 교사들은 막상 수업을 촬영하고 영상을 편집하면서 해볼 만하다고 생각했다. 물론 처음에는 익숙하지 않은 영상 편집 프로그램을 연구하면서 엄청난 시간과 에너지를 쏟았다. 교사로서 우선시되는 수업을 하지 못하게 되는 건 죽은 것과 마찬가지기 때문이다. 교사들은 새로운 분야에 대한 도전을 스스로 받아들이며 변화해 갔다. 아인슈타인도 어려워서 시작 못 하는 게 아니라 시작을 안 하기 때문에 어려운 거라 하지 않았는가.

극한 상황에 놓였을 때 스트레스는 극에 달하지만, 그게 생존과 관련이 있으면 인간은 변화한다. 변화로 인한 두려움은 잠시 스쳐 지나갈 뿐이다. 혹은 누군가가 강력하게 이끌어 주면 변화에 동조하기도 한다. 대한민국의 경제 발전은 1970년대의 국가의 추진력에 의해서 이룰 수 있었다. 1980년대부터 시작된 민주주의 회복 운동도 마찬가지였다. 격동의 시대에 누군가 강력하게 추진하면 두려움을 떨쳐내고 새로운 도전을 할 수 있었다.

나도 이와 같은 비슷한 경험이 있다. 영어교사가 되면서 수업 시간에 다룰 수 없는 내용을 바탕으로 무료 강의를 제작하고 싶었다. 근데 미디어 분야에 대한 막연함과 두려움으로 인해 생각만 하고 10년 동안 실천하지 못했다. 영상 촬영 장비나 편집 프로그램을 구매해야 하는 부담이 큰 것도 이유 중 하나였다.

그래도 꾸준히 관심을 가지고 주변을 지켜봤다. 나와 비슷한 생각을 직접 실천하는 사람들이 있다는 사실을 알게 되었다. 그래서 그 사람들이 어떻게 하는지 연구하며 미디어를 활용한 교육 분야에 익숙하려고 노력했다.

유튜브를 시작할 때 나는 '무(無)'에서 시작했다. 촬영 장비가 없어서 휴대폰으로 촬영했고, 무료 영상 편집 프로그램을 이용했다. 심지어 첫 영상은 누가 봐도 구도가 이상했다. 근데 10년 동안 가졌던 두려움을 떨쳐내기 위해 일단 시작했다. 다행히도 간접적으로나마 다른 사람들이 어떻게 미디어 교육을 하는지 계속 지켜봤기에 시작을 못 할 만큼 두려움이 크지는 않았다.

물론 20분짜리 영상을 편집하는데 처음에는 10시간이 걸렸다. 영상 프로그램이 익숙하지 않았기 때문이다. 근데 영상 제작 개수가 늘어나면서 자연스럽게 많은 부분이 좋아졌다. 오래 걸렸던 영상 편집도 익숙해지니 2시간 만에 끝낼 수 있었다.

공포와 두려움을 없애는 방법 하나는 서서히 그 요인에 익숙하게 만드는 것이다. 심리학에서는 '체계적 둔감화'라고 한다. 이는 남아프리카 공화국 출신 정신의학자 조셉 월프에 의해 개발된 행동수정 기법이다. 두려움을 적게 느끼는 상황부터 두려움을 많이 느끼는 상황의 단계를 경험하게 함으로써 궁극적으로 두려움을 가장 많이 느끼는 상황을 극복하게 하는 행동 치료이다. 이 방법의 요지는 두려움을 불러일으키는 자극과 긍정적인 반응을 유발하는 자극을 함께 제시하는 것이다.

어떻게 보면 나는 이 방법을 썼던 것이었다. 일단 쉽게 구할 수 있는 장비나 프로그램을 활용했고, 다른 사람은 미디어를 활용해서 어떻게 교육하는지 살펴봤다. 그리고 처음부터 완벽한 영상을 만들려고 하지 않았다. 독수리도 처음부터 잘날 수는 없었을 것이다. 나도 처음부터 완벽함을 추구하지 않으려 했다. 대신 독수리가 한 번 두 번 비행하며 점점 두려움을 없애고 자신감을 갖게 된 것처럼 나도 조금씩 나아지는 영상을 보며 자신감을 가질 수 있었다.

결정적으로 나도 교사이기에 온라인으로 수업을 진행하게 된 상황에 놓이게 됐다. 이미 유튜브를 시작한 지 1년 정도 되었기에 영상 촬영과 편집에 대한 두려움은 거의 없었다. 미디어 분야에 문외한들은 발을 동동거리며 매일 걱정했고, 심지어 첫 영상을 제작하기 위해 힘들게 밤새는 사람도 있었다. 반면에 나는 두려움을 미리 느끼고 겪었던 경험이 있었기에 코로나 시대 학교 현장에서의 미디어 활용 교육은 더 이상 도전이 아니었다.

《성공하는 사람들의 7가지 습관》의 저자이자 경영학자인 스티븐 코비는 이렇게 말했다. "가장 큰 위험은 위험 없는 삶이다." 오히려 내가 두려워해야 할 것은 익숙함에 대한 두려움이었다. 고인 물은 썩기 마련이다. 내가 조금 잘하게 되었다고 계속 그 방법만 고수하면 더 이상의 발전은 없다.

심지어 내 전공 분야인 영어와 관련해서 학생들에게 필요한 교재를 개발했지만, 시간이 지나면서 사용가치가 떨어지는 경우도 봤다. 게다가 현대 사회는 다양한 분야가 결합되어 빛의 속도로 변화하고 있다. 그래서 더욱 우리는 '변화'에 대한 두려움을 버리려 노력해야 한다. 우리 조상들이 변화하는 세상에 빠르게 적응하며 생존해온 것처럼 말이다.

전문가, 그들만의 법칙을 찾아볼까?

자만심을 버리고 올바른 방식으로

배우려는 자세가 필요하다.

'프로'와 '아마추어'의 차이를 아는가? 이기주 작가의 《언어의 온도》에서 프로는 프로페셔널(professional, 전문가)의 준말로, 그 어원은 '선언하는 고백'이란 뜻의 라틴어 프로페시오(Professio)에서 발견할 수 있다고 했다. 자신의 지식을 고백할 수 있을 정도의 경지에 오른 사람이라고 볼 수 있다.

실제 프로라는 말은 19세기 후반부터 주로 사용되기 시작했으며, 고대 프랑스어로는 프로페스(profess)다. 이는 '공공연히 말하다'라는 뜻으로 누군가를 가르칠 수 있을 정도의 수준을 의미한다.

반면 아마추어는 라틴어 아마토르(amator)에서 유래했고, '애호가', '좋아서 하는 사람' 정도로 해석할 수 있다고 했다. 영어로는 '러버(lover)'로 직업 또는 물질적인 보수보다는 행위 자체를 즐기는 사람이라고 볼 수 있다. 즉, 아마추어의 경우에는 전문성이 있어도 자신이 만족하는 수준에서 즐기는 사람이라고 볼 수 있다.

프로는 좋든 싫든 끝까지 일에 책임을 지지만, 아마추어는 재미나 즐거움의 요소가 없으면 안 하려고 한다. 이런 이유로 이기주 작가는 프로와 아마추어를 판가름하는 기준은 기술의 차이가 아니라 태도인지도 모른다고 말했다.

우리는 직업을 선택하고 그 분야에서 활동하면서 프로가 되어야 한다. 누군가를 가르칠 수 있을 정도로 수준 높은 전문성을 갖추고, 자신이 맡은 일에 대해서는 끝까지 책임지는 태도도 갖추어야 한다는 말이다. 그 이유는 단순히 좋아서 선택한 취미가 아니라 전문성을 갖추어야 하는 직업을 선택했기 때문이다.

어떤 분야에서 일을 시작하고 3년 정도 지나면 우리는 자신의 업무에 익숙해지고, 다른 사람과 비교했을 때 보다 전문가다워질 수 있다. 근데 가슴에 손을 얹고 정말 내가 전문가다운지 한 번 생각해보길 바란다. 만일 부끄러운 마음이 든다면 전문성 함양을 위해 지금부터라도 노력해보자.

안타깝게도 나는 3년이 지났는데도 1급 정교사 자격연수에 갈 수 없었다. 기간제(계약직) 경력을 포함해서 3년이 지났는데, 학교 측에서 이를 간과하고 해당 사항이 없다고 교육청에 보고한 것이다. 나중에 내가 알아봤을 때는 이미 보고 후라 어쩔 수 없었다. 공립학교에서는 이런 일이 발생했을 경우 실제 민사소송까지 간다. 그래서 이를 예방하고자 교육청에서 철저하게 대상자를 파악한다.

나는 사립학교에 있고 평생 함께해야 하는 사람들에게 이런 일로 소송까지 하는 건 아니라고 생각했다. 아쉬움이 많이 남았지만 어쩔 수 없었다. 이런 일로 얼굴 붉히고 불편한 관계가 되는 것보단 이해하고 잘 지내는 게 옳다고 판단했기 때문이다.

근데 호봉이 바로 올라가지 않아서 손해인 몇 백만 원은 그렇다고 쳐도 나중에 전문성 함양이라는 부분에서는 자격을 얻지 못해 속상한 일이 많았다. 영어 과목이라 관련한 전문성 심화 연수라든가, 평가와 관련된 활동을 해볼 기회가 있었지만, 1급 정교사 자격이 되지 않아서 모두 시작할 수 없었다. 막상 자격이 되었을 때는 경력 기준이 변경되어 또 참여할 수 없었다. 그때마다 제때 1급 정교사 자격을 받을 수 있었으면 좋았을 텐데 하는 아쉬움이 남았다.

그렇다고 계속 남을 탓하고, 지난 일을 후회하며 지낼 수는 없었다. 꼭 공식적인 활동이 아니더라도 혼자서 할 수 있는 활동을 찾기 시작했다. 영어교사로서 갖추어야 할 전문성이 무엇일까 고민하며 주변을 살폈다. 우선 영어교사로서는 영어와 교육과 관련된 분야에 전문성이 있어야 한다고 생각했다. 교사로서 1순위는 수업이라고 많은 선배 교사들이 강조했기 때문이다.

수업이 제대로 되어야 아이들이 신뢰하고 따르니 수업에서 인정받아야 한다. 아무래도 내가 근무했던 곳은 모두 인문계였고, 지금은 특목고에 있으니 수업에서 인정받지 못하면 학생들이 생활지도나 다른 면에서 신뢰하지 않는 모습을 보였다.

교직을 시작하고 3년 동안은 학생들 수준에 맞는 영어 교재 개발에 힘썼다. 학생들의 니즈를 파악하며 도움이 될 만한 자료를 수집하고, 학생 수준에 맞게 바꾸려고 노력했다. 일반계 고등학교에서 특목고로 오면서 수업 대상이 달라짐에 따라 교재 개발에 대한 노력은 계속되었다. 수업 방식도 학생들 수준과 요구 사항에 맞게 바꾸려 노력했다.

솔직하게 고백하자면 학교를 옮겨서는 학생들 수준을 정확히 알지 못해 한 학기 동안은 수업 방식을 바꿔가며 진행해서 학생들이 만족하지 못했을 수도 있을 거 같다. 그래도 계속 나은 수업이 될 수 있도록 노력하는 모습을 보였고, 나아질 수 있었다.

수업 콘텐츠, 수업 방식에 대한 꾸준한 고민 속에 또 다른 분야에 관심이 생겼다. 평가 관련 분야였다. 수시로 대학 가는 시대라 내신 성적에 학생들이 매우 민감했다. 행여나 평가에 오류가 있으면 교사는 학생들의 불신을 감당해야 했다. 이 일이 반복되면 교사로서의 전문성에 오점이 생길 수도 있기 때문이다.

그래서 평가 관련 기관에 연수를 신청해서 듣기도 하고, 실제 평가 위원으로 참여하기 위해 문을 계속 두드렸다. 경험보다 더 큰 가치는 없다고 생각했다. 나도 나름대로 어느 정도는 수업이든 평가든 전문성을 갖췄다고 생각해서 더 넓은 세상을 경험하고 싶었다.

그렇게 계속 평가 관련한 전문성을 위해 문을 두드렸더니 운 좋게 하나둘 기회가 생겼다. 근데 아무리 전문성 함양을 위해 활동하더라도 학교의 허락이 없으면 불가했다. 특히 한 군데는 정말 경험해보고 싶은 기관이었는데, 날짜를 보니 방학 이틀 전부터 시작이었다.

일정에 학기 중 이틀이 걸쳐 있어서 학교에 혹시 누가 될까 조심스럽게 허락을 받으러 갔다. 그 전년도에도 활동하신 분들이 있어서 가능하다고 생각했기 때문이다. 결과는 참담했다. 그 해부터는 학기 중에는 선생님이 외부활동을 하지 않게 할 계획이라고 했다.

다음 해에는 다행히 방학 때 일정이 나와서 평가 관련 일에 참여할 수 있었다. 그 후 계속 기회가 되어 여러 번 참여하면서 평가 분야에 대한 자신감도 생기고 전문성도 더욱 향상되었다는 느낌을 받았다. 개인적으로도 큰 도움이 되었지만, 학교에 돌아와서 다른 교사분들의 평가 문제를 검토하며 더욱 첨예한 의견을 제시할 수 있었다. 결과적으로는 내가 가르치는 교과목에서는 조금이나마 평가 신뢰도가 높아질 수 있었다는 말이다.

전문성을 인정받는다는 건 사실 타인의 평가를 통해 이루어진다. 내가 아무리 잘났다고 하더라도 인정받지 못하면 전문가가 아닐 수 있다. 그래서 공식적인 활동이 필요하고, 더욱 성장할 수 있는 큰 경험이 필요하다. 실제 평가 관련 활동을 하고 나서 지원했던 다른 기관에서도 요청이 들어왔다. 근데 학기 중이라서 모두 갈 수가 없었다. 그중엔 더 큰 평가 기관도 있어서 욕심 부리고 싶었지만, 개인의 욕심을 위해서 학생에게 그리고 학교에 피해를 주고 싶지는 않았다.

이처럼 전문성을 기르기 위해 노력하면서 개인적인 성장도 있지만, 내 주변 집단의 전문성도 함께 올라가는 경향이 있다. 또한 전문성 함양과 관련된 활동을 하면서 또 다른 기회가 생기고 더 크게 성장할 기회를 얻을 수 있다. 누군가에게 전문가라는 인식이 심어지면 그 효과가 지속되기 때문이다.

심리학에서는 이런 효과를 '후광 효과'라고 부른다. 한번 브랜드에 대한 신뢰가 쌓이면, 소비자들은 다음부터는 어떤 상품이 나오더라도 신뢰하는 경향을 보이는 것과 같다. 전문 분야에서 활동하는 전문가라는 인식이 생기면 다른 곳에서도 그 전문가를 부르려고 하는 이치와 같다.

한 분야에서 여러 해 일을 하고 있다면 전문성 함양을 위한 고민을 진지하게 해보라고 하고 싶다. 처음에는 조금 더딜 수 있지만, 조금씩 얻게 된 기회를 통해 자신의 전문성을 신장할 수 있다. 나아가 그 분야의 전문가로 인식이 잡히면서 더 큰 기회를 통해 좋은 경험을 할 수 있는 확률도 높아진다. 어떤 분야에 조금 늦게 발을 들였지만, 꾸준하게 기회를 통해 성장하면서 전문가라는 인식을 얻게 된 사례도 있다.

50세라는 늦은 나이에 서양화 분야에 '아마추어'로 활동을 시작해서 '프로'로 성장한 일화도 있다. 30년 동안 가족만 뒷바라지하던 주부로 살아온 한 여성은 갱년기가 오면서 우울감을 겪었다. 예상치 못한 수술을 하면서 삶에 대한 회의를 느꼈다. 그때 자신의 삶에 변화를 주고자 동네의 평생교육 기관에서 그림을 배우기 시작했다. 그림을 그리며 감정도 다스리고, 금방 실력이 향상되면서 자신감도 되찾았다. 운명인지 몰라도 취미로 시작한 그림이 좋아졌다. 그래서 좀 더 전문 기관에서 '서양화'를 배우게 됐다.

서양화에서 알아주는 유명한 교수님을 만나면서 이 여성은 아마추어에서 프로의 길로 전향하게 되었다. 매일 4시간 이상 하루도 빠짐없이 10년간 그림을 그렸다. 개인적인 소질도 있었지만, 꾸준한 노력을 통해 실력이 일취월장했다. 여러 미술협회 대회에 작품을 출품하면서 여러 차례 수상했다. 그러다 한 단체에서는 심사위원으로부터 호평을 받으며 협회 이사 자리를 제안받았다. 그 후론 '서양화'를 가르치는 강사로 활동하며 프로의 길에 들어서게 됐다.

이 사례는 사실 내 어머니 이야기다. 30년 가까이 가족을 위해 희생과 봉사의 시간을 보내던 어머니께서는 50세쯤 건강이 악화되자 진지하게 자신의 인생에 대해 고민했다. 생각해보니 자신만의 삶이 없었다. 그래서 처음으로 자신을 위한 시간을 가졌다. 다양한 분야가 있었지만, 서양화(유화) 분야가 끌렸다. 동네 교육기관에서 소소하게 그림을 배우다 재능을 발견한 강사의 추천으로 '서양화'의 대가 김일해 교수님께 그림을 배울 수 있었다. 교수님도 어머니의 재능을 발견하고, 꾸준한 노력을 인정했다. 그 결과 아마추어는 프로가 되었다.

전문성을 기르는 일은 이처럼 재미로 시작해서 직업으로까지 이어지기도 한다. 그러니 내가 일하고 있는 분야에서 전문가가 되는 건 더 유리할 수 있다. 다만 관심을 가지고 실천하느냐의 문제다. 어머니의 인생 2막 도전은 50세부터였다. 10년 가까이 꾸준하게 전문성 신장을 위해 부단히 노력하셨고, 그 결과 늦게나마 꿈을 꾸고 그 꿈을 이뤘다. 한 가지 아쉬운 건 어머니도 조금 더 일찍 시작하셨으면 더 활발히 활동하실 수 있었을 텐데 하는 거다. 어쩌면 청출어람(靑出於藍)했을지 누가 알까.

청출어람(靑出於藍)이란 '푸른색은 쪽(藍)에서 나왔지만, 쪽빛보다 더 푸르다'라는 뜻이다. 제자가 스승보다 더 나음을 비유하는 고사성어로 성악설(性惡說)을 창시한 중국 전국시대의 사상가 순자(荀子)의 사상을 집록한《권학편(勸學篇)》에 나와 있다.

AMD 사례가 바로 그것이다. 1990년대 중반까지 AMD는 인텔 제품을 흉내 낸 값싼 제품을 공급했다. 인텔이 새로운 칩을 선보이면 AMD는 몇 달 간격을 두고 비슷한 성능의 제품을 인텔 칩보다 싼값에 내놓았다. 그런 방식으로 점유율을 서서히 높여갔다. 하지만 인텔은 AMD가 통제 가능한 경쟁사였기에 크게 의식하지 않았다. 하지만 지금은 상황이 달라졌다.

컴퓨터 중앙처리장치(CPU) 성능의 선두주자로 수십 년 독재하며 기존의 방식을 고수했던 인텔은 AMD에게 자리를 내주는 일이 벌어졌다. 최근 인텔이 7나노(nm) 중앙처리장치(CPU) 생산 일정을 또다시 미뤘기 때문이다. 경쟁사 AMD는 이미 7나노 제품을 내놓고 있지만, 인텔은 초미세 공정에서 뒤처지는 모습을 보였다.

이로 인해 인텔 시장 점유율은 날로 줄어들고 있다. 이처럼 실제 청출어람은 얼마든지 일어날 수 있다. 처음엔 내가 더 많이 알고 전문가라고 할지라도 변화하지 않으면 더 열심히 변화하고 성장하는 누군가에게 그 자리를 내어줄 수 있기 때문이다.

전문성에는 끝이 없다. 산에 비유해보면 알 수 있다. 산 정상에 오르면 우리는 끝이라 생각한다. 근데 사실은 더 높은 산이 많다. 내가 이룬 경지가 최고가 아닐 수 있다는 말이다. 아무리 최고의 경지에 오르더라도 더 오르지 않으면 내려갈 수밖에 없다. 그래서 지금 전문가라 할지라도 계속 변화에 대응해야 한다.

세상의 과학과 기술은 급변하고 있다. 기존에 아무리 좋은 방식도 시간이 지나면 옛것이 된다. 물론 옛것이 꾸준히 지속되기도 한다. 하지만 대부분은 나은 방향으로 진화한다. 전문성도 마찬가지다. 새로운 것과 융합하여 더 나은 것을 추구한다. 그래서 완벽은 인간이 이룰 수 없는 목표인가 보다.

사실 교사로서 3년 정도면 수업, 업무, 생활지도, 상담 등 어느 정도 전문성을 갖출 수 있다. 그 이상으로는 자기 계발을 특별히 하지 않더라도 직장생활에는 큰 무리가 없을 거다. 물론 지금같이 갑자기 코로나 사태가 벌어져서 미디어를 활용한 교육을 새롭게 연구하는 일도 생길 수 있지만 대부분 몇 년 동안 쌓은 방법으로 충분히 활용할 수 있다.

하지만 나는 이렇게 말하고 싶다. 내가 어떤 분야에서 어느 정도 경지에 올랐을 때가 가장 위험한 시기라고 말이다. 오히려 그때 내가 진정한 전문성을 갖추었는지 재확인할 필요가 있다고 생각한다. 어설프게 아는 것이 오히려 전혀 모르는 것보다 독이 되기 때문이다. 특히 잘못 배웠다면 더욱 그렇다.

평가 관련 활동을 하며 그동안 내가 알고 있던 지식이 부족함을 느끼며 나의 자만심에 대해 반성의 시간을 가졌다. 평가와 관련한 공식 활동을 통해 실제 평가는 더 높은 수준으로 이루어진다는 사실을 깨달았다. 그래서 전문성을 기를 때는 올바른 방법으로 배워야 한다.

모차르트도 음악을 배웠던 사람들에게는 더 비싼 교육비를 받았다고 했다. 처음부터 잘못 배운 방법을 뜯어고치는 일이 더 어렵기 때문이다. 따라서 전문성에 대한 도전은 필수적이면서도 올바른 방법으로 접근해야 한다. 혹시 지금 자신의 위치에 만족하고 머물기를 바란다면 다시 생각해보길 바란다. 내 생각과는 달리 내가 전문가가 아닐지도 모르니까 말이다.

자본주의 사회에서 살아남으려면

<u>돈의 생성 원리를 알고
경제적 자유를 꿈꾼다.</u>

과거로부터 우리 사회에서의 계급은 지배 계층과 피지배계층으로 나뉜다. 그리고 두 계급의 큰 차이는 '부'를 얼마나 많이 소유하고 있는지 그 사실에 연결된다. 지금은 누구나 사유재산을 가질 수 있지만, 빈부 격차에 따라 계급이 나뉜다. 금수저니 흙수저니 하는 말이 이를 증명한다. 실제 《부자 아빠 가난한 아빠》라는 책에서도 20%의 부자가 나머지 80%를 먹여 살린다고 했다. 세상은 결국 부자인 20%가 이끌어 간다고 해도 무방하지 않을까?

자본주의 사회로 넘어오면서 피지배계층은 일말의 희망을 꿈꿀 수 있었다. 지배 계층에 속박되어 자신의 재산을 가질 수 없었던 과거와는 달리 나만의 사유재산을 꾸릴 수 있었기 때문이다. 하지만 얼마나 많이 부를 가지고 있느냐에 따라 사회적 지위도

달라지면서 보이지 않는 계급이 재생산되었다. 그래서 마르크스는 극단적이지만 만인의 평등한 삶을 위한 계급도 없고, 사유 재산에도 차별이 없는 공산주의 체제를 주장했던 것이 아닐까 싶다.

세계적인 베스트셀러 작가이자 자유 기업가인 버크 헤지스는 《파이프라인 우화》를 통해 현대 사회에서 '부'를 얻는 방법을 두 가지로 비유했다. 첫째는 물통으로 직접 물을 기르는 방법이다. 둘째는 파이프라인을 건설하는 방법이다.

우물에서 물통에 물을 담아 직접 나르는 방법은 돈을 바로 벌 수 있는 장점이 있다. 반면 육체적 노동이 심하기에 나이가 들면 할 수 없고, 일을 그만두는 순간 더는 수입이 없다. 파이프라인을 건설하는 방법은 다른 사람이 물통을 나르고 있을 때 파이프라인을 구축하느라 돈을 적게 벌 수도 있다. 근데 파이프라인이 구축되는 순간에는 더 이상의 노동은 필요치 않다. 파이프에 연결된 수도를 틀면 물이 계속 나오기 때문이다.

여기서 말하는 물통은 자신이 노동의 대가로 돈을 버는 경우다. 그래서 물통의 크기는 차이가 있을 수 있다. 월급쟁이의 경우에는 연봉 차에 따라 물통의 크기가 다를 수 있다. 평범한 월급쟁이보다 많은 수입을 받는 전문 직종인 변호사나 의사의 경우에는 훨씬 더 큰 물통을 가지고 있다. 그래도 공통점은 물통에 받아온 물을 다 쓰고 나면 더는 물을 사용할 수 없다. 자신이 일해서 번 만큼만 돈을 쓸 수 있다.

파이프라인은 가만히 있어도 돈을 버는 경우다. 작가나 예술가들이 받는 저작권료, 금융권에서는 주식 배당금, 부동산 임대사업자의 경우에는 월세, 디지털 노마드가 받는 광고료(유튜브 등)가 예가 된다.

처음에는 이런 분야에 시간과 노력을 투자해서 결과를 바로 얻지는 못하는 경우가 많다. 하지만 안정적인 구조를 만들면 불로소득을 얻을 수 있다. 즉시 일하고 즉시 돈을 버는 구조가 아니라 시스템을 구축하면 돈이 저절로 굴러들어 온다는 말이다.

나는 처음 이 내용을 책을 통해 알게 되면서 큰 충격에 휩싸였다. 내가 일해서 번 만큼만 쓰면서 살다가 가는 인생이 옳다고 생각했기 때문이다. 남들과 비교하지 않으며 살면 불행을 피할 수 있을 거라 믿었기 때문이다. 근데 방법을 알면서 도전하고 실천하지 않는 건 미련한 짓이라 생각했다. 지금처럼 살아도 불행하지는 않지만, 이왕이면 좀 더 편하고 조금 더 여유롭게 살 수 있다면 노력해야겠다는 생각이 들었다. 세상을 이끄는 20% 안에 들어가지는 않더라도 그들이 만든 시스템에서 피해는 받지 않도록 적당한 '부'가 필요해 보였다.

《파이프라인 우화》에서 얻은 다른 교훈이 있다면 '레버리지 효과'를 이용하라는 거였다. 레버리지는 '지렛대'를 의미한다. 사실 집을 살 때 목돈이 없으면 살 수 없다. 근데 대출을 받아서 나머지 돈을 충당하면 집을 살 수 있다. 물론 이자가 들어가지만, 나중에 집을 팔고 남은 차액이 훨씬 크기 때문에 '부'를 늘리는 수단이 된다. 사실 빚을 내는 일이 끔찍하게도 싫었던 나도 실제 경험하면서 이 원리에 동의할 수 있었다.

우리 부모님 세대에는 이런 정보가 많지 않았고, 열심히 벌어서 쓰는 게 미덕이라 생각했다. 그래서 어떻게 보면 내 부모님은 선택의 순간에 제대로 판단할 수가 없었다. 다행히도 대출을 통해 아파트를 분양받기는 했지만, 집값이 많이 올라갈 거라는 예측을 하지는 못했다. 같은 값으로 더 넓은 집에 살겠다고 전에 분양받은 아파트를 팔고 넘어갔다. 근데 1~2년 사이에 전에 살던 아파트 가격이 폭등했다. 눈앞에서 몇 억을 놓쳤다. 전세라도 주고 기다렸으면 차액의 '부'를 축적했을 텐데 하는 아쉬움이 있었다.

이런 경험이 있어서 결혼하고 아파트를 분양받을 때 기꺼이 빚을 냈다. 그리고 세상이 말하는 '부'의 원리를 따르기로 한 것이다. 다들 그렇게 살아가는데 나만 하지 않으면 물통을 기르다가 가는 인생이 될 것 같았다. 나중에 EBS 자본주의 제작팀이 만든 《EBS 다큐프라임 자본주의》라는 영상과 책을 보면서 답을 찾았다. '돈'이 어떻게 생기고 흘러가는지 그 원리를 알 수 있었다.

이 책에서 첫 번째로 소개하는 내용은 "돈은 빚이다"라고 말하며 과거 은행이 탄생하는 배경이다. 잠깐 그 내용을 짧게 소개해

보겠다. 과거의 사람들은 금화를 금세공업자에게 맡겼다. 금화 거래가 필요할 때는 무거운 현물이 아닌 보관증으로 그 수단을 대체했다. 금고 속에 금화는 점점 쌓여가고, 금세공업자들은 이를 돈이 필요한 사람들에게 빌려주기 시작했다. 금화를 빌려주고 이자를 받았다. 근데 금화 주인들이 이를 알고 반발했다. 그 후로는 금세공업자가 금화를 다른 사람들에게 빌려주고 이자를 받는 대신에 금화를 맡긴 주인들에게 이자의 일부를 나눠주게 되었다. 이런 원리에 의해 현재 은행이 시작되었다.

쉽게 설명하자면, 돈이 생겨나고 이 돈을 금융 제도를 통해서 다른 사람들에게 빌려주고, 또 다른 사람이 그걸 빌리고 하면서 통화량을 증가시키고 인플레이션을 만들어낸다. 이런 이유로 처음에 발행한 돈보다 더 많이 불어나게 된다. 이를 '승수효과'라 부른다.

EBS 자본주의 제작팀도 "인플레이션 후에 디플레이션이 오는 것은 숙명과도 같다. 왜냐면 일해서 번 돈이 아니라 빌린 돈, 상품을 만들어 만든 돈이 아니라 인플레이션으로 만든 돈, 즉 진정한 돈이 아닌, 빚으로 쌓아 올린 것이기 때문이다."라고 정리했다. 빚으로 돈을 만들어내는 세상인데, 빚을 내지 않고 살겠다고 하는 건 돈을 벌지 않겠다는 말과 같다.

책을 읽으며 자본주의 사회의 경제 원리와 '돈'의 생성 원리를 알아도 실천하는 일이 쉽지는 않다. 근데 마지막으로 추천하는 책의 내용을 알면, 실천하고자 하는 의욕이 강하게 생긴다. 유럽 최고의 머니 트레이너인 보도 섀퍼는 《보도 섀퍼의 돈》이라는 책에서 '경제적 자유'를 이루는 방법에 대해 자세히 다뤘다. 그는 부자로 태어나지도 않았고 오히려 20대 중반에 빚더미에 눌려 있던 사람이었다. 부자들을 만나면서 그들이 돈을 버는 원리들을 깨닫고 30세에 이르러서는 보유한 자산의 이자만으로도 살아갈 수 있는 '경제적 자유'를 얻었다.

이렇게 성공한 사람에게는 노력도 있었고, 운도 따랐기에 성공이 있었다고 생각한다. 사람마다 인생의 결이 다르기에 그들과 똑같이 살아갈 수도 없다. 하지만 자본주의 사회에서 어떻게 하면 조금이라도 나은 삶을 살 수 있을지는 고민할 가치가 있다고 생각한다. 그래서 누구나 경제적 자유를 꿈꿀 필요가 있다. 《보도 섀퍼의 돈》이 많이 도움이 되었던 이유도 사실은 현실적인 부분이 있었기 때문이다. '경제적 에어백'과 '경제적 안정'이라는 개념이 많이 와 닿았다.

첫 번째 경제적 에어백은 우리가 파이프라인을 구축하거나 더 나은 직장을 얻기 위해 쉬고 있는 동안 최소한으로 쓸 수 있는 비용을 말한다. 만일 월 200만 원이 필요하면 대략 1200~2000만 원 정도가 있어야 한다는 말이다. 안정성이 높은 투자를 통해 작은 목돈을 마련하는 방법이다. 두 번째 경제적 안정은 매달 필요한 금액에 150을 곱하는 방법이다. 일하지 않아도 대략 12년 정도 먹고살 수 있을 정도의 돈을 의미한다. 월 200만 원이라면 3억 원이 이에 해당한다.

사람마다 목표 금액과 목표 달성 기간이 다르더라도 노후를 위해 해볼 만한 도전이라는 생각이 든다. 근데 그냥 월급만 받고서는 불가능하다. 처음엔 저축을 열심히 해서 목돈을 만들고 그 목돈을 바탕으로 적절한 투자를 해야만 가능하다. 심지어 빠른 기간 내에 이 목표 금액을 맞추려면 투자 비용에 대한 손실이 최소화되어야 한다. 혹시 목표 금액 달성을 위한 소요 기간이 궁금하다면 '72법칙'에 대해서 알아보자.

72법칙은 복리 금리(배당투자 수익률)에 대해 원금이 2배가 되는 기간의 산출 방법을 의미한다. 72를 복리 기준의 금리로 나누면 투자 원금의 2배가 되는 데 걸리는 대략적인 기간을 산출할 수 있다. 예를 들어, 배당투자의 연간 기대 수익률을 12%를 기준으로 하고, 현재 투자금액이 1억 원이라면, 투자금액의 2배인 2억 원이 되기까지 6년이 걸린다. 자신이 목표로 하는 금액에 맞게 계산해 보는 재미가 있다. 실제 계산하는 과정에서 '부'를 축적하고 경제적 자유로 나아가야겠다는 동기부여도 많이 된다.

친구들을 만나면 20대에는 취업과 연애 관련 이야기를 했다. 근데 30대에는 결혼했느냐 안 했느냐에 따라 육아 이야기를 하기도 하고, 안 하기도 하는데 빠지지 않는 주제가 있다. 바로 '재테크'다. 요새는 워낙 정보가 많아서 20대도 많은 관심을 보인다.

매우 좋은 현상이라고 생각한다.

자본주의 사회에서는 누가 대신 내 '부'를 축적해주지 않는다. 스스로 노력하지 않으면 아무것도 얻을 수 없다. 그래서 그 사실을 빨리 깨달았으면 하는 마음에 이 글을 쓰고 있다. 나도 빨리 알았으면 좋았을 텐데 아쉬움이 남기 때문이다.

물론 이론적인 부분과 다른 성공 사례를 알아도 실천하기란 쉽지 않다. 근데 아무것도 모르는 채 세상을 살아가는 건 더 안타깝다. 태어날 때부터 금수저를 물고 태어났다면 모를까 대부분 평범한 삶을 살면서 경제적으로 더 나은 삶을 꿈꿀 필요가 있다고 생각한다.

실제 금수저로 태어났어도 올바른 경제관념이 없으면 파산은 금방이다. 근데 가진 것이 없다면 더 배우려고 노력하고 어떻게든 경제적인 원리에 따른 올바른 방법으로 '부'를 늘리도록 관심을 갖는 게 맞지 않을까? 자본주의에서 살아남기 위해서라도 말이다.

포기와 도전은 한 끗 차이야

멈추느냐 계속 가느냐의
문제일 뿐이다.

우리는 살면서 많은 시련을 겪는다. 그때마다 포기할 것인가 다시 일어나 도전할 것인가 고민한다. 현대그룹 창시자인 (故) 정주영 회장의 자서전 《시련은 있어도 실패는 없다》에서 그는 "나는 생명이 있는 한 실패는 없다고 생각한다. 내가 살아 있고 건강한 한, 나에게 시련은 있을지언정 실패는 없다. 낙관하자. 긍정적으로 생각하자."라고 말했다. 그렇기에 우리는 시련을 겪었다고 포기할 필요가 없다. 실패는 포기했을 때 쓰는 말이다. 포기하지 않는 한 우리에겐 실패란 없다.

포기와 도전은 사실 한 끗 차이다. 그것은 내가 목표로 하는 일을 멈추느냐 아니면 계속 도전하느냐의 문제다. 많은 사람이 '모든 실패는 성공으로 가는 하나의 소중한 과정'이라고 말하지 않았는가. 우리는 죽는 날까지 도전을 멈추지 않으면 포기하지 않은 것과 다름없다. 비록 조금은 계획한 만큼 결과를 만들지 못했어도 거기서 멈추지 않으면 포기한 게 아니다. 그러니 힘든 상황에 놓이더라도 죽기 전까지는 내가 할 수 있는 일을 해야 한다.

'음악의 어머니'라 불리는 독일의 작곡가 헨델이 그의 대표작 《메시아》를 작곡한 것은 의사로부터 죽음을 선고받은 후의 일이다. 《메시아》는 런던에서 처음 공연되었을 때 왕이 감격한 나머지 벌떡 일어났고, 다른 사람들도 왕을 따라 일어났다는 유명한 일화도 있다. 만일 그가 그때 절망감에 빠져 음악을 포기했다면 과연 우리는 지금 헨델의 《메시아》를 들을 수 있었을까? 당연히 아니다. 포기하지 않고 남은 삶에 최선을 다했기 때문에 명작을 만들어낼 수 있었던 거다.

고대 그리스의 작가 호메로스는 시각장애인이었다. 그런 그가 쓴 수천 년 세월에도 불구하고 세계 최고의 문학 작품으로 손꼽히는 영웅 서사시 《일리아스》와 《오디세이아》는 유럽 문학의 효시가 되었다. 셰익스피어에 버금가는 대시인으로 평가되는 영국 시인 존 밀턴도 완전히 시력을 잃었지만, 굴하지 않고 딸의 도움을 받아 불후의 명작으로 꼽는 《실낙원》을 내놓았다. 단테는 이탈리아를 대표하는 작가로서 중세 최고의 서사시 《신곡》을 썼다. 그도 27세에 잠시 시력을 잃었지만 회복을 위해 힘써서 시력을 되찾고 추후 명작인 《신곡》을 완성했다.

이처럼 세계 3대 서사시 작가인 호메로스, 밀턴, 단테는 모두 시력을 잃고 시각장애인으로 살았지만 깊은 절망에도 포기하지 않고 남은 자신의 삶을 더 가치 있게 만들기 위해 도전했기에 그들은 삶을 아름답게 마무리할 수 있었다. 그런 점에서 우리에게 메시지를 던진다. 내 삶에 위기와 절망의 순간이 왔다고 포기자로 살 것인가 아니면 다시 훌훌 털고 일어나서 도전자로 살 것인가 말이다.

우리의 삶은 유한하기에 더 가치가 있지 않을까? 큰 실패를 경험했다고, 큰 역경을 겪고 있다고, 절망에 빠졌다고 절대 포기하지 말고, 다시 일어서서 도전해 보는 건 어떨까?

미국 NBA 농구 황제 마이클 조던은 포기에 대해서 이렇게 말했다. "장애물을 만났다고 반드시 멈춰야 하는 것은 아니다. 벽에 부딪힌다면 돌아서서 포기하지 말라. 어떻게 벽에 오를지, 벽을 뚫고 나갈 수 있을지, 또는 돌아갈 방법은 없는지 생각하라."

사실 그는 그토록 사랑하는 농구를 포기할 뻔했다. 1993년 아버지의 피살이라는 비극에 충격을 받고 돌연 은퇴를 선언했다. 자신의 커리어 정상에서 모든 것을 포기한다는 건 쉽지 않은 일이다. 근데 그는 그렇게 농구를 포기할 뻔했다.

사실 이는 아버지가 좋아하는 야구라는 추억이 담긴 스포츠로의 도피였다. 하지만 그는 농구를 그리워했고, 1년 반만에 다시 복귀하여 새로운 도전을 시작했다. 잠시 농구 경력에 공백이 있었지만, 그는 다시 개인의 기록과 팀 모두 정상에 올려놓고

1999년에 두 번째 은퇴를 선언했다. 그리고 2001년 만 38세 나이로 농구 코트에 복귀하며 재도전을 시작했다. 나이가 많아서 예전의 기량을 선보이지 못할 것이라 생각한 사람들은 오히려 지난 시절 쌓아온 명성에 먹칠하는 게 아닌지 우려했다.

물론 예전만큼의 기량이 나오지는 않았지만 2003년 마지막 은퇴 때까지 믿기지 않을 정도로 잘 뛰었고 대기록도 남겼다. 만 40세 때 마지막 시즌에서도 모든 경기마다 평균 37분 정도 출전했고, NBA 통산 경기당 30.1점, 플레이오프 평균 득점 33.4점 1위라는 기록은 아직도 깨지지 않고 있다. 만일 그가 나이가 들었다고, 잠시 농구를 쉬었다고 그대로 포기했다면 그의 위대한 업적이 남았을까 하는 의문이 든다.

그는 나아가 실패와 성공에 대해서 이렇게 말했다. "나는 농구를 시작한 이래 9,000번 이상의 슛을 놓쳤다. 나는 거의 300번의 경기에서 졌다. 나는 26번의 경기를 결정짓는 위닝샷을 놓쳤다. 나는 실패하고, 실패하고, 또 실패했다. 그것이 내가 성공한 이유다." 그는 비록 실패라는 표현을 사용했지만, 실패를 교훈 삼아 다시 도전하고 또 도전했다고 말하고 있다. 실패했다고 바로 포기하는 것이 아니라 계속 도전하고 성장하면서 성공의 길로 나아간다는 뜻이다.

우리 역사에 큰 획을 그은 유명한 예술가들과 운동선수 모두 실패와 역경이 왔을지라도 포기하지 않고, 도전하고 성장하며 역작을 남기거나 대기록을 세웠다. 또한 우리 주변에서도 포기를 모르고 도전하면서 새로운 역사를 쓰는 사람들이 있다. 비록 나는 이루지 못했지만 대리 성공의 기쁨을 느끼게 해주는 사람들이다.

나는 한창 셰익스피어 영어 연극을 하며 영국 영어의 매력에 빠져 있었다. 그리고 나중에 영국 영어와 관련된 영상을 찾아보다가 '코리안 빌리'라는 유튜브 채널을 알게 됐다. 미국 영어와 영국 영어 발음을 비교하며 영국식 강세를 매우 똑같이 흉내 내는 모습에 매료되어 내가 운영하는 유튜브 채널 손님으로 초대해서 인터뷰했다. 영국 영어에 관한 이야기도 질문하고, 그의 인생에 관해서 물으며 알게 된 사실이 있었다.

대학 졸업을 앞두고 방송 관련 일을 목표로 하고 있던 '코리안 빌리' 공성재 씨는 계속 취업의 문을 두드렸으나 계속 떨어졌다고 했다. 반복되는 취업 실패로 인해 그는 처음에는 좌절했지만, 털고 일어나 개인이 직접 방송을 제작해보는 건 어떨까 하는 생각이 들었다고 했다. 그리고 대학교 시절 방송부에서 닦았던 영상 기획 및 편집 실력을 바탕으로 자신이 관심 가졌던 '영국 영어'와 관련된 콘텐츠를 만들고 유튜브에 꾸준히 영상을 올렸다. 비록 취업은 포기했지만, 새로운 방법으로 자신의 진로를 개척하는 도전을 선택했던 거였다.

물론 처음부터 영상에 대해 좋은 반응이 있었던 건 아니었다.

근데 자신이 교환학생으로 있었던 리버풀 지역 사투리를 다시 연구해서 올린 영상이 인기를 끌면서 그동안의 노력이 빛을 발했다. 교육 콘텐츠로 유튜브에서 성공하기란 쉽지 않은데 포기하지 않고 다시 도전을 선택한 그는 영국 공영 방송인 BBC에까지 출연하는 영광을 누린다. 물론 '영국 영어'에 대한 관심과 사랑이 가장 밑바탕이지만, 취업에 실패했다고 포기하지 않고 계속 자신의 관심 분야와 연계하여 새로운 도전장을 내민 게 인생 역전으로 이어졌다.

내 주변에도 비슷한 사례가 있다. 대기만성(大器晚成) 형인 나의 여동생은 법학과를 나와서 법원직 공무원을 여러 해 준비했다. 워낙 소수를 뽑기도 하고 합격 커트라인도 높아서 계속 낙방하며 고배를 마셨다. 설상가상으로 아버지께서 퇴직하시면서 경제적으로 여의치 않자, 동생은 20대 내내 목표로 삼았던 시험을 그만두고 취업을 결심했다. 근데 시험만 준비하느라 경력도 없고, 어학 점수도 없고 스펙이라고는 그 어느 것도 없었다.

그렇게 한 달 동안 계속 지원했지만, 서류평가에서조차 연락 한번 오지 않았다. 시험도 포기했는데, 취업도 포기해야 하는 상황이 되자 어떻게 해야 할지 몰랐다. 경력도 없는데 20대 후반이라는 나이도 계속 걸림돌이 되는 것 같았다. 근데 그때 할 수 있는 건 포기하지 않고 계속 지원해보는 일이었다. 취업하지 않으면 지방으로 내려가시는 부모님을 따라가야 했기 때문이다. 사실

동생은 멋진 커리어 우먼을 꿈꿨다. 또한 나이 많은 여자라서 취업 못 한다는 건 말이 안 된다고 생각했다.

'울며 겨자 먹기' 심정으로 자신의 전공과 관련된 직장에 계속 입사 지원서를 넣었다. 서류평가에서조차 수없이 떨어지다 보니 오히려 담담해졌다. 100곳에 지원해서 1군데라도 받아주는 곳이 있으면 취업해야겠다는 생각이었다. 한 달 동안 정말 100곳 가까이 원서를 넣었는데, 계속 떨어지다가 운명 같은 날이 왔다. 세 군데서 면접을 보자고 연락이 왔다. 근데 모두 같은 날 면접을 보자고 했다. 그래서 지푸라기라도 잡는 심정으로 하루 내내 뛰어다니며 면접을 보러 다녔다.

비록 서류에서 내세울 건 '법학과'라는 전공, 성실함을 나타내는 '장학생' 이 두 가지 장점 말고는 없었지만, 면접을 대하는 태도와 전공과 관련된 지식은 남달랐던 것 같다. 그래서인지 면접 결과는 모두 좋았다. 이른 아침부터 저녁까지 힘든 하루였지만 세 군데 모두 합격 통지를 받았다. 처음엔 어디라도 됐으면 좋겠다고 생각했는데 결국은 가장 좋은 곳을 골라가게 됐다.

게다가 업무 능력이 매우 뛰어난 상사를 만나서 업무적으로 급격하게 성장했고, 인간관계에서도 신뢰를 쌓았다. 그래서 30대 초반이지만 능력을 인정받아 이른 나이에 한 법무법인에서 '사무장'으로 일하며 인정받는 커리어 여성이 되었다.

만일 동생이 자신은 나이도 많고 쌓아 놓은 경력이 없다고 그대로 포기하고 지방으로 부모님을 따라갔다면 지금의 성과를 이룰 수 있었을까? 이는 끝까지 포기하지 않고 계속 도전하는 용기가 가져온 결과라고 생각한다.

마지막으로 개인적으로는 황당하기도 하고, 당황스럽기도 했지만 큰 교훈이 있어서 공유하고자 한다. 중학교 때 일진들과 어울리며 공부를 전혀 안 하던 친구가 있었다. 나는 그때 공부 잘하는 모범생이었다. 5년이 지나 우연히 대학교에서 그 친구를 만났다. 새옹지마(塞翁之馬)라는 말은 이럴 때 쓰는 것 같았다. 반에서 1등 하던 놈이, 뒤에서 1등 하던 놈과 같은 대학교에 다니고 있었으니 말이다.

더 웃긴 건 알고 보니 그 친구는 재수하지 않고 바로 대학에 입학했고, 나는 재수를 했다. 그땐 우연히 지나가다 만난 거라 많은 이야기를 못 나누었다. 10년 후 다시 그 친구를 어느 헬스장에서 만났다. 나는 그때 대학원을 졸업하고 돌아온 지 얼마 안 되어 취업을 준비하고 있었다. 근데 그 친구는 졸업하자마자 좋은 직장에 정규직으로 취업했고, 심지어 결혼도 했고, 아이도 있었다.

이유는 모르겠지만 계속 인연이 닿으니 친구와 식사하며 대화를 나눌 일이 있었다. 친구는 비록 중학교 때는 정신 못 차리고 방황했지만, 고등학교에 진학해서는 이렇게 살다가는 쓸모없는 인간이 되겠다 싶었단다. 그때부터 정신 차리고 공부를 시작했는데 처음에는 포기하고 싶을 정도로 힘들었다고 했다.

하지만 적어도 세상에서 자기 앞가림 정도는 하는 사람으로 살자는 생각으로 할 수 있는 일에 도전하다 보니 대학도 다니고, 직장도 다니고, 결혼도 하고, 아이도 낳고 남들처럼 평범한 삶을 살게 되었다고 했다. 처음엔 자기 자신만이라도 떳떳하게 살자 생각하고 살아왔는데, 어느새 한 가정을 책임지는 가장이 되어 있었던 것이다.

주변엔 공부가 자신의 체질이 아니라고 생각하는 사람들이 많다. 근데 사실은 모든 게 공부다. 내 친구도 처음엔 공부가 자신의 길이라 생각하지 않았지만, 배움의 길에 도전했다. 그리고 전공과는 관련 없는 직장에 취직해서 힘든 시간을 보냈지만, 새롭게 일을 배우며 살고 있다. 공부가 어렵다고 포기하고, 일이 어렵다고 포기하고, 인간관계가 어렵다고 포기하면 우리는 말 그대로 실패한 인생을 살게 된다.

나도 몇 년 전 책을 쓰겠다며 조급하게 행동하다 결국은 잠시 포기했었다. 근데 지금 이렇게 포기하지 않고 다시 책 출간을 위해 글을 쓰며 도전하고 있으니 포기자가 아닌 도전자로서의 삶을 살고 있다고 생각한다. 그리고 좋은 결과로 이어질 것이라 믿는다.

유명한 사람이든 아니든 우리는 살면서 어렵고 힘든 시간을 보낼 수밖에 없다. 시각 청각 장애인으로 살았던 헬렌 켈러는 이런 말을 했다. "세상은 고통으로 가득하지만, 그것을 극복하는 사람들로도 가득하다." 그녀가 삶을 포기하지 않고 장애를 이겨내고자 했던 모든 도전은 그녀를 나은 방향으로 이끌었다.

그녀가 말한 것처럼, 우리도 포기하지 않고 계속 도전한다면 분명 지금보다는 나은 미래의 나를 발견할 수 있을 것이다. 우리도 포기를 모르고 고통을 극복한 사람이 될 수 있다. 포기란 배추를 셀 때 쓰는 용어가 아닌가. 김장철이 아니라면 우리 인생에선 포기란 단어는 없어도 되지 않을까? 포기자가 될 것이냐, 도전자가 될 것이냐 그것은 여러분의 몫이다.

심장이 뛰는 일을 찾아서

인간은 심장이 뛰지 않으면 죽는다.
그러니 심장이 뛰는 일이 찾아라.

이상과 현실의 괴리는 이론과 실제의 괴리와 같다. 대학원에서 영어교육을 전공하면서 학생 중심 협동 수업이 대세라는 걸 알았다. 이론적으로는 능동적인 학습 방법이라서 학생들의 학습 효과가 더 높다. 대학원 졸업 후 교사가 되어 야심차게 배운 교육학 이론에 맞춰 수업을 했다. 하지만 고등학교에서는 대학입시를 준비하느라 학생 중심 수업보다는 강의식 수업이 더 효율적인 것처럼 보였다. 학생 중심으로 협동 및 토론 수업을 진행하려면 학생들의 학업 수준도 따라주어야 했다.

이론이 아무리 좋아도 실제 상황을 고려하지 않으면 좋은 이론이 될 수 없다. 아무리 이상적이라고 해도 현실에 적합하지 않으면 이상은 단지 이룰 수 없는 이상밖에 될 수 없다. 나는 교사가 되면 학생 중심의 수업을 하면서 학습 효과를 극대화하고 싶었다. 그게 내 이상이었다.

근데 현실은 반대였다. 학생들은 오히려 짧은 시간에 더 많은 정보를 얻을 수 있는 입시 위주의 강의식 수업을 선호했다. 나는 행정 업무보다는 수업을 더 잘하고 학생과의 상담을 통해 진로 탐색을 할 수 있도록 돕고 싶었다. 근데 담임교사가 아닌 부서에서 비담임 교사로 5년간 일하며 행정 업무에 치여 살면서 내가 교사인지 행정직원인지 정체성 혼란만 왔다.

대학입시를 두 번이나 실패한 후, 다시 살아갈 수 있었던 건 심장이 뛰는 일을 찾았기 때문이었다. 나처럼 힘든 시간을 보낼 수험생들에게 용기를 주고 싶었다. 그래서 자살까지 생각했지만, 다시 살아보겠다고 결심했다. 학생들이 꿈과 미래를 현명하게 정할 수 있도록 도움을 주는 교사가 되기까지 10년이라는 시간이 걸렸다. 근데 막상 교사가 되어보니 10년 동안 꿈꿨던 나의 이상은 현실과는 꽤 달랐다.

어려운 가정환경으로 생활고를 면하기 위해 아르바이트까지 하느라 학교생활이 벅찬 아이, 심각한 우울증으로 학교에 다니는 게 두려운 아이, 성 정체성 혼란으로 남들에게 떳떳하게 밝히지 못하고 계속 혼자서 밖으로 도는 아이, 가정의 불화로 가출해서 한강 다리에 올라 자살 기도를 하는 아이, 심각한 스트레스로 발작을 일으키는 아이, 선천적으로 약한 장기를 가지고 태어나 잘못되면 목숨까지 잃을 수 있는 아이. 학생에게는 공부가 전부라고 생각했던 나에게는 상상도 할 수 없는 일들이 너무 많았다. 학교는 공부를 가르치고, 진로 탐색하는 곳이라 생각했던 내 생각이 너무 짧았었다.

그런 일들을 겪으며 생각했다. 학교는 장소만 다를 뿐 아직 성숙하지 못한 아이들을 돌봐주는 또 다른 가정이 아닐까 하고 말이다. 꼭 공부를 잘해서 대학을 가고, 대기업에 취직하고, 혹은 전문직을 하고 그런 식으로 진로를 탐색하는 곳이 아니란 걸 깨달았다. 학교는 아이들이 사회로 나가기 전에 성숙해질 수 있도록 보살펴 주는 곳이다. 그러니 교사는 가르치는 스승이기도 하지만 우선 부모의 마음으로 아이들을 대해야 하지 않을까 하는 생각이 들었다.

《자존감 높은 아이로 키우는 애착육아》의 저자 시어스 부부는 여덟 명의 자녀를 키운 경험과 소아과 전문의로서 임상 현장에서 겪은 다양한 경험을 공유했다. 부모와 아이의 관계에서 강한 믿음과 신뢰를 느끼게 하고, 아이가 자라면서 대인관계를 형성하고, 사회에 적응하고, 올바른 가치관을 형성할 수 있도록 돕는 일이 중요하다고 강조했다. 좋은 대학에 진학하는 것도 수험생으로서 중요한 일이지만, 더 중요한 게 있다. 사회에 나가서 스스로 자신을 돌보며 살 수 있는 능력을 혹은 자신감을 기르는 일이다.

사실 나도 올바른 교사의 역할에 대해 깨달은 건 얼마 되지 않았다. 고3 담임교사를 4년간 하면서 대학 때문에 울고 웃는 아이들을 보며 많은 생각이 들었다. 특히 대학이 인생의 전부라 생각하는 아이들에게 그게 아니라고 알려주고 싶어서 어른 같은 부모 역할을 했더니 내 말을 이해하지 못했다. 사실 나도 그 나이때는 어른들이 하는 말이 와 닿지 않았다. 근데 나와 똑같은 실수를 반복하는 아이들을 보며 어쩔 수 없는 일이구나 하는 생각이들었다.

그때는 아직 20대와 30대를 살아보지 않아서 눈앞에 보이는 대학입시가 전부다. 근데 막상 인생을 더 살아보면 대학이 전부가 아니라 내가 어떻게 노력하며 살아가느냐가 더 중요하다는 사실을 깨닫게 된다. 공부를 잘하는 일, 돈을 잘 버는 일 모두 인생에서 중요하지만, 더 큰 가치가 있는 건 내가 괜찮은 사람이 되려고 노력하는 일이다. 그리고 책임감 있는 사람이 되는 게 더 중요하다고 생각한다. 무엇이 되느냐가 아니라 어떻게 왜 사느냐가 더 중요하다는 말이다.

물론 쉽지 않다. 나는 교사로서 아니 학교에서 부모라고 생각하며 살려고 노력하는데 그렇다 보니 정말 어렵다. 집에서 자녀둘을 키우며 정말 내 맘대로 안 된다는 걸 느낀다. 근데 학교에서도 부모가 되려니 똑같은 상황이 벌어진다. 이왕이면 아이에게 더 좋은 방향으로 이끌어 주고 싶어서 가르치지만, 잘 안 되기 때문이다. 차라리 아이의 마음을 더 헤아리고, 믿고 응원하고 지지해주는 편이 나을 텐데 마음처럼 쉽지 않다.

이렇게 고군분투하며 괴로워하는 나를 아끼는 몇몇 선생님들
은 너무 애쓰지 말라고 조언한다. 본인도 다 해봤지만, 나중에 상
처받는 건 노력해도 잘 안 되는 자신이라며 위로를 전한다. 나는
아직 내 심장이 하라는 대로 따르고 있지만, 그런 조언을 들을 때
마다 조금씩 흔들리기도 한다. 과연 내가 지금 심장이 뛰는 일을
하는 게 맞나 하는 의구심이 든다. 20대부터 10년 동안 꿈꿔온
일이고, 30대에는 10년간 그 꿈을 실현하고자 노력해왔는데 가
끔 자괴감이 들기 때문이다. 그래도 포기하지 않을 것이다. 한 명
의 아이라도 살릴 수 있다면 말이다.

지인 중에 남들이 부러워하는 외국계 대기업을 그만두고, 심장
이 뛰는 일을 찾아 진로를 전향한 사람이 있다. 영어를 가르치고
싶어서 회사에 다니면서도 동호회에서 영어를 가르치며 꿈을 키
웠다. 실제 몇 년간 철저하게 준비해서 영어 강사의 길로 뛰어들
었다. 누가 들으면 그 좋은 직장을 두고 왜 그런 선택을 했냐고
물을 수 있다. 하지만 그는 다만 '심장이 뛰는 일'을 하고 싶었기
때문이라 대답할 뿐이다. 과연 그는 성공했을까?

지금 말한 사람은 '케쌤닷컴' 대표이자 베테랑 영어 강사 케쌤
이다. 온라인 기반 1인 기업을 설립해서 영어 강사로 활동하다
대형 어학원에서 대표 강사로 17년간 자리를 유지했다. 이 정도
면 자신의 전문 분야에서 어느 정도 성공했다고 볼 수 있지 않
을까? 그 비결이 궁금해서 인터뷰를 한 적이 있다.

사실 그는 영어 강사지만 인생을 조금 더 살아본 선배로서 혹은 친구로서 학생들에게 인생 경험을 공유하며 소통을 강조했다. 영어를 잘하는 것도 중요하지만, 사회에 적응하고 사람들과 어울리는 법을 알려주려고 했다.

그는 수업만 하는 '강사'가 아니라 '스승'이 되려고 했다. 사전을 보면 스승은 '가르쳐 올바르게 이끄는 사람'이라는 뜻이라고 나와 있다. 그러니 학생들은 영어도 배우고 인생도 배우는 케쌤의 수업이 즐겁고 큰 도움이 되었을 것이다. 이런 훌륭한 스승이 있는 사교육 현장을 보며 다시 공교육 현장인 학교로 돌아와 교사의 역할에 대해 고민해볼 수 있었다.

교사(敎師)라는 어휘에서 '사(師)'자는 '스승 사' 자다. 그래서 처음에 나는 가르치고 올바른 방향으로 이끄는 스승이 되어야 한다고 생각했다. 근데 지금은 조금 더 발전해서 '부모'라는 역할을 더하여 도전하고자 한다. 개인 사정이든, 가정 사정이든 아무런 문제가 없는 아이들에게는 스승의 역할로도 충분히 도움이 될 수 있을 것이다. 하지만 결핍이 있는 아이들에게는 내가 진짜 부모는 아니지만 충분한 이해와 관용과 사랑을 나누어야겠다는 생각이 든다.

부끄럽지만 내 말을 너무 안 듣는 아이들을 미워하기도 하고, 조금 거리를 두기도 하고, 적당히 내가 책임질 일에만 최선을 다하며 합리화했었다. 근데 내가 교사로서 심장이 뛰는 일은 수업을 잘해서 박수를 받을 때가 아니다. 가출해서 한강대교에 올라가 뛰어내리려다가 친구들과 선생님의 얼굴이 떠올라서 돌아왔다는 말을 들을 때, 건강이 좋지 않아서 쓰러졌지만 내가 심폐소생술로 살렸을 때, 성 정체성 혼란이 있지만, 나에게만 비밀을 말한다며 털어놓을 때 그럴 때마다 내 심장은 뛰었다. 사소하지만 진심으로 한 아이의 미래를 걱정하며 졸업을 권유하고 설득했을 때, 그 진심을 알아주고 끝까지 함께 노력해줄 때 그럴 때 나는 교사하기를 잘했다는 생각이 든다.

아직 학벌, 출신, 스펙이 중요한 사회지만, 서류에 적힌 내용보다 실제 사람의 업무 능력, 대인관계, 인성 등을 더 중요하게 생각하는 사회가 왔으면 하는 마음이다. 가끔 내가 이렇게 이상이라고 생각하는 걸 실천하는 기업을 볼 때면 가슴이 두근거린다. 한 예로 '사다리 필름'이라는 영상 기획, 제작, 판매하는 기업은 실제 학벌, 스펙보다는 자기소개서를 통해 실무 경험, 올바른 가치관, 기업에 맞는 사람의 성향 등을 고려하여 채용한다.

이 기업은 사실 우리에겐 국민 EBS 영어 강사로 알려진 '문단열' 선생님이 대표로 운영하는 곳이다. 수십 년간 영어 교육계에 한 획을 그은 전문가가 '미디어와 마케팅'이라는 분야로 종목을 바꾼 일도 큰 이슈였다. 사실 말만 들어도 큰 도전이었음에 틀림이 없다. 근데 인생 2막을 새로운 도전과 함께 심장이 뛰는 일을 찾았다고 했다. 그는 언제나 나에게 '롤모델'이라서 그의 행보를 지켜보던 나로서는 비전공, 비석사, 비유학파 출신이지만 이미 영어교육 분야에서 성공한 그가 이번 분야에서도 잘 해낼 것이라 믿었다.

무엇보다 기업의 규모를 키우고자 직원을 채용하는 방법에서 나는 큰 씨앗을 보았다. 비록 전공자가 아니더라도 누구나 일할 기회가 있다는 건 희망적인 일이다. 꼭 대학에서 전공하지 않더라도, 내가 정말 하고 싶은 일이 있으면 새로 배우고 실제 업무 능력을 키워서 도전할 기회가 있기 때문이다. 이 사례가 좋은 본보기가 되고, 점차 사회도 열린 마음으로 이런 사례를 더 많이 만들어 낼 수 있으면 좋겠다는 생각이 든다.

사실 이 책을 쓰는 이유도 나 또한 그런 분위기를 만드는 한 사람으로서 동참하고 싶기 때문이다. 나는 교사로서 아이들에게 이렇게 말하고 싶다. "인생에서 대학이 전부가 아니야", "꼭 명문대가 아니어도 괜찮아", "한두 번 실패했다고 포기하지 마", "실패는 성공으로 가는 과정일 뿐이야", "너 혼자가 아니야", "너는 해낼 수 있어", "너무 걱정하지 마", "너는 충분히 가치 있는 사람이야", "아직 늦지 않았어", "지금부터 다시 시작해보자" 등과 같은 말들을 하고 싶다. 이 말들을 듣고 한 명이라도 살아갈 용기를 얻었다고 한다면 내 심장은 계속 뛸 것이기 때문이다. 인간은 심장이 뛰지 않으면 죽는다. 그래서 우리는 살면서 심장이 뛸 수 있는 일을 찾아야 한다.

| 참 고 자 료 |

단행본

김권수, 《빅브레인》, 책들의정원, 2018.

김아란, 《1년 만에 교포로 오해받은 영어 정복기》, 시대인, 2019.

손영배, 《이제는 대학이 아니라 직업이다》, 생각비행, 2017.

윤홍균, 《자존감 수업》, 심플라이프, 2016.

정정엽, 《내 마음은 내가 결정합니다》, 다산초당, 2020.

데일 카네기, 《데일 카네기 인간관계론》, 현대지성, 2019.

브리짓 슐트, 《타임 푸어》, 더퀘스트, 2015.

토르켈 클링베르그, 《넘치는 뇌》, 윌컴퍼니(윌스타일), 2012.

유근용, 《메모의 힘》, 한국경제신문사, 2017.

황농문, 《몰입》, 알에이치코리아, 2007.

아지트 바르키 외, 《부정 본능》, 부키, 2018.

오히라 미쓰요, 《그러니까 당신도 살아》, 북하우스, 2010.

유수연, 《20대 나만의 무대를 세워라》, 위즈덤하우스, 2009.

로버트 마우어, 《아주 작은 반복의 힘》, 스몰빅라이프, 2016.

로버트 클리츠먼, 《환자가 된 의사들》, 동녘, 2016.

정준, 《열정이 없으면 꿈도 없다》, 청동거울, 2013.

김해원, 《직장인 동기부여의 기술》, 책과나무, 2016.

박홍순, 《한 문장으로 시작하는 심리학》, 웨일북, 2018.

한재우, 《혼자 하는 공부의 정석》, 위즈덤하우스, 2018.

김학재, 《임계점을 넘어라》, 글로벌콘텐츠, 2010.

이상훈, 《1만 시간의 법칙》, 위즈덤하우스, 2010.

안데르스 에릭슨 외, 《1만 시간의 재발견》, 비즈니스북스, 2016.

이지성 외, 《독서 천재가 된 홍대리》, 다산라이프, 2012.

유근용, 《일독일행(一讀一行)》, 북로그컴퍼니, 2015.

유근용, 《1日1行의 기적》, 비즈니스북스, 2019.

웬디 우드, 《해빗》, 다산북스, 2019.

제임스 클리어, 《아주 작은 습관의 힘》, 비즈니스북스, 2019.

이영권, 《시간은 선물》, 아름다운사회, 2012.

이시카와 요시키, 《지치지 않는 뇌 휴식법》, 한솔아카데미, 2018.

안병조, 《10대, 교과서 대신 1000권의 책을 읽어라》, 프로방스, 2019.

김호진, 《똑똑해지는 뇌 과학 독서법》, 리텍콘텐츠, 2020.

데이비드 이글먼, 《더 브레인》, 해나무, 2017.

캔 블랜차드 외, 《1분 멘토링》, 성안당, 2017.

로버트 기요사키, 《부자 아빠 가난한 아빠》, 민음인, 2018.

조엘 오스틴, 《긍정의 힘》, 두란노, 2005.

김승호, 《생각의 비밀》, 황금사자, 2015.

앤드류 뉴버그 외, 《믿는다는 것의 과학》, 휴먼사이언스, 2012.

캐롤 하트, 《세로토닌의 비밀》, 미다스북스(리틀미다스), 2010.

질 볼트 테일러, 《긍정의 뇌》, 월북, 2010.

리웨이원,《결국 이기는 사람들의 비밀》, 갤리온, 2017.

이지성,《리딩으로 리드하라》, 차이정원, 2016.

조관일,《헝그리 정신》, 21세기북스, 2005.

앤절라 더크워스,《그릿》, 비즈니스북스, 2019.

이지성,《여자라면 힐러리처럼》, 다산북스, 2007.

이지성,《꿈꾸는 다락방》, 국일미디어(국일출판사), 2009.

이주현,《딱 1년만 미치도록 읽어라》, 미다스북스, 2019.

전안나,《1천 권 독서법》, 다산4.0, 2017.

베르나르 베르베르,《뇌》, 열린책들, 2002.

스티븐 코비,《성공하는 사람들의 7가지 습관》, 김영사, 2017.

이기주,《언어의 온도》, 말글터, 2016.

버크 헤지스,《파이프라인 우화》, 라인, 2015.

EBS 자본주의 제작팀,《EBS 다큐프라임 자본주의》, 가나출판사, 2013.

보도 섀퍼,《보도 섀퍼의 돈》, 북플러스, 2011.

정주영,《시련은 있어도 실패는 없다》, 제삼기획, 2009.

윌리엄 시어스 외,《자존감 높은 아이로 키우는 애착육아》, 푸른육아,
2020.

신문

배철현,〈고대 그리스에서 전쟁의 원인은 생존·이념 아닌 '자존심 세우
기'〉,《한국경제》 2019.07.19.

그러니까 절대 포기하지 마

고대 그리스 사상가 헤라클레이토스는 "누구도 절대로 같은 강을 두 번 건널 수 없다."라고 말했다. 이는 내가 두 번째 또는 세 번째 건너는 강물이 이전에 건넜던 강물과 같지 않다는 말이다. 우리는 살면서 절대 과거를 바꿀 수 없다. 하지만 미래는 바꿀 수 있다. 현재 내가 사는 현실을 인정하고 더 나은 미래를 위해 노력하면 된다.

나는 한때 지난 과거에 대해 후회하고, 나 자신을 원망했다. 지나고 보니 그런 경험이 있었기에 지금이 있다는 사실을 깨달았다. 실패했기 때문에 절망이라는 감정을 알 수 있었고, 다시 일어서는 법을 배웠다. 비록 아프기는 했지만, 다시 비슷한 절망을 겪을 때는 조금은 담담하게 그 감정을 털어내고 이겨낼 수 있었다. 넘어졌다고 계속 앉아서 우는 게 아니라 씩씩하게 다시 일어나서 앞으로 걸어 나갈 수 있었다.

막상 겪을 때는 몰랐지만, 나중에 모든 경험이 미래에 도움이 된다는 걸 알았다. 그 사실을 깨닫고부터는 순간에 최선을 다할 수밖에 없었다. 지금의 노력이 미래의 내 인생을 바꿀 수 있다는 걸 믿기 때문이다.

실제 그렇게 노력했더니 20대 초반 대학입시 실패자에서 지금은 항상 새로운 일에 도전하는 도전자가 되었다. 행여나 실패하거나 조촐한 결과를 받더라도 실망하지 않는다. 모든 건 내가 노력한 만큼 얻은 결과기 때문이다.

많은 사람이 10대에는 대학이 전부라고, 20대에는 취업이 전부라고 생각한다. 안타깝지만 세상엔 대학입시와 취업이 전부가 아니다. 그것보다 더 경험할 것도, 배울 것도 많다. 아직 나도 30대를 지나고 40대를 곧 바라보고 있기에 그 이후의 삶은 모른다.

하지만 분명한 건, 또 다른 시련과 어려움이 있을 거라는 사실이다. 그나마 다행이라고 생각할 수 있는 건, 이미 여러 경험을 통해 어떻게 극복해 나가야 하는지 배웠다. 힘들겠지만, 이겨낼 수 있을 거라는 자신이 있다.

인생은 '도전, 실패, 회복, 성장'을 반복한다. 그때 가장 필요한 건 무엇보다 '자신감'이다. 자신감이 있어야 도전할 수 있고, 실패를 이겨낼 수 있고, 다시 금방 회복하고 성장할 수 있기 때문이다. 생각해보니 일이 잘 안 풀릴 때마다 자신감이 부족했었다.

그 이유는 준비가 부족했기 때문이다. 자신감은 철저하게 준비가 되었을 때 나오는 감정이지 않은가. 유럽의 정복자 나폴레옹은 항상 승리를 예상했다. '내 사전에 불가능이란 없다'라는 말도 그가 전쟁을 철저하게 준비했기에 할 수 있었던 말이다. 그게 바로 자신감이다.

나는 이 책을 통해서 10대와 20대들에게 말하고 싶었다. 자신감을 가지라고, 근데 그 자신감을 가지려면 그만큼 노력하라고 말이다. 아직 경험이 많지 않아서 부족한 점이 많지만 가장 잠재력을 키울 수 있는 시기이기 때문이다. 젊은 시절의 1년은 미래를 바꿀 만큼 가치 있는 시간이지 않은가. 그러니 실패했다고 주저하지 말고, 계속 자신감을 가지고 도전해야 한다. 멈추지 않는 한 아직 실패한 게 아니니까 말이다.

10대 대학입시 실패 이야기로 시작했지만, 20대에는 열심히 만회하기 위해 노력했다는 걸 보여주고 싶었다. 가진 게 없었지만, 이 힘든 세상을 꿋꿋하게 살아가는 모습을 보여주고 싶었다. 나는 이 세상의 평범한 한 사람이다. 그 평범한 사람이 실패로 시작했지만, 회복하고 성장하고 다시 도전한다는 이야기를 들려주고 싶었다.

혹시라도 지금 실패로 인해 좌절하고 있다면, 걱정하지 말라고 말하고 싶다. 용기 내라고 말하고 싶다. 다시 일어서라고 말하고 싶다. 지금이 끝이 아니라, 시작이니까 말이다. 비록 부족한 글이지만 누구라도 이 책을 읽고 다시 용기를 가졌으면 한다. 지극히 평범한 사람도 위기를 극복하고 성장하는 모습을 봤을 테니 말이다. 내 이야기였지만, 혹은 내 주변 사람 이야기였지만, 이 책을 읽은 사람도 그런 한 사람이 될 거라고 말하고 싶다.

도전하고, 실패하고, 회복하고, 성장하고, 다시 도전하는 삶을 살기를 바란다. 그 굴레 속에 인생의 실패는 없을 것이다. 돌고 돌아서 계속 도전하는 자신을 발견할 수 있을 것이다. 내 말처럼 멈추지 않고 계속 도전할 것인가? 아니면 그냥 이대로 실패한 인생으로 살아갈 것인가? 선택은 물론 여러분의 몫이다.

하지만 이왕이면 나처럼 한두 번 실패했다고, 실패한 인생이라고 생각하지 않기 바란다. 고작 대학입시에, 취업에 목숨 거는 건 바보 같은 짓이다. 인생은 길고 우리가 풀어야 할 숙제는 많기 때문이다.

| 감 사 의 말 |

안녕하세요. 《공부하느라 수고했어, 오늘도》 저자 신영환입니다. 코로나 시대로 불리는 2020년은 누구에게나 힘든 시기였습니다. '코로나 블루'라는 말처럼 20년간 그렇게 열심히 살았던 저도 어느 날 갑자기 우울감이 찾아왔습니다. 우울감이라는 긴 터널을 지나 우여곡절 끝에 정신을 차리면서 시작한 일이 글을 쓰는 일이었습니다. 책을 쓰겠다는 목표는 있었지만, 처음엔 막연했습니다. 근데 다행히도 일단 내 이야기부터 해보자는 심정으로 천천히 글을 쓰면서 걱정은 점점 사라지고 치유 받는 느낌이 들었습니다.

누군가 내 글을 읽고 공감하고, 치유하는 시간을 보내리라 생각하니 더욱 동기부여가 됐습니다. 그렇게 4개월 동안 쉬지 않고

'1주 1깡'으로 매주 1개의 꼭지를 쓰면서 다시 살아나는 기분이 들었습니다. 다들 어떻게 코로나 시기를 극복해나가시는지 모르겠지만, 저는 이 책을 쓰면서 힘을 낼 수 있었습니다. 치유의 시간을 보내며 한 권의 책 분량 글을 완성하고 나니 문득 주변에서 응원해주신 분들께 감사하다는 생각이 들었습니다. 그 사람들의 응원이 있었기에 우울감도 극복할 수 있었고, 그래서 이 책이 나올 수 있었다고 생각합니다.

무엇보다 항상 내가 하는 일을 믿고 지지해주는 아내에게 고맙습니다. 그리고 사랑한다는 말을 꼭 하고 싶습니다. 물론 존재만으로도 행복을 느끼게 해주는 딸 유정이와 아들 유진이에게도 사랑한다는 말을 하고 싶습니다. 항상 부족한 우리 가족을 물심양면으로 아낌없이 도와주시는 양가 부모님들께도 감사드립니다. 언제나 든든한 지원군인 여동생 인선이와 처남 재영이 그리고 처남댁 아유에게도 고마운 마음을 전합니다.

저를 절대 신뢰한다며 무한한 응원으로 출간으로 이어지는 데 많은 도움을 주신 홍현주 박사님, 그리고 꼭 책이 나왔으면 좋겠다고, 진심으로 응원하며 이끌어준 멘토 혼공 허준석 선생님께도 감사의 마음을 전합니다. 또한, 흔쾌히 추천사를 허락해주신 EBS 강사 정승익 선생님, 효린파파 성기홍 선생님, 따스 이은주 선생님, 실제 제 학생의 학부모님이셨던 한리나님(구민재 어머니)께도 감사드립니다.

끝으로 제가 쓴 원고를 좋아해 주시고, 전력을 다해 완성도 높은 책으로 출간될 수 있도록 힘써주신 출판사 서사원 장선희 대표님을 비롯한 직원 분들에게도 진심으로 감사합니다. 다 언급하지는 못했지만, 혼공스쿨 멤버 모두를 포함하여 제가 책을 쓰고 있다고 했을 때 진심으로 응원해주신 모든 주변 분들께 감사의 말을 전하고 싶습니다.

끝으로 오늘도 인생 공부하느라 힘들고 지친 독자분들에게도 미리 감사의 마음과 응원의 마음을 함께 보냅니다. 남은 생도 지금처럼 모두가 건강하고 행복하게 살았으면 하는 마음을 전하며 글을 마칩니다.

2021년 1월

신영환 올림

인생에서 가장 찬란한 시간을 보내고 있는 너에게

공부하느라 수고했어, 오늘도

초판 1쇄 인쇄 2021년 2월 15일
초판 1쇄 발행 2021년 2월 22일

지은이 신영환
펴낸이 장선희

펴낸곳 서사원
출판등록 제2018-000296호

주소 서울시 마포구 월드컵북로400 문화콘텐츠센터 5층 22호
전화 02-898-8778
팩스 02-6008-1673
전자우편 seosawon@naver.com

블로그 blog.naver.com/seosawon
페이스북 www.facebook.com/seosawon
인스타그램 www.instagram.com/seosawon

총괄 이영철 **편집** 이소정, 정시아 **마케팅** 권태환, 강주영, 이정태 **디자인** 최아영
표지 삽화 슬로우어스

ISBN 979-11-90179-63-8 03810